Iguchi Tokio
井口時男

Hasuda Zennei

蓮田善明 戦争と文学

論　創　社

蓮田善明　戦争と文学　目次

序　章　いまだ「解禁」されざるもののために
――保田與重郎と三島由紀夫と蓮田善明

保田與重郎の解禁

「今日保田与重郎の名は、あたかも海中深く廃棄された放射性物質のごとくに語られている」と大岡信が「保田与重郎ノート」に書いたのは昭和三十三（一九五八）年のことだった。

死を撒き散らす「放射性物質」とはなんともすさまじい比喩だが、むろん、「美」と「文化」を語りながら軍国主義やウルトラ・ナショナリズムの巨大な破壊力と結びついてしまった保田の国粋的ロマン主義の危険性を指している。「文学的」に言い直せば、戦時下の若者たちを美学的な「死（＝詩）」へと誘惑しつづけた保田の文業のおそるべき呪力を指している。「それはたしかに廃棄された。だが、動かぬものと思われていた深海の水は、実際には少しずつ動いていた。放射能はやがて思いもよらぬ岸辺まで行き渡るかもしれぬ……」と大岡はつづけていた。

その八年後の昭和四十一（一九六六）年、川村二郎は「保田與重郎論」をこう書き出した。

今日、少なくとも現象的には、保田與重郎は論壇の一角に復活したかのようにみえる。彼の名を口にするさえタブーの観があった戦後の一時期から考えれば、ほとんど隔世の感がある。その名の五つの文字に、一種神秘的な劫罰を受けた癩患者を目にするような戦慄を味わうことは、現在ではもはや誰にとっても不可能であろう。

「一種神秘的な劫罰を受けた癩患者」もまた、「放射性物質」に勝るとも劣らぬまがまがしい比喩だ。しかし、大岡においてなおも現在形で語られていたその比喩は、川村においてはすでに過去のものとして語られている。保田與重郎という「禁忌」はこの八年間に、つまりはほぼ一九六〇年代前半に、解除されたのである。

もちろん、社会的背景としては、いわゆる高度経済成長による戦後大衆社会の実現があった。戦争と敗戦のなまなましい傷口はようやく癒え始め、それに伴って、無自覚のうちに被害感情や復讐心を抱え込んで硬直していたイデオロギー的言論もようやく鎮まり始めた。また、六〇年反安保闘争の昂揚と挫折を契機に「革命」幻想は急速に凋み、敗戦当初は現実変革の理念だった「個人主義」や「自由主義」も、私益優先、私生活優先という大衆の生活感覚の中に籠絡されていった。そのとき「民主主義」も多数者の欲望が支配する「欲望民主主義」のごときものとなる。それは頽落だが、原理主義の土壌のないこの国では、理念や理想は頽落することでしか生活化されないのだ。

ともあれこうして、戦争と敗戦の記憶に距離を介して向き合えるだけの心理的ゆとりが社会に生じたのである。

文学・思想の領域で保田與重郎と日本ロマン派を検討対象として「解禁」するに最も功績があったのは、川村二郎も言及しているとおり、橋川文三の『日本浪曼派批判序説』だった。大岡信の「保田与重郎ノート」が発表される一年前、一九五七年から目立たぬ雑誌に連載を始め、一九六〇年の初めに刊行されたこの書物は、主としてカール・シュミットの『政治的ロマン主義』を参照しながらも、「私たちにとって、日本ロマン派とは保田与重郎以外のものではなかった」と断言していた通り、その核心部は、保田の文章に強く魅惑された

「純粋戦中世代」たる自身の体験を剔抉し尽くそうとする内的モチーフで貫かれていた。

つまりそれは、左翼の公式主義的イデオロギー批判から最も遠く、かつ、十歳近く年長の丸山真男や荒正人などによる近代主義的な立場からの外在批評とも異なる、内在批評として展開されていた。いわば戦時下の青年たちの「生きられたナショナリズム体験」「生きられた日本ロマン派体験」の内省的分析が、ここに表現を獲得したのである。

橋川の仕事は、同じく「純粋戦中世代」として早くから自己体験の内省を通じて既成左翼批判や独自のナショナリズム分析を展開していた吉本隆明の仕事とも結びつき、さらに反安保闘争が反米ナショナリズムという一面を孕んでいたこととも関わって、ナショナリズム再検討の舞台を作った。保田與重郎もそういう文脈の中に位置づけられていく。

以後、文芸批評の場では、桶谷秀昭、磯田光一、江藤淳らが、それぞれの立場と流儀で、文学とナショナリズムの問題を近代日本史の総体の中で検討していくことになる。彼らは、大岡信や川村二郎も含めて、ひとしく橋川文三よりさらに十歳ほど年少の、満州事変（昭和六〔一九三一〕年）前後に生れた批評家たちだった。

彼らのはるか後塵を拝する私も、「イロニーと『女』」と題して私なりの保田與重郎論（『批評の誕生／批評の死』所収）を書き、また講談社文芸文庫版『日本浪曼派批判序説』の解説なども書いた。日本の大衆社会が過飽和に達し、遊戯感覚の中ですべてが「解禁」されたかに見えた二十世紀の終りごろのことだった。世に保田與重郎論は数多い。たしかに保田與重郎は「解禁」されて久しいのである。

蓮田善明と三島由紀夫

ところで、『日本浪曼派批判序説』にはこんな一節もあった。

ナチズムのニヒリズムは、「我々は闘わねばならぬ！《ヴィア・ミュッセン・ケンペン》」という呪われた無窮動にあらわれるが、しかし、私たちの感じとった日本ロマン派は、まさに「私たちは死なねばならぬ！《ヴィア・ミュッセン・シュテルベン》」という以外のものではなかった。

だが、保田與重郎自身が「私たちは死なねばならぬ」と書いたのではなかった。それはあくまで、日中戦争開始時（一九三七年）に十五歳の少年だった橋川文三が、また彼の同年代の友人たちが、「支那事変」から「大東亜戦争」へと大規模な近代戦が拡大する中で、いっさいの功利を排して反近代、反英米の国学的発想を徹底純化していく保田の文章がアイロニカルに指し示すその果ての果てに、幻聴のように聴いた民族の没落破滅への誘惑の声にほかならなかった。

むしろ、戦争のさなか、「私たちは死なねばならぬ」ときっぱりと言挙げしたのは、保田與重郎ではなく、蓮田善明だった。

予はかかる時代の人は若くして死なねばならないのではないかと思ふ。……然うして死ぬことが今日の自分の文化だと知つてゐる。

雑誌「文藝文化」の昭和十三（一九三八）年十一月号に発表した蓮田善明の「青春の詩宗――大津皇子論」の末尾近い一節である。私はこれを、三島由紀夫が小高根二郎の評伝『蓮田善明とその死』（一九七〇年）に寄せた序文に引いたとおりに引いた。（単行本『神韻の文学』所収の本文は少し異なる。）

蓮田は三島のデビュー作「花ざかりの森」の初回（四回に分けて分載）が掲載された「文藝文化」昭和十六年九月号の後記に、「この年少の作者は、併し悠久な日本の歴史の請《まを》し子である。我々より歳は遥に少いがすでに成熟したものの誕生である」と熱烈な推輓の辞を述べ、「全く我々の中から生れたものであることを直ぐ覚つた」（傍点原文）と文学の血脈を共有して「生れた」正統な嫡出子であることを公然と認知表明していた。

このとき蓮田善明三十五歳、三島由紀夫十六歳。三島の学習院中等科での師は「文藝文化」同人の清水文雄だったが、この逸早い嫡出認知宣言によって、蓮田は三島の精神的な「父」にして「師」になったのだ、といってもよい。とりわけ、以下に述べるように、死に方のモデルを提供して三島の最晩年を「自決」に向けて導いたという意味では、蓮田善明こそは三島由紀夫の最大にして最終の「師」であったとさえいえるだろう。

三島はかつて、昭和二十一年十一月十七日、蓮田の勤務校だった成城学園の素心寮で開かれた「蓮田善明を偲ぶ会」に出席し、その記念誌「おもかげ」のために次の詞を揮毫していた。「古代の雲を愛でし君はその身に古代を現じて雲隠れ玉ひしに　われ近代に遺されて空しく靉靆の雲を慕ひその身は漠々たる塵土に埋れんとす」。そしていま、『蓮田善明とその死』への序文で、三島は「青春の詩宗——大津皇子論」からの引用に続けてこう記す。

> この蓮田氏の書いた数行は、今も私の心にこびりついて離れない。死ぬことが文化だ、といふ考への、或る時代の青年の心を襲つた稲妻のやうな美しさから、今日なほ私がのがれることができないのは、多分、自分がそのやうにして「文化」を創る人間になり得なかつたといふ千年の憾みに拠る。

「死ぬことが今日の自分の文化だと知つてゐる」と蓮田が書いたのは、あくまで古代の転形期を生きた大津皇子の自覚である。それを三島は、蓮田自身の自覚、ひいては十五年戦争下の青年のもつべき自覚であったかのように受け止めている。しかし、それが三島の強引な読み変えだというわけではない。たしかに蓮田自身にもその自覚はあった。先ほどの大津皇子論からの引用部で三島が「……」と省略した箇所に、蓮田はこう書いていた。

新しい時代を表明するためには若くして死ぬ――我々の明治の若い詩人たちを想ひたい。それは世代の戦ひである。かういふ若い死によつて新しい世代は斃れるのでなく却つて新しい時代をその墓標の上に立てるのである。

若き世代の戦い斃れた墓標の上に「新しい時代」が樹立される。それはこの国の文化の歴史において、幾度も反復されてきた「世代の戦ひ」なのだ、と蓮田はいう。そして、「明治の若い詩人たち」（おそらくその中心には北村透谷がいる）のそのさらに後裔として、古典研究を通じて日本の「詩」の伝統を新たによみがえらせたい、とは昭和のロマン主義者・蓮田善明の希いであった。それなら、蓮田はたしかに、大津皇子に自分自身を重ねているのである。

大津皇子論を載せた「文藝文化」の奥付が記す発行日は昭和十三年十一月一日だが、蓮田はその直前に召集令状を受け取り、十月二十日に故郷熊本の歩兵第十三連隊に入営した。蓮田は昭和三年に広島高等師範学校を卒業した後、幹部候補生として十カ月間の入隊経験を持っていたから、ただの兵卒ではなく、陸軍歩兵少尉としての入隊である。すでに日中戦争開始から一年、応召近し、の覚悟はあらかじめ蓮田にあった。持統天皇（厳密には即位以前だが）の命を受けて慫慂として死に就いた大津皇子のように、蓮田もまた昭和の天皇の命を受けて死に就くのである。「死ぬことが今日の自分の文化だと知つてゐる」はその覚悟の中で記された一行である。

中支戦線に派遣された蓮田は負傷して昭和十五年十月に帰還するが、昭和十八年十月、再度の召集を受けて南方戦線に赴き、シンガポールの北、ジョホールバルで敗戦を迎える。そして、その四日後の昭和二十年八月十九日、上官である連隊長を射殺して自裁した。享年四十一歳（満年齢）だった。

一方、三島由紀夫は、自分の序文を巻頭に掲げた『蓮田善明とその死』が刊行されたその八カ月後、昭和四十五（一九七〇）年十一月二十五日、まるで「千年の憾み」を遅れて晴らすかのごとく、あるいは、師・蓮田善明の壮烈な自裁を新たな意匠で反復するかのごとく、自決することになる。

禁忌としての「その死」と「ますらをぶり」の文学

蓮田を含めた「文藝文化」同人たちは保田與重郎の文学論に触発されるところが多かったし、保田との親密な交流もあった。保田は「文藝文化」に何度も寄稿している。

その保田與重郎は半世紀も前に自由な批評検討へと「解禁」されたが、保田の近傍にいて保田以上に「危険」な存在であったかも知れない蓮田善明は、しかし、比喩ならぬ現実の「放射性物質」を海中に垂れ流し続けている二十一世紀の日本にあっても、いまだ「解禁」されていないように見える。

現に、管見の限りでいうのだが、蓮田善明論はほとんど書かれていない。単行本としては、小高根二郎の『蓮田善明とその死』を別格とすれば、松本健一の『蓮田善明　日本伝説』（一九九〇年）だけだろう。だが、前者は評伝、後者は前者に対する疑義の提出であって、どちらも文芸批評とは言いにくい。蓮田善明を単独で論じた雑誌論文なども まず見当たらない。蓮田善明の名前はただ保田與重郎や三島由紀夫を論じる中で付随的に言及されるばかりだ。蓮田の文章を「文学」として論じたものは皆無といってよい。

もっとも、あくまで古典文学研究者の同人誌だった「文藝文化」は雑誌「日本浪曼派」に比べれば影響の範囲は限られていたし、文学者だった保田與重郎に対して国文学研究者だった蓮田善明は論の対象になりにくいこともたしかだ。しかも蓮田の古典研究はいわゆる実証よりも独自の文学史ヴィジョンを闡明することを第一義としていて、そのヴィジョンには「皇国史観」と不可分な一面があったから、国文学研究の業界では今さら蓮田善明を回顧する必要などないのかもしれない。つまり、蓮田善明は禁忌であるがゆえに忌避されているのでなく、たんに無視され忘却されているだけかもしれない。

だが、蓮田の古典論のヴィジョンは折口信夫などを経由した国学の系譜を踏まえたものであって、それはそのまま、三島由紀夫の『日本文学小史』のヴィジョンへと直結している。折口や三島のヴィジョンが検討に値するなら蓮田のヴィジョンも独立した検討に値するはずだろう。

思いついて手元の『増補改訂 新潮日本文学辞典』(一九八八年)を開いてみても蓮田善明の項目はない。索引にもない。「文藝文化」の項目もない。たしかに蓮田善明は忘却され無視されているのだ。古代から現代までを一巻に収めた辞典なので無理はいえないが、蓮田の項のあるべき場所の近くに「芳賀檀」などという名前があるのを見ると、その不当な扱いに異を唱えたくもなる。もとより私は蓮田善明とは思想も文学観も異にする者だが、同じ日本語による文学に携わる一人として、この現状には義憤めいた思いすら覚えるのである。

そもそも、蓮田善明を「文学者」と区別された「国文学研究者」という枠に押し込めることが間違っている。蓮田の古典研究はそのまま蓮田の述志であった。詩は志を述ぶるなり、というときのその「詩」であった。その意味で、むしろ、『蓮田善明とその死』への序文を「文人」の一語から書き出した三島由紀夫に倣って、「文人」と呼ぶのがふさわしい。そして、大久保典夫「『文藝文化』の位置」(復刻版「文藝文化」別冊付録所収)

に倣って、「ますらおぶりの文人」と呼ぶならもっとふさわしい。

実際、拙論「イロニーと『女』」でも指摘しておいたが、蓮田善明は二度目の召集を受ける半年前、ちょうど著書『本居宣長』を刊行する直前だったにもかかわらず、「文藝文化」昭和十八年三月号の後記に「国学者では本居宣長よりも賀茂真淵」と書いたのだった。このとき、蓮田はまさしく、宣長の「たをやめぶり」を棄てて真淵の「ますらをぶり」に就いたのである。

だが、この「ますらをぶり」というものが、今日の文学、とりわけ文学の批評や研究においては、ことさらに厄介なのだ。

第一にその文章は、剛直で直線的なあまり単純単調に堕しがちで、「たをやめぶり」の陰翳や繊細な襞々をもたない。つまり、批評家や研究者が解釈によって明るみに出すべき隠された意味の多義性を、つまりは文章の「豊かさ」を、欠いているように見える。

第二に、知行合一あるいは言行一致を生きる「ますらをぶり」は、文章が行動と直結しているため、文が文として現実から隔離された独自の位相を確保しにくい。しかも蓮田善明の場合、その行動は、敗戦後に上官を射殺して自裁するという激烈な死に方と直結してしまっている。

いうまでもなく、保田與重郎は「たをやめぶり」の人であって、彼のイロニーは、文の多義性を保持し、かつ、文の領域を現実から隔離するための方法としても機能していたのだった。つまり「文人」蓮田善明は、思想的にどれほど保田與重郎に近く見えようとも、その文章のふるまいにおいて、保田與重郎的とは対極にあったのである。

だから、蓮田善明の文学を論じる者は、蓮田善明の死に方に触れずに済ますことはできない。小高根二郎の評伝も『蓮田善明とその死』と題されていたのだった。私もまた、いずれあらためて「その死」を論じることになるだろう。

ただし、あらかじめ確認しておかねばならないことがある。

蓮田善明の文業のほとんどは、陣中ノートや書簡も含めて、一巻本全集『蓮田善明全集』（一九八九年）に収められているし、その生涯と文学のほぼ全貌は小高根二郎の渾身の評伝『蓮田善明とその死』（一九七〇年）によって知ることができる。だが、二冊とも大部であり、今日では入手しにくくなっている。

一般読者が接しやすいテキストとしては、筑摩書房の「現代日本文學大系」第六一巻『林房雄・保田與重郎・龜井勝一郎・蓮田善明集』（一九七〇年）と新学社の「近代浪漫派文庫」第三五巻『蓮田善明／伊東静雄』（二〇〇五年）の二冊があるが、「現代日本文學大系」巻末の年譜には、「その死」について、「八月十八日、聯隊本部で行われた終戦詔書の奉読式に参列。翌日、本部玄関前でピストル自殺を遂げる」とある。「近代浪漫派文庫」の巻末にも短い作家紹介があって、「敗戦を派遣先のシンガポールで迎えて短銃で自決」と記されている。

だが、両書とも、「その死」の記述としては不正確である。蓮田はたんにひとりで「自殺」「自決」したのではない。彼は連隊長を射殺した後に「自殺」「自決」したのである。両書とも上官射殺を故意に言い落としているとしか思えない。

方や四十八年前の文学全集、しかも年譜編者は「文藝文化」創刊同人だった清水文雄。方や十三年前の文庫、しかも出版社は保田與重郎と縁が深く先に「保田與重郎文庫」を出している新学社。蓮田善明を熟知している両者における、ともに一般読書人向けの書籍でのこの故意の言い落としは、その死に方こそが、いまだに触れてはならない、触れたくない、禁忌であることを証しているのではないか。そして、「死ぬことが今日の自分の文化だ」と言挙げして剛直に死へと向かった蓮田善明の知行合一の軌跡において、文学はそのまま生き方であり生き方はそのまま死に方であったことを思えば、蓮田善明の文学そのものが禁忌なのであって、蓮田善明の名はたんに無視され忘却されているのではなく、いまも触穢のごとく忌避されているのではないか。その禁忌は、あらゆる欲望を解放したあげくに過飽和から解体期に入ったかとさえ思われる今日の市民社会において、依然として「解禁」されていないのではないか。

（なお、「現代日本文學大系」には、蓮田の最期を記した小高根二郎『蓮田善明とその死』の最終二章が収録されている。また、蓮田の著書の時ならぬ文庫化となった岩波現代文庫『現代語訳 古事記』（二〇一三年）の場合、カバー折り返し部分の著者紹介はたんに「自決」だが、坂本勝の解説文が上官射殺に言及している。）

しかし、「その死」の中心であり禁忌の核心である連隊長射殺の背景や動機についてはわからないことが多い。

徹底抗戦派だった蓮田は反天皇、反国体の言辞を弄した連隊長に憤激したのだ、というのが、一九七〇年の評伝における小高根二郎の推測であり、以後、蓮田の最期に関わる言及はすべて小高根の見解を踏襲している。だが小高根は、その十九年後、一九八九年の『蓮田善明全集』の解説末尾では、一転して、「その死」に関する最重要の証言者だった人物の人格に対する強い疑念を書きつけるのだ。証言者の人格への疑念は証言内容への疑念にまで波及せずにすむまい。松本健一が『蓮田善明 日本伝説』で独自調査を踏まえた見解を述べるのは、その翌年、一九九〇年のことだった。

たしかに、蓮田善明を論じる以上、「その死」の謎は避けて通れない。だが、当面は先を急がず、まずは蓮田善明の「戦争」と「文学」とのあいだを往還しながら進もうと思う。そうすることが、あまりに直線的に見られがちな「文人」蓮田善明の死への軌跡に、本来の振幅とふくらみを回復することにもなると思うからだ。

第一章　文学者の戦争——玉井伍長（火野葦平）と蓮田少尉

応召まで

まず、本論に入る前提として、また、一般読者にはあまり知られていないであろうこの「文人」の人となりについておおまかな理解をもってもらう一助として、昭和十三年の応召に至るまでの履歴を、主として小高根二郎の評伝『蓮田善明とその死』や『蓮田善明全集』の年譜によりながら、かいつまんで紹介しておくことにする。

（本書巻末には簡略な年譜を付した。なお、本文の年次記述では、昭和二十年の敗戦までは主として元号を用い、時々西暦を補うことにする。）

蓮田善明は明治三十七（一九〇四）年七月二十八日、熊本県鹿本郡植木町の浄土真宗金蓮寺の住職・慈善と母・フジの五人の子の末子（三男）として生れた。

植木という地名は明治十年の西南の役に際して陸軍少佐だった乃木希典が軍旗を奪われた土地の名として知られている。激戦地として名高い田原坂も近い。

近代史上最後の内戦だったこの戦闘には、当時二十七歳だった父・慈善も政府軍軍曹として参加している。慈善はすでに得度していたが、征韓論が澎湃と湧き起こるにおよんで矢も楯もたまらず陸軍士官生の募集に応じ、皮肉にも、征韓論敗れたのち下野して蹶起した西郷軍と戦うことになったのである。幕末維新期に青春を過ごしたこの人物は抹香臭さとはほど遠い硬骨のナショナリストだったようで、西南の役で負傷免官して住職の座を継いだ後も長く在郷軍人会に重きをなしていた。

慈善は漢詩もよくし、文武両道の「豪僧」だった。その資質は二人の兄よりも三男の善明に最も強く受け継がれた、と小高根は見ている。

しかし、慈善のその苛烈な気性のせいか、親子間の葛藤がたえず、家庭内は紛糾をつづけ、末っ子の善明は深く胸を痛めていた。後年善明は、自分は「世にも稀な家族苦をもつて苛まれた」と述懐し、父母兄姉とは「全く別な所に葬つてもらひたい」と書いている（「私の墓」昭和十四年八月六日）。

善明は地元の植木尋常小学校から熊本県立中学・済々黌《せいせいこう》に進学する。当時の親友には、西南の役の前年に蹶起敗北した復古主義結社・神風連の精神的中核だった林桜園が尊崇した杵築神社の宮司の息子もいた。また、済々黌の教員には神風連幹部の息子で後に『神風連血涙史』（一九三五年）を著す石原醜男《しこお》がいて、時に教壇で神風連の逸話を慷慨気味に語ることがあったという。（昭和十八年十月末、再度の召集令状を受け取った善明は、壮行の宴で「郷党神風連の歌を高吟」し、はては米英を罵って熱涙を流したという。そして、周知のとおり、三島由紀夫の『豊饒の海』第二部『奔馬』の主人公・飯沼勲は、神風連の事蹟に感奮し、昭和の神風連たらんと志す。）

一方で、済々黌時代には肋膜を患って一年間休学もしている。またこの時期、文学趣味にも目覚めて友人間の回覧雑誌に詩や短歌や俳句を発表する。

大正十二（一九二三）年に広島高等師範学校文科第一部（国語漢文専攻）に入学。斎藤清衛教授から強い感化を受けた。この間、文学熱はいっそう嵩じ、校友会雑誌の編集にも携わって詩や小説や評論をしきりに発表し、「広島高師の文運隆昌時代」を築いた。

昭和二（一九二七）年三月、広島高師卒業。四月一日、鹿児島歩兵第四十五連隊に幹部候補生として入隊。

翌昭和三年一月三十一日除隊。

昭和三年四月から岐阜県立岐阜第二中学校で教職に就いた。

このころの蓮田の風貌を小高根が描いている。興味深いので紹介しておく。教員中「とび抜けて美男」で、「蒼白い顔色。いくぶんなよなよとした女性的タイプ。女形出身の映画俳優・長谷川一夫に体つきがそっくりだった。顔つきは長谷川に太宰治をつきまぜたようなものだった。そんな顔に微笑を浮べて、生徒たちに話しかけると、わーッときた」。人気教師だったらしい。

同年六月には郷里・植木町の医師の娘・師井敏子と結婚。敏子とのあいだに三人の男子をもうけることになる。生家の「家族苦」に苦しみつづけた善明は、自ら創設したこの家庭を愛の小世界たらしめようとつとめた。翌四年に先輩のたっての招きで長野県立諏訪中学校へ転勤。作文の時間にはよく生徒を引率して諏訪湖畔に行き、作文でも詩でも自由に作らせたという。

昭和七年四月、通算四年間の教職をなげうって、広島文理科大学国語国文学科に入学する。投稿した原稿（長文の論文だったらしい）が中央公論社から返されたことに学問の未熟を痛感して発奮したのだという。二十七歳（数え年二十九歳）での学問への復帰である。

昭和八年九月、清水文雄、栗山理一、池田勉とともに「同人紀要」としての「国文学試論」第一輯を刊行する。同人四人は、広島高等師範から広島文理科大へと進んだ旧知の同窓生である。これが五年後の「文藝文化」の母胎となる。なお、当時の蓮田の研究の中心は『古事記』だった。昭和九年には初の著書『現代語訳古事記』を出版している。

昭和十年三月、大学を卒業した善明は、四月、台湾の台中商業学校へ赴任する。あえて台湾行きを選んだのは、卒業間際に勉強が過ぎて悪くした肺門の療養のためと、大学時代に受けた奨学貸付金返済の便宜のためだった。（台湾の教員には本俸のほかに本俸の半分にも及ぶ外地手当がついた。）

昭和十三年四月、三年間の台湾生活を切り上げて内地に帰還し、東京の成城高等学校〈現在の成城学園大学〉の教員となる。学習院へ転出した清水文雄の後任である。（すでに前年七月、日中戦争（北支事変）が勃発し、戦火は拡大の一途をたどっていた。）

成城高等学校着任後まもなく、「国文学試論」の同人で「日本文化の会」を発足させ、七月、その機関誌として月刊雑誌「文藝文化」を創刊する。「国文学試論」は研究成果報告の場としての「同人紀要」だったが、「文藝文化」では、各自評論的スタイルで独自の古典論や文化論を自由に発表し始める。

十月十七日、召集令状が届いた。十八日、東京を発ち、十九日に植木の実家で一泊し、二十日に熊本歩兵第十三連隊第二中隊に入営する。陸軍少尉。数え年三十五歳だった。

父親・慈善は前年七月の日中戦争開始時にも在郷軍人会会長を務めていたが、この年二月に八十八歳で死去していた。六十九歳の母親・フジは病臥していたが、「お前の召集はうれしい。誰か出てくれなければならないと思つたのでうれしい。涙を見せまいと思つてゐたがこれはうれし涙バイ。もし生きて帰れたら又会ひたいが、それもどうなるか分らぬが、覚悟してゐる、国のために身体を惜しまずはたらいてくれ、これがわたしの願ひ。しつかり働いてくんなはり」と「しづかに」「実はもつと決意の明るさで話された」、と善明は日記に記している。（この母親は十一月十二日に亡くなる。父親の葬式には参列しなかった蓮田だが、たまたま演習で家郷の近くに行っていた際に危篤の報に接して駆けつけ、死に目に会えた。）

十一月一日、蓮田の「青春の詩宗――大津皇子論」を載せた「文藝文化」十一月号発行。その「後記」に清水文雄は、「遂に蓮田に召集令が下つた」「僕らの仲間から応召者を出したことは、僕らの無上の光栄であり感激である」と書いた。

幹部候補生志願の問題——評伝存疑

蓮田善明が昭和十三（一九三八）年に少尉として応召したのは、広島高師卒業後の昭和二（一九二七）年四月から十カ月間、幹部候補生としての入隊体験をもっていたからである。

しかし、小高根二郎の評伝『蓮田善明とその死』は、第一部第四章「広島高師時代」の次の第五章が「岐阜二中の教師時代」に飛んでいて、「昭和三年の春に善明は広島高師を卒業すると、開校したばかりの岐阜第二中学校（現加納高校）に赴任した」と書き出されている。小高根は広島高師卒業年次を一年間違えているのだ。そのためにこの大部な評伝は蓮田善明の初めての軍隊体験をなかったことにしてしまった。（清水文雄が作成した巻末年譜にはちゃんと記されている。）

ただの勘違いだったのだろうとは思いつつ、不審の念はなお残る。たとえ最初は勘違いだったとしても、書き継いでいる途中で気づかなかったはずはない。しかも小高根はこれを自身が主宰する雑誌「果樹園」に長期連載したのだから、いつでも補足訂正できたはずだ。単行本にまとめる際にも加筆はできる。にもかかわらずそうしなかったのはなぜか。

小高根は、後の全集にも収録されていない多数の日記や書簡類まで参看している。筆まめな蓮田には入隊中の日記や書簡もあったのではあるまいか。入隊中に書けなかったとしても後日の回想という形での記述はあり得ただろう。そういう資料の中に、もしかすると不都合な（後年の蓮田善明像を損ないかねない）記述があって隠したのではないか。

なにしろ、まだ魂の可塑性を残した二十三歳の若者の初めての軍隊体験だったのだし、俳句も短歌も詩も作り、小説も評論も書いて「広島高師の文運隆昌時代」を築いた余熱も持続していたはずなのだ。しかも、後の章で詳しく紹介するが、若き蓮田善明は、その創作方法から推測するに一個のモダニストであり、その教育方法から推測するに一個の自由主義者だったのである。

こんなことに私がこだわってしまうのは、とりわけ蓮田の死をめぐる記述で露呈されることになる小高根の、評伝作者としては慎むべき過度な「身びいき」や感情的な態度が気になっているからである。たとえば彼は、蓮田に感情移入するあまり、随所で蓮田の一人称叙述のごとき記述をちりばめている。また、蓮田の評伝完成に先立って伊東静雄の全集の編纂に従事し伊東の評伝も書いていたが、その伊東静雄への態度が、本書前半では蓮田の知己として好意的だったのが、後半ではひどく冷淡になり嫌悪感さえにじませるのだ。そして何より、蓮田の死に関わる証言者がすべて蓮田擁護者であるうえに、序章でも指摘したように、評伝執筆時に全面信頼した最重要証人たる蓮田の上官の人格に対して、一転して全集解説では深い疑念を書き記すのである。

もちろんこの過剰なまでの身びいきや思い込みの激しさがなければ蓮田をめぐる当時の分厚い禁忌を突破できなかったのだろう。だが、圧倒的な資料を独占している評伝作者の公正中立を失したこの姿勢は、私のみならず、小高根の評伝に多くを依拠せざるを得ないであろう今後の蓮田研究者にとっても、大いに警戒を要するところだ。

ともあれ、このとき幹部候補生にならなければ後年の蓮田の出征は士官（少尉）としてでなく一兵卒としての出征となり、彼の軍隊体験も戦場体験もまるで異なるものとなっただろう。彼の思想の軌跡も大きく変化し、あの激烈な最期もなかったかもしれない。それほどにも大事なこの十カ月間を、評伝作者がまるで存在しなかったかのごとく済ませて平然としているのが、私にはどうにも不審なのである。

火野葦平の場合――「兵隊はかなしきかなや」

私はこう書きながら、蓮田善明より一年遅れて昭和三年二月に幹部候補生になり、蓮田より一年早く昭和十二年九月に応召した玉井勝則、すなわち火野葦平の場合を思い出している。

火野は早稲田大学在籍のまま入隊し、営内でレーニンの訳書を隠し読んでいたことが発覚して、少尉昇進どころか、軍曹から伍長に格下げされて除隊している。しかも訓練後に復学できる制度だったのに、家業を継がせたかった父親が休学願の代わりに退学届を出していたため、若松に帰って石炭仲士業「玉井組」の「若親父《おやじ》」となり、「ゴンゾウ」と呼ばれる気の荒い石炭荷積み人夫たちを束ねて働くことになる。だから火野は日中戦争に陸軍伍長・玉井勝則として出征した。少尉は士官（将校）だが、伍長は下士官の最下位である。

その火野葦平は、入隊訓練中の昭和三年、雑誌「燭台」の五月号に次のような詩を発表していた。

兵隊

一　兵隊なれば、兵隊はかなしきかなや、
　　ひねもすを、ひたぶるにいくさするすべををさめつ。
二　春なれば、兵隊はかなしきかなや、
　　時じくに花は咲けども、花の香を聴くやはろばろ。

以下、「兵隊はかなしきかなや」をリフレインしつつ六連まで続く。歌謡調の抒情にまぶしているが、幹部候補生としての入隊訓練中の感慨であることは間違いない。「いくさするすべ」を習得して兵隊になる（兵隊へと改造される）若者たちは「かなしきかなや」。

火野はこの九年後、日中戦争開始まもない昭和十二年九月に応召し、分隊長として十三人の部下を率いて杭州湾敵前上陸に参加する。さらに嘉善での激戦を経て南京攻略戦に向かうが、彼らの部隊が到着する以前に南京が陥落したので、死屍累々たる光景を横目に見ながら十二月十七日の南京入城式に参加した後、ただちに杭州攻略に方向を転じ、十二月二十六日に杭州入城を果たして駐屯した。

そして火野は、杭州駐屯中の従軍手帳の余白に、記憶をなぞって、九年前のこの詩を書く。そこでは第一連二行目をいったんは「人ころすすべ」と書いて「いくさする」に削除訂正している。たしかに火野は、「いくさする」とは「人ころす」ことにほかならないことを実地に体験したのである。

杭州湾上陸から嘉善での戦闘までは小説『土と兵隊』に描かれているが、ここでは火野の十二月十五日付家族宛の手紙から嘉善郊外での戦闘を報告した部分を抜粋引用しよう。（直接の宛名は父親だが、冒頭部には「この手紙はみんなに読んで聞かせて下さい」とあるという。「みんな」とは玉井家の両親、弟妹、妻子を指す。）

この手紙は「國文学　解釈と教材の研究」二〇〇〇年十一月号に花田俊典が翻刻紹介したものである（後に辺見庸『1★9★3★7』に引用されて広く知られることになった）。日中戦争初期には私信の検閲もまだゆるやかだったのかもしれないが、それにしても、戦闘従事者自身によるこんなにもなまなましい報告はめったにあるまい。蓮田も一年半遅れて大陸に渡ることになるのである。（とはいえ、占領地域を揚子江沿いにさかのぼった蓮田にはこんな激戦はなかったし、そもそも出征中の蓮田は書簡類では戦闘の実態についてほぼ緘黙しているのだが。以下、〔　〕内は井口の補足。）

〔攻撃は十一月十一日に始まったが、嘉善は無数のトーチカで防衛されていて、十一日も十二日も前進できず、三日目の十三日となった。〕大隊長から、トーチカ占領の命令が中隊に下り、僕の分隊に命令された。一種の決死隊です。今度はやられるかも知れんと思ひました。十一時頃でした。分隊の兵隊を七名つれて、タマの中を、トーチカに忍びよりました。目の前にプツプツタマが土にささる、一発、耳をかすめました。（中略）「タマは当らやせん、一気にトーチカにとりつけ」とどなつて、まつ先にかけ出しました。兵隊もすぐ後からつづいて来る。トーチカにかけのぼることに成功した。横が五間位の大きなトーチカです。土をもつた上に空気抜きか、煙突らしいパイプが三ケ所に出てゐる、そこから手榴弾を投げこむことにしたのです。（中略）その時はちよつとあはて《ママ》たです。一発だめにしました。三発目に自分で工夫すると、発火したので、その煙突見たいな穴から、ころがしこんだ。手榴弾は発火してから、七秒半で爆発するのです。どかんと破裂した。七発、そこから、投げこみました。〔戸が頑丈で破れないので、「来い来い」というつもりで「ライライ」と何度もどなると内側から戸が開いた。〕若い支那兵の顔が見え、向ふ《ママ》から銃をさし出しました。抵抗しないといふ意味でせう。それから、次々に銃を出し初めましたが、何と、十鋌《ママ》、十五、二十、と、意外にも三十以上も出しました。それから四人最初出て来ましたが、一人は頬《ホホ》べたが半面千断れてゐました。分隊の兵がそこへ坐れといふと、一人逃げ出したので、すぐ、その兵隊が射つと、たほれました。ライライといふと、次々に出て来るのが、皆、若い兵隊ばかりです。これは所謂精鋭なる正規兵です。手榴弾にやられたらしく、アゴのないのや、眼のつぶれたのや、息たえだえのやが、出て来て、手をあはせて、ぺこぺこしながら、二十四五人も出て来ました。〔さらに五人ほど出て来たが、なお奥に泣いている者がいた。〕私が入つて行くと、立ち上つて、わんわん泣いてゐる、暗いので、戸口の近くまで引き出すと、十六七の可愛らしい少年兵です。首の所に手をやつて、僕をおがむやうにし、命だけは助けてくれといふ意味でせう、しきりに、何かいふのかわからないけれども、田舎に、両親も居るし、日本に抵抗したのが悪かつた、親のところへかへりたい、といふ意味らしく感じました。眼を泣きはらして、僕の両肩へ、すがりながら表に出ました。皆、兵隊がつないで、大隊本部の位置に引き上げました。（中略）つないで来た支那の兵隊を、みんなは、はがゆさうに、貴様たちのために戦友がやられた、こんちくしよう、はがいい、とか何とか云ひながら、蹴つたり、ぶつたりする、誰かが、いきなり銃剣で、つき通した、八人ほど見る間についた。支那兵は非常にあきらめのよいのには、おどろきます。たたかれても、うんともう《ママ》んとも云ひません。つかれても、何にも叫び声も立てずにたほれます。中隊長が来てくれといふので、そこの藁家に入り、恰度、昼だつたので、飯を食べ、表に出てみると、既に三十二名全部、殺されて、水のたまつた散兵濠の中に落ちこんでゐました。山崎少尉も、一人切つたとかで、首がとんでゐました。散兵濠の水はまつ赤になつて、ずつと向ふ《ママ》まで、つづいてゐました。僕が、濠の横に行くと、一人の年とつた支那兵が、死にきれずに居ましたが、僕を見て、打つてくれと、眼で胸をさしましたので、僕は、一発、胸を打つと、まもなく死にました。すると、もう一人、ひきつりながら、赤い水の上に半身を出して動いてゐるのが居るので、一発、背中から打つと、それも、水の中に埋まつて死にました。泣きわめいてゐた少年兵もたほれてゐます。濠の横に、支那兵の所持品が、すててありましたが、日記帳などを見ると、故郷のことや、父母のこと、きようだいのこと、妻のことなど書いてあり、写真などもありました。戦争は悲惨だと、つくづく、思ひました。

武器を放棄した無抵抗の捕虜三十二名をその場で殺害したのである。花田俊典が注に記しているとおり、日本も批准し公布していたハーグ陸戦条約は「兵器ヲ捨テ又ハ自衛ノ手段尽キテ降ヲ乞ヘル敵ヲ殺傷スルコト」を禁じていた。発端は一兵士の憤激にはじまったとはいえ、上官が制止しなかったのは、八月の上海攻略戦以来、「捕虜は作らぬ」方針（結果として捕虜殺害容認）がすでに常態化していたからだろう。つまり、三十二人全員殺戮は部隊としての正式措置である。

事後的ながら火野自身もこの殺戮に加担したのだ。むろん、死にきれず苦しんでいる支那兵二名に発射した火野の二発の弾丸は、火野の主観においては慈悲の弾丸であったろう。「戦争は悲惨だと、つくづく、思ひました。」火野にはしかし、部隊の行為が違法であり戦争犯罪であったという認識はない。

ここに記されたのは一部隊の一行為である。これをもっと大規模に、広範囲の対象に対して、師団規模で、というより中支方面軍規模で、兵隊たちの間では「生肉の徴発」という隠語で通ったという強姦まで含めて、実行したのがいわゆる「南京事件」である。火野は十二月十四日、「城外には支那兵の屍骸が山をなしてゐます」という光景を横目に見ながら、「廃墟」と化した南京城内に入るのだ。

周知のとおり、火野は杭州駐屯中の昭和十三年三月、出征間際に大急ぎで書き上げた小説『糞尿譚』が芥川賞を受賞したとの報知を受け、二十七日には芥川賞の陣中授与式が行われ、文藝春秋特派員の小林秀雄の手で正賞の時計が授与された。これを機に、玉井勝則伍長は作家・火野葦平として認知され、報道部に転じて書いた徐州会戦記『麦と兵隊』がベストセラーになり、以後、戦時下を代表する「国民作家」として、「兵隊小説」や従軍記や戦意高揚エッセイを精力的に書きまくることになる。

火野は雑誌「九州文学」の昭和十八年三月号「巻頭言」では、「文学は兵器である」とさえ書いた。

「文学は今日もはや、兵器である。たぐひなく美しき兵器である。」

「殉国の志をおいて、日本人の生きる道はなく、文学の生きる道はない。」

ところが、その二カ月後、火野の学生時代の詩を集めた詩集『青狐』が友人の手で上梓されたとき、「兵隊はかなしきかなや」と歌ったあの「兵隊」一篇が検閲で削除を命ぜられ、すでに製本も終わっていた詩集は該当ページを切り取って刊行されることになる。皮肉にも、文学を文字通り「兵器」としてしか扱わぬ「聖戦」遂行権力は、「国民作家」火野葦平の十五年前の青春の感傷をもはや許さなかったのである。

火野葦平と蓮田善明──蓮田善明は「民衆」を知らない

あらためて、昭和二年、蓮田善明も何か書き残していたのではないか、と思われてならない。ともあれ、さすがに小高根も、評伝の十九年後に編集刊行した『蓮田善明全集』の解説では、評伝での不備を補正してこう書いている。

昭和二年三月に広島高師を卒業すると、翌月には鹿児島歩兵第四十五聯隊に入営せねばならなかった。胸部には既往症の痕跡があったはずであるが、徴兵検査の雑な聴打診では看過されて、外見上の体格から、甲種合格になっていたのだ。かくて翌昭和三年一月末まで十カ月の幹部候補生の教育をうけて、陸軍歩兵少尉に任官したことが、後年、日中・太平洋両戦争に召集される運命を招いたのだ。まことに不運といわねばなるまい。

年譜的事実の記入だけで幹部候補生教育の内実には踏み込んでいない。このまま了解してかまわないようなものだが、評伝における書き落としにこだわる私は、ここでも、「入営せねばならなかった」「まことに不運」といった言い回しに、いくぶん不自然な、蓮田をことさら不当な「運命」の「被害者」として印象づけようとする弁明めいた口調を感じてしまう。

いわゆる「幹部候補生」制度が施行されるのは昭和二年の十二月からだから、厳密にいえば四月時点での蓮田の入営はそれ以前の「一年志願兵」制度だったと思われるが（翌年二月入隊の火野は発足したばかりの「幹部候補生」である）、どちらにせよ予備士官養成のための制度であって、現役徴集されれば二年間の在営を強いられるところを一年間（蓮田や火野のように高等教育を受けた者は十カ月）の在営で現役を了えられ、しかも少尉となって予備役にまわれる、という特権があった。そもそも中学校卒業以上の学歴が必要で、そのうえ入営中の費用は自弁なので、制度そのものが資産家の子弟のための特権という性格をもっていたのである。裕福とはとてもいえない蓮田だが、このとき、費用を自弁してまで「志願」したことになる。

徴兵検査の甲種合格者が現役徴集されるかどうかは抽選で決まる。満洲事変以前の甲種合格者数は毎年十七万人台、毎年の陸軍の現役徴集人員は志願兵を含めて十一万人余りだったそうだから（大江志乃夫『昭和の歴史3　天皇の軍隊』）、蓮田のような高学歴者が、高い確率の現役徴集を回避するために一年志願兵制度を選択するのはすこしも不自然ではない。くわえて蓮田には、在営期間を少しでも短縮して文学研究をつづけたいという思いもあったろう。だが、そのように推測可能な理由なら小高根が記述をはばかる必要はあるまい。

もっとも、評伝での書き落としが故意の資料隠蔽だという確証が私にあるわけではないから、ただ「存疑」としておくにとどめるが、ともかく蓮田は強いられたのでなく自ら「志願」したのであり、自分で「選択」したのである。

そしてまた、この「選択」によって蓮田が招き寄せた「運命」の最も重要な点は、私の観点からは、小高根のいう二度にわたる召集以上に、一兵卒でなく士官（少尉）として応召した点にある。一兵卒として体験する軍隊および戦場と士官として体験する軍隊および戦場とは決定的に異なるのだ。

命令に服従するだけの兵隊と違って士官は部下を統率し指揮する責任を負うが、その一方で、兵営生活における大きな自由を享受できる。たとえば新兵を訓練する内務班で、士官は無知無教養な多数の兵隊たちと起居を共にする必要もなければ毎晩恣意的なリンチ（いわゆる「私的制裁」）をこうむることもない。実際、入営後の蓮田は当番日以外は熊本市内の下宿で起居していたし、戦地でも将校室で自分だけの時間を確保し、詳細な日記を記したり書物を読んだり「文藝文化」に掲載する原稿を書いたりしていた。彼が士官だったからできたことである。伍長だった玉井勝則（火野葦平）にはこんな自由はなかった。

また、この「選択」は蓮田善明の民衆体験にも関わる。

軍隊は知識青年が民衆の中にたたきこまれるほぼ唯一の機会だった。帝政ロシアのドストエフスキーはシベリアの監獄で初めて民衆を知ったが、明治・大正・昭和の日本の知識青年の多くは、軍隊で初めて民衆を知ったのだ。軍隊こそは国家が設営した「ヴ・ナロード（民衆の中へ）」のための広く開かれた場所である。そこで彼らは、認識したり同情したりする対象としてでなく、同一平面上で、逃げ場もなく、二十四時間生活を共にせざるを得ない同輩として、無知で粗暴で忍耐強くて善良で素朴で野卑で狡猾でおとなしい、矛盾に満ちたまるごとの民衆というものに出会うのだ。

それは決して幸福な出会いではない。

軍隊は、「地方（一般社会）」の階級制が解除され、家柄や貧富や職業の差別が撤廃された（ように見える）、丸山真男のいう「疑似デモクラティック」な空間（飯塚浩二著『日本の軍隊』）である。そこは、明治国家が看板として掲げながら実態としては裏切り続けた「一君万民」の理想が特殊な形で実現された唯一の領域なのだ。

もちろんこの「疑似デモクラティック」な空間には「地方」とは別の独自の階級制が貫徹しているから、華族の子弟が土方上りの上等兵に殴られることもあれば、帝大出の初年兵が尋常科卒の古兵に蹴り飛ばされることもある。内務班における悪名高い「私的制裁」横行には、「地方」において虐げられた者たちの怨恨の意趣晴らしという一面がある。

殴られ蹴られる側にとっては陰惨な「ナロード」体験だ。だが、その陰惨さは、「地方」におけるはるかに大規模で恒常的な差別と搾取の転倒した現れにすぎない。軍隊を見ればその社会がわかる。どんな社会も自分の身の丈に見合った軍隊しか作れないのである。

少尉として応召した蓮田善明は、さいわいにしてそのような陰惨な民衆体験を免れることができた。だが、それは、この「ますらをぶりの文人」が、ついにまるごとの民衆と出会う唯一の機会を失したということでもあるだろう。

若松港の玉井組の「若親父」となった玉井勝則は、昭和六年、石炭荷積みに機械が導入されて仲士たちが仕事を失う危機に際して、三井、三菱、麻生、住友、古河などの大財閥が連合した炭坑資本を相手取って、沖仲士組合を組織して補償交渉に当たり、ついには、たった三日間とはいえゼネストまで敢行した。底辺に多数のルンペン・プロレタリアート的な日雇い人夫や朝鮮人労務者を含み、非合法共産党も手を出せず、「任俠」の徒以外によっては束ねられたことのない「ゴンゾウ」たちである。（火野の父親が玉井組の看板を掲げた時、若松港を牛耳っていたのは、「近代やくざの祖」とも言われ衆議院議員も兼ねた吉田磯吉親分だった。あの山口組も神戸の沖仲士たちを束ねて発足した。）池田浩士『火野葦平論』がいうとおり、このゼネストは日本労働運動史上に特筆さるべきものだった。

火野葦平はたしかにまるごとの民衆の中に飛び込んだのだ。若松港の「ゴンゾウ」たちはそのまま六年後の玉井伍長が杭州上陸作戦で生死を共にした兵隊たちだと思ってよいし、作家・火野葦平が「兵隊小説」のなかで満腔の愛情を注ぎつづけた日本の「兵隊」なのだと思ってよい。

一方、蓮田善明は、火野葦平のようには具体の民衆と接したことはない。いっそ誤解を虞《おそ》れずいえば、蓮田善明は民衆というものを愛したことすらない。しかし私は蓮田を貶めようとしてこういうのではない。蓮田善明は民衆を知らず民衆を愛さないことによって、終始昂然として蓮田善明であり得たのだった。

そもそも、学生だった時期を除けば「地方」においてずっと教育者だった蓮田は、軍隊においても教育者だった。十三年十月末に入営した蓮田が大陸に出発するのは翌年四月初め、その間ほぼ五カ月、士官である彼は主として新兵の教育訓練に当たっている。

彼の民衆は中学や高校において生徒であり兵営において兵隊であった。生徒はあらかじめ家庭の経済水準と当人の学力による二重の選抜を経た「良家」の子弟であり、兵隊は彼に絶対服従する部下である。つまり蓮田は、つねに一段高い場所に立って、民衆を愛護し教育し指導する者だった。

教育者は民衆を愛護する。だがそれは、現にある民衆の「存在」をそのまま愛し肯定し保護することではない。蓮田の認識に即していえば、教育は、より高い理想に向かって現状を超え出ていくよう促し要求し指導することでなければならない。その意味において、教育とは、現にある「存在」の否定から始まる営みなのである。

同じ地平に立って民衆を見る火野葦平のまなざしはリアリズムである。一段高い位置に立って民衆を見下ろす蓮田善明のまなざしはリアリズムではありえない。

「聖断」に従った火野葦平／「聖断」を拒んだ蓮田善明

民衆とはつねに、現に在り、現に生き延びている人々のことである。国破れてもなお生き延びつづける人々のことである。その民衆を愛すればこそ、玉井勝則は石炭仲士たちの生活のために国家と結託した大財閥連合を相手にゼネストまで打ったのだし、作家・火野葦平は帝国の戦争に駆り出されて生死の間をもがきながらもたくましく生きる兵隊たちを描きつづけたのだった。そしてまた、敗戦直後に書いたエッセイ「悲しき兵隊」(「朝日新聞」昭和二十年九月十一日、十二日)では、悄然とうなだれて故山に帰る兵隊たちに、それでも君たちこそが新国家建設の柱石となるべきなのだ、と呼びかけたのだった。

このごろ、兵隊の姿を見るほど痛ましいものはない。烈々たる闘魂をもつて、敵撃滅の日を待ち望んでゐた兵隊は、今、武器をとりあげられ、悄然として故山にかへる。(中略)説明することもできないその兵隊たちの気持が、私の心の奥底にひゞいて来て、私は兵隊の顔をまともに見ることができないほどだ。これらの兵隊に対してはどんな言葉をもつて慰めても慰め足りないのである。(中略)いま、日本が何故敗れたかといふことが論じられるやうになつたが、いろ〳〵数えあげられる原因の底に、抜きがたく根本的なものと考へられるのは疑ひもなく、道義の頽廃と、節操の欠如であつた。(中略)畏くも軍人に賜はりたる勅諭が単に軍人のみならず、国民全体の仰ぐべき規範であり、常住坐臥、国民の生活と精神の基礎としていさゝかも誤りのないものであるといふ私の長い間の信念は、いまも少しも変らない。(中略)日本人の道は一つしかないはずである。戦時中は勝利へ邁進した。戦争が終れば、平和へ邁進するの一途である。それこそは聖断にこたへ奉る臣下としての唯一の道である。(中略)ただわれ〳〵日本人はいかなる現象の氾濫のなかにあつても、つねに炬火をかゝげて国体の護持にあたらねばならぬが、そのときに、敗戦の原因となつた道義の頽廃と節操の欠陥とを救ひ得る一つの精神こそ兵隊の精神でなくてなんであらう。悲しき兵隊たちがひつそりした姿で、故山へかへる。願はくは、国軍解体の後にあつても将兵はこれまで軍隊において培はれた精神をすて去ることなく、常に新日本前進の中枢となり、国民の希望となつていたゞきたい。

敗戦後になお軍人勅諭の精神をモラルの根幹に据えつづける火野の観念は旧弊である。のみならず、「道義の頽廃と、節操の欠如」を強調する火野の議論は、あきらかに、終戦の詔勅中の「道義を篤くし志操を鞏くし誓て国体の精華を発揚」せよという一節を踏まえ、さらについ十日ほど前、八月二十八日の東久邇宮首相の記者会見談話を継承している。東久邇宮はそのとき、重要な敗戦原因として「国民の道義のすたれ」を挙げて、いわゆる「一億総懺悔」を唱えたのだった。むろんこれが、皇族首相として、天皇の戦争責任をあいまい化する意図を含んでいたのは明白である。

だがこれが、戦争末期、周囲の止めるのも聞かず、敢えてインパール作戦に「従軍」してその実情を見、一私人でありながら作戦批判を大本営に具申もした火野の見解だということを忘れてはならない。火野は戦後、自身の見聞をもとにインパール戦線の悲惨を小説『青春と泥濘』で描いた。そこでは前線の兵隊の苦難と後方の指揮官らの頽廃ぶりが対比され、見殺しにされた戦友らの怨みを体して指揮官を暗殺しようとジャングルをさまよう兵隊さえ登場する。

全体主義において非倫理とされたのは、つきつめれば、自己保身も含めた「エゴ＝私利私欲」にほかならない。軍人勅諭が戒めたのもその「エゴ＝私利私欲」だった。「大東亜戦争」の敗北原因として「道義の頽廃と、節操の欠如」を指摘する火野は「科学的」でも「客観的」でもないが、それは銃後に瀰漫していた厭戦気分に対する批判でも「一億総懺悔」の主張でもなく、なによりも、「神州不滅」「一億玉砕」といった「大義」の美名に隠れて、とりわけ戦争指導者たちの間に、「私利私欲」がはびこっていたことに対する批判だったと読むべきである。火野はあくまで「兵隊＝民衆」の味方であって、権力としての軍や軍閥の味方なのではない。

火野は戦中も戦後もただ「聖断」に従っている。戦中は大東亜戦争開戦の詔書（米国及英国ニ対スル宣戦ノ詔書）に、戦後は終戦の詔書（玉音放送＝大東亜戦争終結ノ詔書）に。戦中に「死ね」と命じた天皇が終戦時に「生きよ」「生き延びよ」と命じたのである。そして、民衆が「生き延びる」とき、「私利私欲」が公然と復活するだろう。復活した「私利私欲」はやがて「資本主義の精神」と化して世を支配するだろう。火野はその「私利私欲」に対抗するための倫理的支柱となれ、と「悲しき兵隊」たちに呼びかけているのである。

対して、徹底抗戦派に属して連隊長を射殺した蓮田善明は、終戦の「聖断」を拒んだのである。昭和十三年の出征間際に「死ぬことが今日の自分の文化だ」（「青春の詩宗――大津皇子論」）と書いた蓮田善明は、七年後にも、生き延びる自らを拒み、また生き延びる国家と民衆を拒み、初志を貫いたのである。

第二章　教育者・蓮田善明の「転向」　付・二つの宣長論と二つの公定思想

「自由主義者」蓮田善明

蓮田善明は応召するまで通算七年半にわたって中学や高校の教員だった。そして、意外に思われるかもしれないが、彼の教育方法は形式にとらわれず創意工夫に富んだ「自由主義的」なものだった。

以下、小高根二郎の『蓮田善明とその死』によってかいつまんで紹介するが、たとえば昭和三（一九二八）年、新米教師として赴任した岐阜二中では、生徒が敬遠しがちな漢文の授業で、桃太郎の童話を漢文に翻訳して生徒たちを喜ばせたり、試験問題にも教科書外から漢文に直した教育勅語を出したりしたという。古典や教科書という既成の枠組にとらわれないオリジナルの教材開発である。

翌年請われて赴任した諏訪中学では、まず教科書にカバーを付けることを禁じ、教科書を汚すまいというような心理は敬虔なようでいて実はけち臭い心理にすぎない、それは結局、教科書を、またその内容を敬して遠ざけるものだ、教科書はどんどん書き込みをして汚すべし、そうして内容を我がものとすべし、と訓示したという。教科書という「物」に対する敬虔主義的な物神崇拝を否定したのである。また、作文の時間には生徒を諏訪湖畔に連れ出し、作文でも詩でもよい、意が赴くなら絵でもよい、諸君の好きなものを自由に創造せよ、と指示した。感動に発する個性的で自主的な創造を尊ぶ彼の教授方法は、形式主義と権威主義の権化のような年輩の国語科主任との間に確執を生じるほどだったともいう。

大学生活を挟んで赴任した三年間の台中商業時代は肺の療養と奨学貸付金返済を主目的とした「雌伏期間」

だとあらかじめ決めていたためか、総じて「控え目」だったらしいが、日中戦争（支那事変）勃発の翌年、昭和十三年四月、蓮田は「内地」に帰還して東京の成城高校に奉職する。成城高校は成城学園の創立者であり大正自由主義教育運動の中心人物だった沢柳政太郎を初代校長として大正十五（一九二六）年に開校した学校である。（沢柳は翌昭和二年に没している。）

四月十一日の日記では、「沢柳氏の精神はややもうろうとしてゐる。現在の指導精神は何やら分らぬ。今に最もつまらぬ学校になるかもしれぬ」と失望したらしい批判的印象を記し、「成城の方は第二」とし、池田勉、栗山理一、清水文雄とともに発足させたばかりの「日本文学の会」を優先しようとしている。「日本学を樹立せねばならない。」

しかし、だからといって蓮田は手を抜くような教師ではなかった。三日後、四月十七日の日記では授業要領を考案している。

自発。大いなるものへの謙虚。これが二原則だ。そして、自主的な世界精神への誘導。

生徒の内から発する「自発」性を引き出すことと「大いなるもの」への謙虚さを教えること。「自主的な世界精神への誘導」はその二原則を約めて言い換えたものだろう。

蓮田のいう「大いなるもの」が、もしも成城学園建学の精神にも謳う学問教養の到達目標たる「真善美」の理想であるなら、蓮田善明こそは成城学園建学精神にふさわしい教員だったことになるだろう。「真善美」の調和的探求による人格陶冶は大正教養主義の理念だったし、「世界精神」という言葉もまた大正コスモポリタニズムの理想に通じるはずだ。日露戦争開戦の年に神風連の地元に生まれ育った蓮田善明だったが、彼はまた、大正期に精神形成を果たした青年でもあったのである。

だが、「日本学を樹立せねばならない」という蓮田の当時の思いに照らせば、「大いなるもの」の内容に、この時期からしきりに呼号され始める「皇国の大義」や「肇国の精神」を代入できないわけではない。すでに文部省は前年五月、国体明徴と国民教化のために『国体の本義』を発行していたし、蓮田自身、七月の日中戦争（支那事変）勃発以来精神の転機を経過しつつあった。そういう文脈を強調すれば、「自主的な世界精神」も、世界史における日本の主体的使命といった後の京都学派的な「世界史の哲学」と親和的になるだろう。

つまり、蓮田の掲げる「大いなるもの」は、内容不明なまま、いわば「大正の精神」と「昭和の精神」の両義性の間で揺らいでいる。そもそも「沢柳氏の精神はややもうろうとしてゐる。云々」という成城高校への失望の記事にしても、だから建学の精神に立ち返るべきだ、という意味にも、だから時局を踏まえた「指導精神」へと大きく舵を切るべきだ、という意味にも、両様にとれる余地を残しているのだ。もちろんこの解釈上の非決定は、出征以前の蓮田の日記が小高根二郎の引用する範囲でしか読めないという制約のせいもあるが、それだけでなく、蓮田自身がなお過渡期にあったからである。

過渡期の思想——「大正の精神」と「昭和の精神」

たとえば、これより二カ月ほど前、「内地」への帰還を目前にした昭和十三年二月十六日の日記には、「これから鍛へ直すのだ。三十五歳になつたがおそくはない。没頭してみる」というリゴリスティックな自己研鑽の決意の後に、次のように記す。

> 自分を世界精神と自主精神の数字にまで抽象しつくさう。そこに自分の生かし方がある。

日本を守り、日本のために進んで戦ふ思想でなければならない。それは、すでに昨年七月以前に於ける小国民根性でない。現在の日本の現実は、今までの日本が知らなかつた大きな摩擦をなしてゐる。かつての日清戦争とも違ふ。その時は追ひ払へば済んだ。今度は進んで入らうとする。そしてそのために世界に大きな波を起させ、その波の中心たらんとしてゐる。

軍事力や政治力の問題にそれはとゞまらない。それらでさへも、あくまでそれが文化の問題としてゞあるところに今日の大いなる意味がある。軍事力や政治力やをうごかす日本人の対世界の態度、その中にある人間的人類的態度、この態度に裏づけられた日本の自主、自由。（傍点井口）

生徒への教育の二大原則「世界精神と自主精神」が、ほかならぬ蓮田善明自身の自己教育の基軸だったことがわかる。蓮田はこの直交する二軸を座標系として自分の精神の位置を確認しているのだ。しかも、その自己の精神の座標軸はそのまま、昨年七月の日中戦争勃発以来高まる国際的緊張の中で、日本という国家の位置を測定するための座標と重なったというのである。

いまや個人はただの「世界市民（コスモポリタン）」や「小国民（東亜の片隅に跼蹐する小国の民）」でなく、あくまで国家と結びついた特殊な個人、すなわち「日本人」でなければならず、世界史に大波乱を起こしつつある「大国」の民としての自覚をもたなければならない。――人類文化の普遍性を信じる「大正の精神」は、ナショナルなものの現実性と宿命性を強調する「昭和の精神」へと、大きくカーブを曲がろうとしている。

しかし、「自主・自由」は我意の無理押しであってはならず、つねに「人間的人類的態度」という普遍的価値に裏づけられていなければならない、というところに、なお「大正の精神」は生きている。だから蓮田は、引用部につづけて、自主、自由が世界精神との緊張関係にあることを知らずに、「明治以前の鎖国的ひとりよがりの自主」を「愛国」の美名で高唱する連中に対して、「我々はかゝる自称愛国人を排斥する。これと戦はなければ、日本は危い」とさえ記すのである。

さらに翌十七日には、多数の自由主義系大学人が検挙された人民戦線事件の第二次検挙の報道に触れて、こうも書いている。

> この頃の、猫も杓子も「自由」の名を恐れることチブス菌を恐るゝが如き、疑心の得々たる横行は、却つて日本を危からしむるものとなり、日本の創造精神を阻害する結果ともなる。哀れむべし。恐るべし。いきどほるべし。日本をあやまるものはかゝる片意地で、自分の名のために国家や愛国をかつぎ出す老人なり。
>
> 日本はそんなちつぽけなものであつてはならぬ。真の日本を見ぬものは、反日本的なのも、自称国粋主義者も同じだ。日本の世界性、日本の自由。（傍点井口）

流布している蓮田善明のイメージはファナティックな国粋主義者として固定されがちだ。だが、この時期の蓮田の「日本」は「世界性」に開かれ、「自由」を許容する度量をもっている。

「世界精神」や「人間的人類的態度」が大正的な理念に淵源するばかりでなく、三十五歳にしてなお「おそくはない」「これから鍛へ直す」と書く真摯な自己鍛錬の決意も、大正的な自己修養と自己完成の姿勢であるだろう。そしてまた、「世界精神」を見据えつつあくまで「自主」を貫こうとする姿勢に、阿部次郎等いわゆる大正教養主義者たちの「師」であった夏目漱石の「自己本位」の姿勢を見ることさえもできるだろう。その意味で、蓮田善明はたしかに、大正時代に自己形成した若者だったのであり、それは昭和十三年、三十五歳のこの時期にも、彼の思想の核心部にその痕跡を深く残しているのである。

あらためて成城高校での授業計画にもどれば、「自発。大いなるものへの謙虚。これが二原則だ。そして、自主的な世界精神への誘導」という彼の教育の大原則も、なおそういう文脈の中にある。つまりそれは、およそ誠実な教師の教育方法がそうであるように、彼自身の自己教育の原則をもって生徒を教育しようとするものだったのである。

そして彼は、この二原則を具体化するための実践方法を以下のように記す。


好きな課の研究を深める。何を知り、何を考へ、何を修練研究すべきかも生徒に発見させる。めい〳〵の素質に応じて指導すべきことを考慮する。一斉指導を稀にする。今のノートでは全然いけない。生徒よりも教師が牽制される。生徒の机も一方向向きはよくない。お互に教へ合はせる。生徒対教師ではなく、生徒対生徒とする。教師は無形、全体、自由、基礎的な訓練と、一般より深化への誘導と。


これが岐阜二中や諏訪中学で実践した方法の、さらに拡大され体系化された授業計画であることは明白である。昭和十三年四月の蓮田善明は、たとえその教育理念における「大いなるもの」や「自主的世界精神」への代入可能性において過渡期にあったとしても、その具体的な教育方法においてはまぎれもない「自由主義者」だったのであり、生徒の個性と自主性を尊重するその方法をさらに徹底しようとさえしていたのである。

何を語るか（思想内容）がいかに語るか（形式、文体）と不可分であるように、何を教えるか（教育内容）もいかに教えるか（教育方法）と不可分である。語る内容を語り方が裏切っているとき、その思想はまだ欺瞞を含んでいる。だから文学は要約可能な思想内容だけを信じたりはしない。文学はつねに、その語り方、書き方、すなわち文体を注視する。文学にあっては文体こそが思想だ、というのはそういう意味だ。だが、それは文学だけのことではないだろう。高邁な思想を語りつつ下劣な生き方をする者を偽善者と呼んで信用しないのは世間の常識というものだ。教育もまた同様だろう。蓮田善明が授業中にどんな「思想」を教えていたのか私には知るすべはない。だが私は、ここに述べられた蓮田の授業方法にこそ蓮田の教育思想の本質を見るのである。

自由主義から国粋主義へ――二つの宣長論

しかし、くりかえすが、蓮田善明の精神はこのとき急激な過渡期にあった。

たとえばこのわずか三カ月の後、「文藝文化」創刊号（昭和十三年七月一日発行）の「創刊の辞」が伊東静雄の詩「わがひとに与ふる哀歌」の一節「かく誘ふものの何であらうとも／私たちの内《うち》の／誘はるる清らかさを私は信ずる」を踏まえて、「今や我等の義務と責任は、この伝統への心からなる感謝と安んじての信従とであらねばならぬ。寧ろ今日の日に在つては、伝統は神さびて厳しく命ずるを聴く。かく命ずる伝統の何ものであらうとも、内に命ぜらるる厳しさを我等は信ずる」と記すとき、それはあの「大いなるもの」に「伝統」を代入した形をしているだろう。「創刊の辞」は池田勉の署名になるが、蓮田を含めた同人四人の合意に基づくものだ。そして、「伝統」の「何もの」であるかを問わないというとき、もはやここには「世界精神」や「人間的人類的態度」との緊張はない。その「伝統」に「自発」的に信従する、と彼らは宣言しているのである。

しかし、「文藝文化」創刊の前月には、彼ら四人は同人研究紀要「国文学試論」第五輯を出して、そこに蓮田の「本居宣長における『おほやけ』の精神――日本文芸学の精神のために――」が載っていた。「日本文芸学の精神のために」は四月十一日日記の「日本学を樹立せねばならない」と対応しているだろう。

この最初に公表した宣長論で蓮田が描いたのは、「ヒューマニスト」、「自由主義者」、「実証主義者」としての宣長である。蓮田は宣長の開明的な「自由主義的実証的」な方法を称賛し、その古学についても、抑圧的な近世封建主義に対して古代のおおらかな人間性を解放する「人間主義的神学」と呼ぶ。宣長の古学は、ファナティックな日本独善主義によってではなく、普遍的な人間性に根差すがゆえに「永遠性」をもち「世界性」をもつのである。

私は、宣長学の誕生を（中略）ヒユマニズム、自由主義、科学主義と性格づけ、一言に言へば、近世ルネツサンス的思潮の代表的性格として認めようと思ふのである。さうして、早急に宣長を単なる神秘主義的国粋主義的国学者として、之を非難し、或は又反つてそれ故に讃仰しようとさへする我説者流の妄説を、とりあへず払ひのけておきたいのである。

まぎれもない自由主義史観であり発展史観・進歩史観である。江戸期にルネッサンスを見るのは西洋史をモデルにした日本ルネッサンス史論としても早い時期に属するだろう。

蓮田の議論は以下のようである。

宣長の学問は、和歌や物語という趣味的な「私事」の底に「人情」の普遍性を発見することで、文学の問題を意識的かつ人間的な「公」の問題へと止揚した。それゆえ彼は儒仏の頑なな「からごころ」を批判できたし、古代的素朴に執する真淵の非文化主義も批判できた。つまり、宣長の「おほやけ」の精神は、たんに「日本」という国家にとどまらず、人間性への信頼（ヒューマニズム）を通じて世界性へと開かれていたのだ。しかるに、後年の彼が『古事記』絶対化によって神秘主義と固陋な国粋主義に陥ってしまったのは、彼が「封建的階級生活、資本主義発展の前段階に於ける奉仕観念からも出で得なかつた」せいだが、思想的には宣長が儒仏との対決にもっぱらで、西洋との対決が不十分だったからである。

宣長は儒仏の「理」の観念的誤謬を批判する一方、西洋の知識の実証性と普遍性に気づいており、それが彼の「客観的科学的批判的立場を得しめた背景」だった。そもそも「日本は儒仏を己の中に含むことによつて日本を世界化してゐた」のである。ならば、西洋の科学に対しても、「もし宣長が今一層進歩的にこの自覚を推し進めて行つたならば」(傍点井口)、「科学的国学」をも築き得ただろう。

「我々は、科学的客観主義を、うちに含むことによつて而も知性の自由を得る統一を求めて行く。宣長の求めてやまなかった『おほやけ』の精神である。」「それは、単に国際的漂泊的な意味に於ける日本でもなく、況や鎖国的独善的日本の意味でもなく、真に絶対的主体的世界精神を日本の道に於て自覚する高邁な自主精神への目ざめでなければならない。」「かくて、宣長に於ける文芸の学は、『おほやけ』なる自由の人間精神の宣揚にあり、日本の道を自主的に世界の道へ進めんとする文化的努力であつた。」

この宣長論の骨子が、昭和十三年のノートに断片的に記された「世界精神と自主精神」とぴたりと符合していることはおわかりだろう。日本の「自主精神」はヒューマニズムに根差すゆえに「世界精神」へと普遍化可能なのである。そして、宣長に「近世ルネッサンス的思潮の代表的性格」を読み取るこの論文発表の翌月に「文藝文化」は創刊され、蓮田はそこに、大津皇子論にまで到る一連の古典論を次々に執筆し始めるのである(第四章参照)。

そして、さらに先走って書いておけば、昭和十八年四月に単行本として刊行された彼の二度目の本格的宣長論『本居宣長』には、もう一度目のような開かれた思考はない。「まづからごころを清くはなれて、古へのまことの意を尋ねえずはあるべからず」(『玉かつま』)という宣長の言を巻頭に据えて始まる『本居宣長』は、まったく逆に、もっぱら宣長の「神秘主義的国粋主義的」言説の意義の宣揚に集中している。論の大半を占めて前景化するのは、「からごころ」を排撃し、「皇神《すめがみ》の道」を説き、「神国」の絶対的優越を主張する国粋主義者・本居宣長である。

むろん一度目は同人紀要に載せた研究論文であり、二度目は一般読者向けだという違いがあり、加えて、一度目の宣長論と二度目の宣長論との間には、蓮田自身の応召、出征、大陸での戦闘、帰還があり、大東亜戦争（太平洋戦争）開戦がありその戦局の悪化があり、戦闘的な国学者としての蓮田自身の発言がジャーナリズムで脚光を浴びていた、といった大きな変化があった。蓮田の切迫した時局意識は、宣長が「馭戎慨言《からいたみのうれたみごと》」で太閤秀吉の朝鮮出兵の戦略を批判して、まず南京に攻め寄せ明を滅ぼすべきだった、と述べたのを卓見として紹介しているほどなのだ。

しかも、『本居宣長』刊行とほぼ同時に、宣長から真淵へ、という唐突な方向転換も生じるのだが、それは第十七章で述べることにして、ここでは、二つの宣長論と時代の「公定思想」との関係だけを指摘しておきたい。

二つの公定思想──『国体の本義』と『臣民の道』

文部省は昭和十二年五月、「国体明徴」、「国民精神嚮導」のために『国体の本義』を編纂発行していた。それはいわば「昭和の精神」の教科書であり、国家公認の、公定の思想書として、全国多数の中学校に配布されて「修身」の授業で使用されもした。植民地・台湾の中学教員だった蓮田が無関心でいられたはずはない。

『国体の本義』は、まずその「緒言」で、近代の個人主義こそ世界を危機にさらしている元凶だと指摘する。「社会主義・無政府主義・共産主義等の詭激なる思想は、究極に於てはすべて西洋近代思想の根柢をなす個人主義に基づくもの」なのだ。その弊害を除こうとして、いまや欧米でも「全体主義・国民主義の勃興を見、フアッショ・ナチスの擡頭ともなつた」。だが、日本の場合は、「真に我が国独自の立場に還り、万古不易の国体を闡明」すればいっさいは解決する。

したがって、本編「第一　大日本国体」はこう書き出される。

「大日本帝国は、万世一系の天皇皇祖の神勅を奉じて永遠にこれを統治し給ふ。これ、我が万古不易の国体である。而してこの大義に基づき、一大家族国家として億兆一心聖旨を奉戴して、克く忠孝の美徳を発揮する。これ、我が国体の精華とするところである。」

以後、神話以来の歴史を説き、日本が「皇室を宗家とし奉り、天皇を古今に亙る中心と仰ぐ君民一体の一大家族国家」であること、ゆえに「忠孝」は矛盾せず天皇への帰一において「一本」であること、「主我的・利己的な心を去つて」天皇に帰一する心こそ「明き清き心＝清明心」であり「無私」「没我」の精神であること、利己の心は昔から「黒き心《きたな》、穢れたる心」であって祓い去らねばならぬこと等々を述べる。

「抑々没我の精神は、単なる自己の否定ではなく、小なる自己を否定することによつて、大なる真の自己に生きることである。元来個人は国家より孤立したものではなく、国家の分として各々分担するところをもつ個人である。分なるが故に常に国家に帰一するをその本質とし、こゝに没我の心を生じる。」

そして「結語」にいう。

「抑々人間は現実的の存在であると共に永遠なるものに連なる歴史的存在である。又、我であると同時に同胞たる存在である。即ち国民精神により歴史に基いてその存在が規定せられる。これが人間存在の根本性格である。この具体的な国民としての存在を失はず、そのまゝ個人として存在するところに深い意義が見出される。然るに、個人主義的な人間解釈は、個人たる一面のみを抽象して、その国民性と歴史性とを無視する。従つて全体性・具体性を失ひ、人間存在の真実を逸脱し、その理論は現実より遊離して、種々の誤つた傾向に趨る。こゝに個人主義・自由主義乃至その発展たる種々の思想の根本的なる過誤がある。」

昭和十三年二月十六日の日記で蓮田が「日本を守り、日本のために進んで戦ふ思想でなければならない」と書き、「日本人」を強調するのは、この公定思想に即している。

私は実は、蓮田善明の「転向」は自由主義・個人主義から戦時下の公定思想への「転向」だった、と考えている。「大正の精神」から「昭和の精神」への転向である。多少の語弊を承知で断定しておくが、後述する「死＝詩」というロマン派的ヴィジョンを別にすれば、蓮田の戦争観や死生観、国家観の基本は時代の公定思想の枠を出ない。彼はその思想において特異だったのでなく、むしろ、「私」に執しがちな「文人」でありながら、その公定思想を純粋に体現して、すなわち「私」というものを厳格に拭い去って、実行においてまで貫徹した過激な実践性においてこそ特異なのである。

しかしまた、『国体の本義』の緒言にはこんな記述もあった。「真に我が国独自の立場に還り、万古不易の国体を闡明し、一切の追随を排して、よく本来の姿を現前せしめ、而も固陋を棄てて益々欧米文化の摂取醇化に努め、本を立てて末を生かし、聡明にして宏量なる新日本を建設すべきである。」そしてあらためて結語にいう。「今や我が国民の使命は、国体を基として西洋文化を摂取醇化し、以て新しき日本文化を創造し、進んで世界文化の進展に貢献するにある。（中略）即ち西洋思想の摂取醇化と国体の明徴とは相離るべからざる関係にある。」（以上傍点井口）

『国体の本義』は、個人主義を排撃する一方で、「からごころ」たるはずの「欧米文化」や「西洋思想」を「摂取醇化」して「世界文化の進展に貢献する」ことの重要性をも繰り返し強調していたのである。日中戦争開戦以前に刊行された『国体の本義』には、まだ「宏量なる」ゆとりがあったのだ。蓮田の最初の宣長論が、宣長が対決しそこねた（つまり「摂取醇化」しそこねた）欧米近代思想の精髄たる「科学的客観主義」を摂取してこそ真の「おほやけ」（世界普遍性）に到達できると説いたのは、『国体の本義』となんら矛盾しないのである。

しかし、中国大陸での「聖戦」が泥沼化して対米交渉も行き詰まっていた昭和十六年七月、文部省は『国体の本義』に基づく実践篇として『臣民の道』を発行して各学校に配布する。第一章を「世界新秩序の建設」と題して、「世界史的使命」、「世界維新」、「東亜の新秩序」、「挙国一致」、「高度国防国家体制」、「総力戦」等々の刺激的な戦時スローガンの並ぶこちらには、もうそんなゆとりはない。ただ一カ所、第三章「臣民の道の実践」で、「物質文明」の道徳的弊害を述べた上で、日本では仏教も儒教も（理としてではなく）「鎮護国家」や「忠孝」のための「行」（実践）として摂取されたことが重要なのであって「かかる態度は、欧米の科学・技術を摂取するに当たつても異なるべきではない」と申しわけ程度に記すばかりだ。もちろん、（科学精神ではなく）実践＝運用としての科学技術なしには軍艦も飛行機も造れないからである。

「聖戦」下にあって、公定思想そのものが一挙に偏狭化し過激化したのである。蓮田の二つの宣長論は、時代の公定思想たる『国体の本義』と『臣民の道』とに、それぞれ対応しているのだ。

「言挙げせぬ国」の教育者

さて、蓮田善明は、成城高校での授業計画を記した半年後、昭和十三年十月に召集令状を受け、熊本歩兵第十三連隊第二中隊に陸軍歩兵少尉として入隊する。編集後記で彼の応召を伝える「文藝文化」十一月号には、「今日死ぬことが自分の文化である」、「かゝる時代の人は若くして死なねばならない」と記した「青春の詩宗――大津皇子論」が載っている。蓮田善明の文学者としての態度変更は応召前に完成していた。

では、「文学者」と重なりつつも位相を異にしていたはずの「教育者」としての蓮田はどうだったか。

「文藝文化」昭和十四年一月号は応召後の蓮田善明の最初の文章を掲載していて、「菊など」と題されたその文章はこう書きだされている。

　葦原の水穂の国は　神ながら　言挙《こと》げせぬ国――万葉びとの、ふしぎな表明が、今日このごろふいと頭を掠めたりするやうになつた。私たちの享けてきた新しい教養は、こまやかな言挙げをこそ、讃へてきた。しかし、今この言葉を断つ古風な表明が郷愁のやうに、ほのぼのと息《い》吹き来るのはどうしたことか。私はそれを語るべく理由をつきとめようとしてはゐないが、寧ろひとつの感覚として、それが私を捉へ、強く支配し服従せしめつゝある――。　（傍点原文）

その内実は問わない、と「文藝文化」創刊の辞が宣言していた「伝統」を、蓮田は人麻呂の歌う「言挙げせぬ国」として見出したのだ、といってもよい。この「伝統」は「厳しく命ずる」（「文藝文化」創刊の辞）のでなく、むしろ「郷愁のやうに」「誘ふ」（伊東静雄「わがひとに与ふる哀歌」）のだ、と蓮田はいう。だが、ここに蓮田の見出した「沈黙の美」（小高根二郎）が、何よりも、戦争と軍隊とが兵たちに「厳しく命ずる」沈黙であったことは自明である。

思えば「地方（一般社会）」にいた小林秀雄もちょうど同じころ、「この事変に日本国民は黙つて処したのである」と書いていた（「満洲の印象」「改造」昭和十四年一月号）。政府を批判してやまない「知識人面した多くの人々」や大言壮語してやまない「デマゴオグ達」の「言挙げ」を斬り捨てる一方で、「言挙げせぬ」「国民」の黙々たる「一致団結」が示した「沈黙の美」、「秩序の美」を小林は称揚したのである。

小林秀雄はかつて、ボードレールに託して、アトム化した孤独な自意識が紛れ込む避難所としての都会の

「群衆」について語り、やがては故郷を喪失した病める知識人に対して「大衆」の健康を称え、さらにドストエフスキーに託しては大地とともに揺るがぬ「民衆」について語りもした。いま小林は、同じ人々を指して「国民」と呼ぶに至ったのだ。「国家」という秩序に属する「国民」は「国家」と運命を共にするだろう。戦争が始まるとき、権力機構でもある「国家」はたちまち、「国民」のすべてを巻き込む運命共同体としての「お国」に変貌するのである。

民衆とは現に生き延びている人々のことだ、国破れても生き延びつづける人々のことだ、と前章で私は書いた。加えていえば、民衆とはしゃべりやまない人々のことでもある。対話的関係において「話す」のでもなく、意義ある事柄を秩序立てて「語る」のでもなく、民衆はただ「しゃべる」。意味があろうとなかろうと、まとまりがあろうとなかろうと、あたかも人生という時間を消費するためのそれが無上の快楽であるかのように、無秩序に、無責任に、てんでん勝手に「しゃべる」のだ。もちろん人は誰でも、生活のなかのある位相において、民衆なのである。

以前『柳田国男と近代文学』で書いたことだが、民衆を愛し、民俗のなかに「日本」を探求しようとした柳田国男は、「話す」民衆の像や「語る」民衆の像は描いたが、「しゃべる」民衆の像はついに描けなかった。柳田の文体が、つまりは柳田の思想が、「しゃべる」民衆を表象できなかったからである。さらに踏み込んでいえば、柳田が「しゃべる」民衆を愛せなかったからである。

柳田国男だけでなく、「しゃべる」民衆を愛することは知識人には難しい。秩序も脈絡もなくしゃべりやまない彼らは、知識人の表象支配をやすやすと逃れつづけてしまうからだ。むろん、「しゃべる」民衆はそのアナーキーな捕捉不可能性によって、支配権力の手をも逃れる。権力はいつだって民衆を黙らせたいのだ。小林秀雄の発見した「黙々として事変に処した」「国民」は、すでに言論統制下にあった。そして、民衆が「しゃべる」ことを禁じられるとき、彼らはただ沈黙するのではない。アナーキーなおしゃべりをやめた彼らは、異口同音に同じことしか言わなくなるのである。

しかし、小林秀雄のいう「国民」の沈黙がただ言論統制の結果だったとみるのも一面的だろう。政府は「事変（日中戦争）」が勃発して間もなく、これを「聖戦」と呼び始めた。混迷をつづけた政府の諸政策のなかで、「政策」ともいえないこの呼び名が、唯一成功した「政策」であったかもしれない。大日本帝国の「聖なるもの」の源泉が天皇以外にないからには、政府は正規の「戦争」に昇格することのないままずるずると継続拡大したこの「事変」の開戦当初から、天皇を、正確には天皇という「名前」を、ひそかに掲げることで民衆の献身を「誘導」したのであり、「国民」は天皇という「大いなるもの」の命に「自発」的に「黙々と」「信従」したのである。

私はまた、ちょうど同じころ、昭和十三年十二月に発売された歌謡曲「麦と兵隊」の一節を思い出す。火野葦平のベストセラーを歌謡曲化したこの歌の四番を、藤田まさとはこう書いていたのだった。「行けど進めど麦また麦の／波の深さよ夜の寒さ／声を殺して黙々と／影を落して粛々と／兵は徐州へ前線へ」

徐州会戦に向かう兵たちの心中に即していえば、この「黙々」たる進軍、「粛々」たる行軍は、死を覚悟しての、死に向けての、進軍であり行軍である。そして、その兵たちの心情を想えばこそ、銃後の国民もこの歌を愛し口ずさんだのである。軍国歌謡「麦と兵隊」には、やがて「大東亜戦争」末期に顕在化することになる──歌曲でいえば大本営発表が「玉砕」を伝えるたびに信時潔作曲の「海ゆかば」が奏でることになる──日本国民の「死への欲動」の暗い旋律が、すでに倍音のように流れている。

入営後の蓮田善明が「郷愁のやうに」誘われたのも、「大いなるもの」の命のもと、死に向かう心と結びついていた。ただし、蓮田善明の所感が、銃後の「国民」を称える小林秀雄の言とも兵たちの行進に共振れする藤田まさとの詞とも決定的に異なるのは、蓮田が陸軍歩兵少尉として、現に初年兵の教育を担当し、やがては彼らを率い、彼らに死を命じる立場にある点だ。同じエッセイ「菊など」に彼は書く。

私は此頃五十名許りの兵隊を毎日六七時間づつ教育してゐる。一言に言へば、その教育は私の命令のままに教練を受けるうちに、軍人精神の充溢した一人々々の兵隊になつてゆくことにほかならない。その中で彼等は言を発すべからざる時には一言も口を開かざるやう訓練づけられ、私情を述ぶるを恥ぢとするやうになる。しかもかゝる中を通じて最もあらはに触れ合ふものがあり、それを言としたい衝動に燃えるのである。彼らは自分の中から、露のやうな澄んだ一点を思ひ出し、最も大切と思ひ、それが磨かれそれが強くなり沸き立つのを感じ、拙い一教官の命令に、絶対なるものの命令の貫通することを見事に覚知し、之に厳粛に服従することを本分とし、美しく沈黙してゐるのである。これほどにすべての者がひたすらに、最高のものに我をさゝげ、たとひ愚なる一兵たりとも、最高のもののみたまを享けえてゐることを固く信じえて、雄々しくそれのみを語るものがあらうか。それが又私自らの慣ひともなつてきたのであらうか。

『国体の本義』の一節も引いておこう。第一章第四節「私と『まこと』」から。軍人勅諭の「一の誠心《まごゝろ》こそ大切なれ」を引いてこう述べている。

「更にまことある行為こそ真の行為である。真言はよく真行となる。行となり得る言こそ真の言である。我が国の言霊《ことだま》の思想はこゝに根據を有するのであつて、行たり得ざる言は、慎んでこれを発しない。これ、人の心のまことである。まことに満ちた言葉は即ち言霊であり、かゝる言葉は大いなる働をもつのであつて、即ち限りなく強き力をもち、極みなく広く通ずるのである。万葉集に、日本の国は『言霊の幸《さき》はふ国』とあるのは、これである。而して又一方には『神ながら言挙《ことあげ》せぬ国』といふ言葉がある。これは、一見矛盾するが如く見えて、実は矛盾ではない。言に出せば必ず行ずべきものであり、従つて行ずることの出来ない言は、みだりに言はないのである。かくて一旦言挙げする以上は、必ず行ふべきである。否、まことの言葉、言霊たる以上は、必然に行はるべきである。」

蓮田善明の究極の知行合一、言行一致も、陽明学や武士道の伝統もさることながら、むしろ直接には、この『国体の本義』の実践なのだというべきだろう。

内務班は召集された「地方人」たちを一人前の兵隊に仕立てて戦地へ送り出すための教育の場である。陸軍少尉である蓮田善明は内務班においても「教育者」だった。だが、軍隊の教育は命令—服従の訓練である。上官の命令に対する反問も抗弁も許されない。抗弁すれば平手打ちが飛ぶ。兵たちは「言挙げ」することなくただ「黙々と」従い、黙々と死に向かう。

確認しておきたいのは、これが、学校の教壇にあったとき生徒一人一人の「素質に応じて指導」すべく「一斉指導」を排し、机を教師に向って「一方向向き」に並べることもやめ、「生徒対教師でなく生徒対生徒」の相互援助による教育を実践してきた「教育者」蓮田善明の、教育方法における決定的な態度変更、つまりは蓮田の教育思想における最終的な「転向」だったということだ。

第三章　文学（一）　詩、短歌、俳句——趣味の自己統制

死に向けての自己変革——蓮田善明と同世代左翼青年たち

前章で私は、激烈な「昭和の精神」に殉じたかに見える蓮田善明が、実は「大正の精神」によって自己形成した青年だったことを、彼の教育思想＝方法について強調した。「大正の精神」とは、約《つづ》めていえば、個性尊重の個人主義であり自主性尊重の自由主義であり世界の究極的調和を信じる理想主義である。

内務班において新兵たちを一人前の「兵隊」に改造する任に当たった蓮田少尉は、新兵たちを改造すると同時に、率先して自らを改造していたのだった。その意味で、蓮田善明は最初から「その死」における「蓮田善明」だったのではない。彼は意志的な自己否定と自己改造によって「蓮田善明」になったのである。

蓮田善明の決定的な転換点は、日中戦争（支那事変）勃発の翌昭和十三（一九三八）年夏、「文藝文化」の創刊同人となり、晩秋、謀反の廉《かど》で持統天皇から「死を賜《たまわ》った」古代の皇子の運命に託して、「今日死ぬことが自分の文化である」、「かゝる時代の人は若くして死なねばならない」（「青春の詩宗——大津皇子論」）と書いて応召した時点にある。したがって、それ以前の蓮田を「前期蓮田善明」、それ以後を「後期蓮田善明」と呼ぶこともできる。蓮田善明の前期と後期は、その思想においてだけでなく、文学観においても截然と異なる。

文学における自己改造は、観念や思想のレベルだけでなく身体化された感性レベルまでの根こそぎの改造たらざるを得ない。だが、その困難にもかかわらず、蓮田善明の自己改造は文学においても激烈だった。これほど急迫しこれほど徹底した自己改造は同世代のマルクス主義青年たちにもめったに見られない。

たとえば、自伝的小説『歌のわかれ』で荒々しい現実に突き入るべく短歌的抒情に訣別する若者の姿を描いた中野重治（一九〇二年生）は蓮田より二歳年長にすぎなかった（小林秀雄も中野と同年だった）。また、初期の「革命的ロマン主義」から転向後に「民族的ロマン主義」へと急旋回することになる林房雄（一九〇三年生）は蓮田より一歳年長にすぎなかった。大正末年に「平等」の理想を求めて「蹶起」した彼らはみな、蓮田と同じく、「革命と戦争」の時代たる二十世紀の初頭に生を享け、「大正の精神」によって自己形成した青年たちだったのである。

マルクス主義という「大義」の洗礼を受けて自己変革した彼らは、しかし、満洲事変（一九三一年）後、権力が天皇への「謀反」の廉で彼らに「死を賜る」恐怖の中で（一九二五年、治安維持法は最高刑を死刑に引き上げた）、次々に「転向」した。彼らの転向は死からの遁走としての転向だった。

一方、小高根二郎の評伝『蓮田善明とその死』に拠るかぎり、青年期を地方都市広島の師範学校で過ごした蓮田善明には、左翼思想に対して（肯定するにせよ否定するにせよ）格別に反応した形跡はみえない。また、六歳年下の保田與重郎を感奮させた満洲事変や満洲国建国に際しても、信州諏訪の中学教員だった蓮田は特に所感を残していないようだ。結婚し子供をもうけるという生活上の変化はあったものの、彼の二十代は比較的静穏に過ぎたように見える。

同世代の左翼青年たちが、マルクス主義への回心とマルクス主義からの転向と、二度の思想的激動を経たのにずっと遅れて、蓮田善明の激烈な思想変換はやってきた。このとき蓮田は、中国戦線への大量動員が応召必至の自覚を掻き立てるなか、左翼青年たちとは逆に、天皇の「賜る」死を引き受けるべく「転向＝回心」したのである。彼の自己変革は死に向けての変革だった。

周知のように、吉本隆明は「転向論」で、左翼青年たちの転向の主要原因は死の恐怖ではなく大衆からの孤立だったという見解を打ち出した。それは共産党の「非転向神話」（死の脅迫に屈しなかった者は「英雄」である）を批判し、革命運動と大衆との関係を再考するというモチーフに発するものだったが、内奥には「純粋戦中世代」の戦争体験を秘めていた。大正末年生れの彼の世代は、戦争による夭《わか》き死を、「国民」と化した大衆とともに、必至の運命として受け入れざるを得なかった世代だったからである。つまり、吉本の立言を裏返せば、大衆との「連帯」（という幻想）が信じられれば死の恐怖は克服可能だ、ということになる。

蓮田善明の死に向けての「転向＝回心」も、死に向かう国民との「連帯」意識に裏打ちされていた。とはいえ、昭和十三年、蓮田はすでに三十四歳、もはや青年ではなかった。彼には長年の教員経験もあり妻子もあった。若年期に形成した思想は生活の試練に鍛えられ世間知に揉まれて、変容しつつも身に沁みついていただろう。三十四歳とはそういう年齢である。蓮田の「転向＝回心」はなまなかな意志で貫徹できるものではない。

「趣味」としての創作――多ジャンル横断

第一章に記しておいたように、蓮田は熊本の中学時代から文学に目覚めて友人との回覧雑誌を始め、広島高等師範学校在学中には同人誌を発行するかたわら、文芸部理事として校友会雑誌「曠野」も編集し、自らも小説・詩・評論を発表して、広島高師創立以来の「文運の隆昌時代」を築いたのだった。

蓮田善明は俳句や短歌を詠み詩を書き小説を書き評論を書いた。つまり文学の諸ジャンルのすべてを書いた。師範学校時代だけでなく教員時代にも書いていたし、「文藝文化」創刊後にも書き、戦地に行ってさえも書いた。さすがに小説はそうは容易に書けなかったようだが、第一次応召からの帰還後には重要な中篇小説『有心』を書き継いでいた。その意味でも彼はたんなる古典研究者やたんなる評論家でなく、「文人」だった。

もちろん「文藝文化」創刊後には表現の本領を研究と評論に見定めたことはたしかである。実際、彼が専門的な俳人や歌人や詩人になろうとした形跡はないし、学生時代を除けばエッセイや評論以外はほとんど公表したこともない。したがって、大半が日記やノートに記されたそれらの多様な創作表現はあくまで彼の「余技」であり私的な「趣味」にとどまる、といえるかもしれない。

しかしそれは、研究や評論だけでは満たされない表現意欲が彼の中にたえず脈々と生動しつづけていたことを示している。石川啄木は「趣味といふ語は全人格の感情的傾向といふ意味でなければならぬ」（「弓町より——食ふべき歌」）と述べていたが、前期蓮田善明の創作も「全人格の感情的傾向」のおのずからの流露であったろう。また、研究や評論を発表する場を持ってからの私的な創作は、本居宣長が「もののあはれ」を真に味到するために自分で和歌を詠みつづけた姿勢にも似てくる。自身の文学論を創作で実践し、また創作体験によって文学理解を深める、という自覚的な相互関係が蓮田の文学論と実作とのあいだにもうかがえるのだ。

詩——見立て（譬喩）と保守的モダニズム

若き蓮田善明が作っていた詩や短歌や俳句は小高根二郎『蓮田善明とその死』が引用している範囲で読める。いまだ表現者として立とうとするほどの強い意欲もなく興の赴くままに創作していたとみられるこの時期の作品には、その自発性のゆえに、蓮田の身構えない美意識がうかがえて興味深い。

まず、詩を紹介する。広島高師の校友会雑誌「曠野」に「植物出展（習作）」と題して発表したものだという。八篇すべて、植物名をタイトルにして、その植物の印象や性質を意外なイメージに変換した四行詩である。そのうち三篇だけを。

八手

熱帯的肉体だが
水牛のやうにうつくしい。
(池の上に落ちる日光！)
八手は今、水浴から上つた体をひろげてゐる。

あかしや
おまへは何故《なぜ》地上を恋ふ？
何故おまへの項垂《うなだ》れた顔を蒼空《そら》に向けない？
おまへの枝には葉には、露がいつぱい――
沈黙した女哲学者

ポプラ
おまへの歓喜はどうだ――
おまへは一本の木でない、無数の葉
睦じい民族全体
明るい空中を国土とする――

四年生の時らしいから、大正十五年、二十二歳の作品である。ジュール・ルナールの影響がある、と小高根二郎は指摘している。「蛇　ながすぎる。」などで知られる『博物誌』のルナールである。

後年の蓮田善明からは思いもよらない伸びやかで明るい連作だ。全体が知的に統御されているので、抒情性を保ちながらイメージは明晰で、装飾過多に陥ることもなく端正である。ここでは知性が世界を創造し、世界を構成している。二十二歳の詩人・蓮田善明はロマン派からはほど遠い場所にいたのである。

このモダンなスタイルは同時代の詩壇に置いてみても新鮮な光彩を失わないだろう。実際、一方では前年刊行の堀口大学の訳詩集『月下の一群』で有名になったジャン・コクトーの「耳」〈私の耳は貝のから／海の響をなつかしむ〉などと比喩（見立て）の卓抜さにおいて親しく気息を通わせるとともに、他方では同じころ満洲で「馬」〈軍港を内蔵してゐる〉の北川冬彦や「春」〈てふてふが一匹韃靼《だったん》海峡を渡つて行つた〉の安西冬衛らが展開していた短詩運動と連携しうる可能性ももっている。つまり、大正末期の最先端たるモダニズム詩群に属するのだ。

もっとも、この知性はルナール的な「機知」であって、北川や安西のような歴史や社会と確執する批評的な射程距離をもたない。そのため、たとえ「民族」や「国土」が歌われていても、あくまで「空中」に描かれた夢想のユートピアイメージであって、非政治的で一過的な比喩（見立て）にとどまっている。保守的モダニズムとでもいうべきか。前期蓮田の詩は文学的野心などない通常の「趣味」の範疇を出ようとしていないようなのだ。それでも、蓮田はこの発想とスタイルがよほど気に入って、また身になじんだ手法にもなっていたらしく、五年後の諏訪中学教員時代にも同じスタイルで多数の詩を学友会誌などに発表している。

美的規範としての『古今集』と行為としての「死＝詩」

ところで、初期蓮田善明が好んで作った短詩は、どれも対象を別のものにたとえる比喩（見立て）を詩想の中心に置いていた。春に降る雪を花に見立てたり散る花びらを雪に見立てたりする「見立て」は、和歌の伝統でいえば、『古今集』で多用された技法である。蓮田は出征中に執筆した「詩と批評」(「文藝文化」昭和十四年六月号から十五年一月号)でその『古今集』を最大限に称揚している。

彼は書く。――「譬喩的方法」を「第一義」の手法とした『古今集』は「知的」で「批評的」な歌集である。「文学の中に知性がはたらいてゐるなどといふ程度の『知性の文学』でなく、文学自らが、世界を支配し創造する高邁な『智』をうちたててゐるのである。」素材や心情から直接に歌が流露するのではない。比喩や諷喩によってなまの自然はいったん否定され、芸術的に変容された「第二の自然」が創造されているのだ。芸術は自然に従うのでなく、芸術が自然に対して形而上的な「風雅の秩序」を与えるのである。「彼等の智、彼等の趣向、彼らの作為は、形而上的なものであつた。悲歌即諷歌即讃歌であつた。かゝる文学こそ批評であり、批評はかゝる智に関するものでなければならない。」

この評言は、讃辞を除去して特質規定だけに還元すれば、ほとんどそのまま前期蓮田自身の詩の特質規定としても読めるだろう。

では彼は、後期においてもルナール風の、というより『古今集』的な、短詩を作りつづけたか。そうではなかった。後期の蓮田はもう見立てを詩想とする作品を書かなかった。

蓮田の詩に変化が生じるのはおそらく広島文理科大入学後、雑誌「コギト」に載る保田與重郎の文章や田中克己、伊東静雄らの詩に接したころからだろうと思われるが、小高根の評伝ではその経緯を詳しくたどることはできない。

しかし、彼が「詩のための雑感」(「文藝文化」十四年六月号)で次のように記すとき、愛すべき彼の短詩が決定的に否定されてしまったことはたしかである。

○詩は厳密には建設や希求ですらない。命令である。（中略）詩は運命的である。（中略）詩人は悲劇的である。
○詩とは英雄のわざである。（中略）日本人は本質的に英雄である。一兵が絶対なるものの命令に信従し献身する（「犠牲」などではない）決意に立つた時彼らは一人一人英雄となつてゆく。そしてその面に詩を書き始める。（中略）命令は既に「死ね」との道である。死ねと命ずるものは又己を「花」たらしめるものである。唯一片の花たれ――何たる厳粛ぞ。何たる詩ぞ。
○我々は「詩と真実」と言はない。「詩」とのみ言ふ。この「真実」層を学び知つたところから日本に小説が始まつた。「真実」とは、「詩」への敵愾である。
○詩は必ずしも言葉なくてよし。足下の花、天空の雲、而して又一片の言葉。神のものなればすでに完璧にして、荘厳せられたり。言葉なくして些かも欠如なし、東洋特に日本は此の沈黙の詩を知る。黙すべく強ひらるゝはわが国の道なり。

小説は生のリアルな「真実」に執するが、詩は「英雄のわざ」であり、死に向けての跳躍が描く沈黙の軌跡だ――書き写しながら前期の創作とのあまりの落差に目くらむ思いがする。

現実を直示しようとしても、言葉は現実から必ず疎隔し必ずずれてしまう。だからこそ、散文は現実に肉迫しようとして延々と言葉を紡ぎ続けるしかないのだし、逆に、いっそのこと現実とは似ても似つかぬ見立て（比喩）を用いることで現実の意想外な様相を提示しようとする詩の方法も成り立つのである。だが、蓮田はもう、見立て（比喩）の詩を否定するだけではない。言葉そのものを否定するのだ。死へと身を投じる行為の直接性に魅惑された蓮田は、言葉というものの迂遠な間接性が耐えられないのである。

執筆されたのは大陸進発直前の内務班、昭和十四年三月ごろである。だからこれは、保田與重郎から摂取した文学論を我が身の決意に引き寄せていっそう先鋭化したものだ。だが、保田は決してこんな息苦しい語り方はしなかった。この切迫感、偏狭なまでのこの息苦しさこそが後期蓮田善明なのだ、というしかない。だが、この息苦しさの中では、彼自身の愛すべき小品たちのみならず、あらゆる具体の詩は死ぬしかあるまい、という痛ましくも無残な思いさえする。

(しかも、「行為としての死＝詩」を語った「詩についての雑感」のわずか三カ月後に、知性によって整序された『古今集』の美的言語秩序を賛美する「詩と批評」(末尾には「昭和十四、六月―七月」と執筆時期が記されている)が書かれるのである。この目まぐるしい思念の変動。蓮田善明は分裂しているのだ。この件、蓮田善明における古典主義とロマン主義の矛盾の問題として第八章で再説する。)

おそらく、この切迫、この息苦しさによって蓮田は、他を叱咤するとともに、自らを鼓舞しようとしてもいたのだろう。そう思うしかない。「詩のための雑感」が立言する「詩＝死」は、「今日死ぬことが自分の文化である」という大津皇子論以来の究極の理念であり当為である。蓮田の自己改造は当為としての「詩＝死」に向けての存在の自己改造なのだ。生身の蓮田善明は、その性急な自己改造によって生じた存在の矛盾や分裂を抱え込まざるを得なかったが、それでも彼は強靭な意志力をもって前進しようとしていた、ということである。

たとえば、昭和十五年年末に応召解除となって帰還した蓮田が、自分の体験を素材にして小説『有心』を書き出したのはその矛盾の一例である。それは「詩＝死」に「敵愾」する近代リアリズムによる「生＝散文」の小説である。書き出し、書き継ぎ、書きあぐね、中断し、それでも捨てきれず、昭和十八年十月末、再度の召集を受けて門司に向う汽車の中でようやく終章を書きあげたのだった。『有心』については第十二章以後で論じるが、この執筆経過自体が、蓮田のなかに「詩＝死」に託しきれないもののあったことを、近代リアリズムというものが容易に否認できない権能を持っていたことを、しかも彼自身がそれを切実に自覚し格闘していたことを、証拠立てている。

なお、『蓮田善明全集』は第一次応召中に戦地で作った多数の詩歌を「陣中詩集」としてまとめている。事の性質上叙事と叙景の詩が多くなって、なかには「昨夜小心恂々臆したる敵の乱射のもと／我れただ黙し兵《つはもの》調《ととの》へ待機す」と始まる詩「闘」などもあるが、ここには敢えて、最も愛すべき小品を一篇選んで引用しておきたい。日露戦争従軍中の鷗外の詩「釦鈕」などを連想させる一篇だ。「友の美しい詩集」というのは、たぶん田中克己の『詩集西康省』だろうと思う。

押し花

友の美しい詩集に、わたしは
時々、所々で摘みとつた草や花を挿《はさ》んだ。
（ああ、こんな時、こんな所に！）
日経て、詩集を開《ひら》く時、それら草花《くさばな》
其の儘に押し花となりて、ひつたりと
やさしい姿を、眠つたま丶残してゐた。
もはやあのやはらかさは無く涸れて、

悲しい一つの形になり果ててはゐたが、
残し得た花の、草の見事さ。

その一つの花を、わたしは或る日見めでて
やぶれぬやうにそつと指もて剝がしてみたるに
葉の裏にも匿《かく》れて、又、花がしつかりと着いてゐた。

短歌――「アララギ」風から反「アララギ」へ

では、『古今集』的な見立てによる知的に構成された詩を書いていた初期蓮田善明は、短歌においても『古今集』を範とした歌を作っていただろうか。

岐阜二中の教員だった昭和三年七月十六日、熊本の植木町に離れ住む新婚の妻・敏子に宛てた手紙に書かれた五首の最初の二首を引用する。（故郷の医師の長女だった敏子とは六月十二日に挙式したが、住居の準備ができるまで同棲はせず別居していた。）

今日よりは盂羅盆《ママ》なればま新しき夏衣着て妹《いも》あらむかも
今日ははや手紙かゝむと起きいでしに病尚《やみ》ありて書かずか臥する

近況報告を兼ねた歌にすぎないが、一首目には「（〝妹〟とは妻、恋人のこと）」という妻のために添えた注釈がついている。

ここで注目したいのは、「妹」に加えて終助詞「かも」や「書かずか臥する」といった語法が表示するとおり、これがいわゆる万葉調であり、その万葉調を復活させた当時の「アララギ」調の歌だという一点である。実際、中学教員時代の蓮田は「アララギ」の中心歌人だった島木赤彦を最も尊敬していたという。蓮田善明は、前期においても、『古今集』的な見立てにつながるモダニズムの詩と万葉調の「アララギ」派的な短歌とで分裂していたのである。

そして蓮田は、この後やはり、「アララギ」全否定に、つまりは全面的な自己否定に、転じていく。限られた資料では経緯の詳細はたどれないが、これも保田與重郎の古典論と軌を一にしていることはたしかである。国学的万葉観を復活させた保田にとって、『万葉集』は勤皇の精神の源泉であり、そこに写生や素朴しか見ない「アララギ」流の「近代文芸観」は否定の対象でしかなかった。島木赤彦は「アララギ」派の中でも『万葉集』復興の先頭に立った人物ではあったが、島木の万葉はあくまで「近代主義的・純粋主義的な自己表現至上主義」(大岡信『うたげと孤心』)だったのである。

蓮田は後に、和歌の伝統を踏まえた詩形式として長歌復興を提唱したエッセイ「長歌」(昭和十七年八月)を書く。長歌は、一方において、個我の表現たる新体詩の否定であり、他方で、短歌形式には不可能な叙事や思想の表現を可能にする詩形式として称揚されるのだが、そこには、同じ「アララギ」でも長歌復興を構想したことのある伊藤左千夫を持ち上げるあまり、あくまで個人の表現としての短歌を主張した島木赤彦と齋藤茂吉に対して、「赤彦、茂吉等の議論などは実に神人共に許すべからざる牽強醜陋軽薄劣等を極めたものである」という激語も記されている。蓮田の文章にはこうした吐き捨てるような激語、罵倒語が折々あらわれる。それが蓮田の狂信的「神憑り」ともいわれて嫌忌された所以だろうが、私の論脈では、この烈しい罵倒はそのまま過去の自分への罵倒でもあったはずなのだ。「明治末期から以後さうした意味の人生主義が滔々世を蔽うたとき詩精神の喪失した意欲だけの所謂アララギ風が世を風靡した」というのが蓮田の見解である。——ただし、自己批判を含むはずにもかかわらず、蓮田は過去の自分も赤彦を崇拝する「アララギ風」の一人だったとは決して明かさない。蓮田は己れの過去の「趣味」を緘黙するのだ。その徹底した自己切断を蓮田の剛直な強さと見る向きもあろうが、しかし、過去を秘匿せざるを得ないのは文学者としての蓮田の弱さだ、と私は見る。

出征中の歌も引いておこう。「陣中詩集」には、「秋のひる小川のふちの木々の葉はおのれと散れり風もあらなくに」に始まるおだやかな「秋落葉」連作十四首などもあるが、昭和十四年七月二十五日に書かれた「戦死せる同郷の若き兵士に」と題された連作九首の冒頭三首を。「今朝の夜」というのは、三首目が詠うとおり、その兵士の被弾死亡が日付が変わったばかりの真夜中だったからである。

堪へず　われ泣きぬ　今朝《けさ》の夜　星の下《もと》　堪へて君　呀《はや》　命《いのち》ささげぬ
今朝の夜《よる》　君戦闘《たゝかひ》にみまかりし今日の夕べの暮れなんとする
午前零時三十分に頭部貫通銃創一時すぎ絶命といふにあらずや

直叙直情の歌だがもはや「アララギ」風の万葉調でないことはたしかである。だが、古今調というわけでもない。なにより破調である。音数において大きく破調なのは三首目だが、むしろ一首目にこそ注意すべきだろう。五七五七七の定型律で読めないこともない三十一音を、敢えて一字あけでずたずたに寸断することによって、蓮田は故意に破調を作り出しているのだ。「詩と批評」で『古今集』が完成させた三十一文字の「歌のさま」を美的秩序の理想として強調していた蓮田が、同じ時期に、一方でこの破調を作ったのである。戦場で親しき者の死に接した呼吸の乱れは、もはやなめらかな「歌のさま」に回収できなかったのであり、また、回収すべきでない、と判断したからである。古今調のみならず、万葉調さえ、戦場のリアルを詠むには無力なのだ。

俳句――無季自由律から有季定型へ

最後に、詩において知的に構成された形式美を愛し、短歌において「アララギ」風の生活詠を詠んでいた初期蓮田善明は、どんな俳句を作っていたか。数えで十七歳というから大正九（一九二〇）年中学三年生の回覧誌から小高根二郎の紹介している句を四句。

初めて海に来し夜の浜に風よう吹いて
波うち寄する浜子供ら石を投ぐる
浜よ、漁船かたまり出し朝の風強く
夜の虫突き当る襖くらい音たて

意外にも無季自由律である。荻原井泉水《おぎわらせいせんすい》の『新しき俳句を見よ』を読んで影響を受けたのだという。荻原井泉水は明治末年に河東碧梧桐《かわひがしへきごとう》の新傾向俳句運動に参加し、さらに大正初年、碧梧桐の不徹底を批判して袂を分ち、無季自由律を提唱実践した。文学に目覚めた熊本の中学生は時代の俳句の最前衛に飛びついたのである。

井泉水の主張はたとえば「俳句の為めに」（大正五年六月）の次の一節に要約されている。

俳句が真に詩として立つ為には、我々にとつて最も内在的なる生命の感じを其の出発点としなければならない、而して其の緊張したる力のリズムをさながら緊張したる言葉のリズムに写したる調子――散文的な言葉でなく、又和歌のやうに韻律を踏んだ言葉でなく、内在的な印象律的な言葉に写したもの――が即ち俳句的表現である。こゝに詩としての俳句の意義があると私は信じてゐる。

内在的な生命感をそのまま表現することこそが目的であり、そのためには形骸化した五七五の外在律も季語という制約も捨てよ、というのである。「写生」はただの「客観写生」でなく「生命を写す」という意味での「写生」でなければならないという井泉水の立場は、「内部生命」を捕捉するための「写生道」を説いた赤彦や、自然と自己の「一元の生」を写すと説いた茂吉の「実相観入」など、短歌の「アララギ」派とも基本的立場を共有している。もちろん井泉水は古代の素朴率直な生命表現を失って形式に泥《なず》んでしまった『古今集』を否定する。また、形式化した外在律を捨てて内在律を重視せよという主張は当時の口語自由詩運動とも共通している。

技巧を捨てて心の自然につけ、という井泉水の無季自由律は、自然観として立言すれば「自然は有るが儘によい」(「あるがまゝによろし」大正九年六月)という自然随順の姿勢になり、人生論的に変換すれば、俳諧とは「自然を体感しつゝ正しく生きる道」である(「俳句非俳句の弁」大正八年七月)という立言にもなる。欲望を捨てて心を純化し自然に随順せよ、というのだ。半生を乞食放浪に送った種田山頭火も孤独に隠棲した尾崎放哉も井泉水主宰の「層雲」に拠った俳人だった。

形式を脱離してすなおに自然に随順しようとする蓮田善明の俳句は、譬喩(見立て)という技巧によって世界を構成する彼の詩の対極にあり、伝統の定型律に載せて心を流露させようとする彼の短歌とも異なる位相にあった。詩と短歌と俳句と、若き蓮田善明の「趣味」は多方向へ分裂していた、というべきだろうか、それともこの分裂の総合として彼の「全人格」（石川啄木）はあり、彼は多面体としての自己の心と表現を多面体のまま成長させようとしていた、というべきだろうか。いずれにせよ、この多方向性、多面性には貫く一本の芯が欠けている印象は否めない。おそらく後期蓮田は、その貫く芯を、死に向かう一筋道として摑んだのである。

さて、広島高師に入った蓮田善明は国文学者・斎藤清衛の薫陶を受けることになるのだが、この斎藤清衛が自由律俳句を作り井泉水とも交流があった。そして十数年後の昭和九年一月、蓮田は斎藤の紹介で山頭火と親しかった大山澄太を知り、山頭火の句集『草木塔』を読んで感動し、次いで三月二十三日には大山宅で山頭火本人に会って感激する。この前後、蓮田の日記はまるで「句日記」（小高根二郎）のように山頭火ばりの句でいっぱいになったという。その中から四句だけ。

雲を　とほい山にちよんとおいてる　春のお天気
いや　自分を蹴やつたのに又自分が戻つてゐる
自分をうちやぶりたいほどの自分も失うて
女を見ようと三人まらふつて出る

中学時代の句よりも技巧の痕は消えて幼児的な言葉も平然と使われている。むろん幼児性はすなおな心の理想である。二句目三句目が無我の境を求めながら容易に捨てがたい「自分」というものを見つめているのも山頭火の影響だろう。「まら（男根）ふつて」も邪気のない裸の人間相の肯定である。これら山頭火ばりの句は、蓮田にとって、心を純化し「あるがまま」を肯定するための愉しいレッスンみたいなものだったにちがいない。

無所有放浪の山頭火と激烈な国粋主義者蓮田善明の不思議な交感については、丸谷才一が小説『横しぐれ』

で考察していた。あくまでアイロニカルな仕掛けを施された小説の中での考察だが、山頭火のナショナリストとしての一面を強調して両者を思想的に接近させた上で、「どつちも一種の知行合一説の立場でせう。山頭火は資本主義社会への疑惑を乞食といふ形で実践し、蓮田善明は天皇崇拝を、もう戦争は終つたんだから徹底抗戦なんかしないと言ひ張る上官を殺す形で実践」したのだというあたり、なかなかうがった解釈で、聴くべきものがある。

事実、日記を読めばわかるとおり山頭火はまぎれもないナショナリストだったし、彼の乞食放浪が資本主義への疑惑の実践だという解釈も一面の真相であるにちがいない。

たとえば、蓮田を山頭火に会わせる機縁を作った師・斎藤清衛は、昭和八年、教授の職をなげうって全国行脚の旅に出立している。「学者学問よりはルンペン」になりたいと願っての放浪行脚である。ルンペンこそは現代の隠者かもしれぬ、釈迦もいにしえの高僧たちも無所有を実践したのだ、という思いが斎藤にはあった。まさしく山頭火ばりだ。

その紀行文『地上を行くもの』（昭和八年）などを読めば、随所に、資本主義によって荒廃していく地方生活への慨嘆、時代の唯物論（物質主義）への批判、商人の「利己主義」への嫌悪、「資本主義化された」学校教育への批判に基づくあちこちの「村塾」教育や各地の農本主義団体、一燈園などの奉仕団体、修養団体への共感的関心等々が書き込まれているし、旅の途次、自然との合一体験による無我的法悦もしばしば味わったという。

（「文藝文化」に結集した蓮田善明、栗山理一、池田勉、清水文雄はみんなこの斎藤の薫陶を受けた学弟子たちだった。彼らが文学を「死物」としてしか扱えないアカデミズムの国文学研究に叛旗を翻したのも、型破りの学者だった斎藤の感化なしにはあり得なかったろう。）

だから私は、丸谷才一のうがちを否定しない。だが、昭和九年時点での蓮田の山頭火への共感は何よりも俳句の創作衝動となってあらわれたのであり、そのとき蓮田が求めていたのは、心と自然が相即し、さらに心と言葉も相即する「あるがまま」の境地だったはずである。

小高根二郎は『蓮田善明とその死』で、この「あるがまま」は、後年、本居宣長の「かんながら」へと通じて行くのだと述べている。そうかもしれない。むろんそれは、『国体の本義』（昭和十二年）や『臣民の道』（昭和十六年）が天皇に帰一する国民精神として説く「明き浄き直き心」、邪心なき「清明心」にも通じているだろう。

しかし、その意味でなら戦争遂行を支える心の修練にも通じるはずの無季自由律俳句をも、後期蓮田善明は放棄してしまう。

『蓮田善明全集』の「陣中詩集」は、大陸出征中の蓮田が軍隊手帳やノートに書き留めていた詩歌を集めたものだが、俳句は十五句だけ。短歌の半数に満たない。しかも「秋韻」と題されたその連作はすべて有季定型なのである。そのうち四句を。

曼珠沙華露浴びて居りひと想ふ
月落ちて地平の下《した》の稲光り
霧を抜く陣地石《いは》なり雛《ひな》鶏を飼ふ
山百合の白くゆれつゝ遁ぐる敵

すでに兵隊による戦場詠も含めた戦争俳句が盛んになっていた時代だった。その中に置けばどれも微温的な句に見える。戦陣の作だとはっきりわかるのは三句目四句目だけだし、四句目の「山百合」という季語は無理に挿入された感を否めない。蓮田は、異国（敵地）の異貌の自然を無理にも歳時記宇宙に籠絡しようとしていたのかもしれない。（もっとも、蓮田の部隊が陣を構えた洞庭湖周辺は日本の風土に近かったのだが。）だが、戦場の現実を詠う短歌を敢えて破調にしたことを思えば、異国の風土での戦場を詠む俳句には無季自由律こそふさわしい、という選択もあり得ただろう。

たしかに、戦時下の言論統制は俳句界にも及んで、昭和十五年には新興俳句グループに対する弾圧が始まっていた。満洲事変以後に台頭した新興俳句は、都市的感性と個我の自覚に立ったモダニズム運動として無季俳句を容認し、またリアリズムをも吸収して厭戦的・反戦的な句も作っていた。そして、太平洋戦争（大東亜戦争）開戦ごろには、「無季」であり「自由」律であること自体が「反日本」的であるかのごときこじつけのコノテーションまで形成されるに至るのである。

しかしそれでも、かつて門下からプロレタリア俳句への流れを輩出したこともある荻原井泉水は、戦局悪化した昭和十八年十月刊の『俳句と青年』においてさえなお、季語や定型を顧慮することなく「私達の生きた気持をそのまゝ手榴弾のやうに投げつける内在律俳句の方が」その直接性において戦時の表現にふさわしい、と主張していたのだった。

対して蓮田は、「風雅道としての季題」（昭和十七年七月）では、「井泉水氏らも寧ろこだはらない態度で季節風土を愛してゐるとも言へよう」と、（過去の自分に対しても）寛容な見解を述べた上で、「偉大な文化的人工として季題は風雅精神そのものの発顕であつた」と結ぶのである。詩でも短歌でも初期の「趣味」を全否定してきた蓮田は、俳句においても無季自由律を完全に放棄して、有季定型という伝統の規範に移行するのだ。（というより、もう蓮田の中で俳句創作衝動自体が死んだのかもしれない。昭和十八年十月からの第二次応召時の詩歌をまとめた全集の「をらびうた」には俳句は一句もない。たしかに、この時期の蓮田が尊崇する記紀万葉の古代には俳句形式は存在しなかったし、「俳諧」という言葉の本義が滑稽を意味する上に、十七音では述志もできないのだ。)

もちろん、自然美を芸術の秩序へと移調した季題(季語)の「風雅」は、『古今集』が樹立した美のコスモロジーに由来する。他方、叙事も叙景も、さらには「大いなるもの」への献身という思想をも、すべて歌える詩形として彼が復興を提唱した「長歌」は『万葉集』のものである。

こうして、詩も短歌も俳句も、初期の多方向的で相互矛盾的な「趣味」の一切を否定して自己改造した後期蓮田善明に、『古今集』的なものと『万葉集』的なものとの対立が、つまりは「たをやめぶり」と「ますらをぶり」との対立が、最後に残る。平時においては統合可能だったはずの日本の「風雅」の両面だが、第十七章で述べるように、ついに蓮田は、「国学者では本居宣長よりも賀茂真淵」(「文藝文化」昭和十八年三月号後記)という一言でこの対立を断ち切ることになる。宣長とは『古今集』の「たをやめぶり」、真淵とは『万葉集』の「ますらをぶり」のことにほかならない。「をらびうた」所収の短歌は「ますらをぶり」の真淵調であり詩は「長歌」である。(なお、「をらびうた」は正しくは「おらびうた」と書くべきだが、全集や小高根二郎の評伝の表記に従っておく。)

第四章　文学（二）古典論

——大津皇子へ　付・キルケゴールと保田與重郎

キルケゴール——実存の三段階説と天皇の国の三位一体

前期蓮田善明の文学創作上の多様な「趣味」の諸傾向は、中学校のころから始まって二十年近く継続していたにもかかわらず、後期蓮田善明によって全否定された。前期の詩はそのモダニズム性のゆえに否定されねばならず、万葉調の短歌はアララギ派的写生主義《リアリズム》による生活詠であるがゆえに否定されねばならず、無季自由律の俳句は定型と季感（季語）の美的コスモロジーをないがしろにするゆえに否定されなければならなかったのである。

後期蓮田善明は「思想」によって「趣味」を統制しようとしているのだ。

感性までも統制しようとするこの厳格主義《リゴリズム》は、私に蓮田善明とはまるでそぐわない思想家の名前を思い出させる。審美的実存、倫理的実存、宗教的実存という実存の三段階説を唱えたキルケゴールである。

キルケゴールのいうところをごく雑駁に紹介すれば、おおむね以下のようになる。

審美的実存者は人生の意義を自由な享楽に求めようとする。結婚という枷《かせ》に拘束されることをきらって次々と恋愛遍歴を重ねるドン・ファンのような、あるいは若き光源氏のような、「誘惑者」または「放蕩者」がその典型だ。いかなるかたちでも拘束されることを拒む審美的実存者の営為は、すべてが「気晴らし」や「趣味」みたいなものになる。

もちろん蓮田善明の実生活にそんな放蕩はなかった。彼はまじめな教師だったしすぐに結婚して家庭を持った。

しかし、詩人もまた一種の審美的実存者である。詩人は堅固で重苦しい現実を想像力によって美的に変容させ、外物に囚われない内的自由を享受しつづけようとするのだから。若き蓮田善明が八手の木をなまめかしい「熱帯的肉体」に変容させ（詩「八手」）、アカシヤに「沈黙した女哲学者」の姿を思い描き（詩「あかしや」）、無数の葉をつけたポプラの立ち姿に「睦まじい民族全体」のユートピアを幻視した（詩「ポプラ」）ように、である。しかも蓮田のそれはまぎれもない「趣味」であった。詩も短歌も俳句も作り評論も小説も書いたというジャンルの枠を軽快に越えるその放埒な足取りも含めて、前期蓮田善明は、その「趣味」に限っていえば、たしかに美的放蕩者に似ていたかもしれない。

だが、そういう詩人の自由は現実からの退避によってのみ可能な内的自由にとどまる。そして、内的自由にとどまるかぎり、詩人の自己は可能性のなかで空費されるだけの自己、すなわちただの「影」にとどまる。だから、審美的実存者は倫理的段階へと上昇しなければならない。倫理とは現実において「あれか―これか」を選択し、選択の結果を引き受けることである。それは可能性としての無際限の自由を放棄することだから不自由の引き受けだが、この引き受けによってはじめて彼の自由は現実化し、彼の自己も現実化する。ドン・ファンも愛への渇きをほんとうに癒したければ、きりもない女性遍歴をやめて一人の女性を選んで結婚すべきだったのであり、その女性とともに愛を倫理的に担うべきだったのだ。光源氏だって広大な邸宅に女たちの人生を引き受けつつ、（紫式部は具体的には書かなかったが）太政大臣にまで上りつめて政治家としての責任を全うしたらしいのである。

しかし、不完全な現実世界においては倫理も欠損を免れず、倫理的実存は自足することができない。そこに現実世界を超えて絶対者（神）と向き合う宗教的実存が目覚めなければならない。目覚めなかったドン・ファンは地獄に墜ちたと伝えられ、一方、晩年の光源氏は（やっぱり紫式部は具体的に書かなかったが）遅まきながらも宗教的実存に目覚めて出家したというではないか。

キルケゴールのこの三段階説になぞらえていえば、前期蓮田善明の「趣味」は審美的段階にあり、だから倫理的段階へと上昇した後期蓮田善明によって否定されねばならなかったのである。

キルケゴールはまた、いったん否定された審美的段階の諸関心は高次の段階において再び回復され、新たな意味づけのもとで肯定的に「反復」される（受け取りなおされる）のだという。たしかに、前期蓮田の比喩を多用したモダニズム詩の発想は「見立て」の美学として『古今集』の美学のなかに回復され、短歌のアララギ派的な万葉調は真淵的な「ますらをぶり」へと吸収され、無季自由律の俳句は「あるがまま」の山頭火への共感を経由して「神ながら」や「明く清き直き心」の修練へと変容して肯定された、ということもできるだろう。

もちろん以上は蓮田善明の自己改造の軌跡を理解するためのモデルにすぎない。そもそも「キリスト者」キルケゴールの思想をそのまま日本の国粋主義者・蓮田善明に適用できるはずのないことは重々承知している。だが、本人がどれほど否認しようと蓮田善明はまぎれもない「近代人」だったのであり、「死」を見据えたそのリゴリスティックな自己改造の姿勢をキルケゴールと共有していたのである。というよりむしろ、様々な偽名を用いたりソクラテス的な意味でのイロニーを駆使したりしたキルケゴールとちがって、何の術策も持たなかった蓮田善明こそは、ひたすら剛直な正銘の厳格主義者《リゴリスト》だったのである。

当然ながら、蓮田とキルケゴールの最大の違いはその宗教観にある。一神教の神と「天皇」との違いにある。

蓮田善明のいわば「天皇」信仰においては、倫理的段階と宗教的段階とは癒着していて明瞭に区別できないのだ。応召において現実化した蓮田の倫理的段階は、天皇への（厳密には昭和の天皇の勅を通じて現れる「大いなるもの」への）無私の忠誠心にほかならないが、それはとりもなおさず、死を命ずる絶対者への随順であり、安んじての死の受容であることによって、そのまま宗教的位相へと通じている。しかもそれは、ただちに文学観の違いとも連動する。上代以来の文学史の「正統」においては、天皇こそがこの国の文芸の、より広くこの国のあらゆる美の、総攬者だったからだ。

つまり、天皇という絶対者への帰順において、倫理的段階と宗教的段階が融合するだけでなく、審美的段階もまた「反復（受け取りなおし）」されて包摂されるのである。後に三島由紀夫はそのような天皇の機能を「文化の全体性」（「文化防衛論」）と呼ぶだろう。

だが、天皇という大問題についてはいずれあらためて考察しなければならない。ここではまず、蓮田善明の倫理的自覚に至る自己改造の論理を彼の古典論によってたどることにする。

「文藝文化」——保田與重郎の近傍で

広島高師から広島文理科大学に進んだ同窓生、年齢順に書けば清水文雄、蓮田善明、栗山理一、池田勉の四人によって雑誌「文藝文化」が創刊されたのは、日中戦争（支那事変）勃発からちょうど一年後、昭和十三年七月だった。池田勉の筆になるその「創刊の辞」の全文を引いておく。

> 伝統の権威地に墜ちて、古典を顕彰するの醇風も亦地を払つて空しい。日本精神の声高く宣伝せらるるあれど、時に現実粉飾の政論にすぎず。芸文の古典は可惜、功利一片の具と化して、無法なる裁断に任され、所謂国文学の研究は普及せるも、故なき分析と批判とに曝されて、古典精神の全貌は顕彰せらるべくもない。嗚呼、古典の権威は地に墜ちたり。今にして之が復活を想ひ、古典の黎明を呼ぶにあらざれば、

我が古典の精神は終に喪はれんのみ。

此に思を致し、我ら相寄りて「文藝文化」の創刊を以てその所信を述べんとす。蓋し、偉れたる古典は生命の頂点に於ける開花であり、高揚せる伝統は精神の醇化されたる成果であること、今更言ふを俟たない。か丶る開花と創造とに払はれたる人間の営為と献身とは、之を計量する術もないが、その開花の古典は燦然として今日の我等を指導する。今や我等の義務と責任は、この伝統への心からなる感謝と安んじての信従とであらねばならぬ。寧ろ今日の日に在つては、伝統は神さびて厳しく命ずるを聴く。かく命ずる伝統の何ものであらうとも、内に命ぜらるる厳しさを我等は信ずる。

されば我等はもはや伝統について語る必要を認めない。伝統をして自ら権威を以て語らしめ、我等はそれへの信頼を告白し、以て古典精神の指導に聴くべきである。

伝統については屢々語られもした。然し伝統をして語らしめ、伝統の権威への信頼を語りしものは近来未聞に属する。これ今日の義務ある営為として我等に課題するところ、本誌の刊行によつて、その達成を期しうれば以て瞑するに足る。

いささか所思を披瀝して創刊の辞となす。（池田　勉）　　（傍点原文）

四人はすでに五年前の昭和八年、保田與重郎らが「コギト」を創刊した一年半後、研究紀要「国文学試論」を創刊して、第四輯まで刊行していた。彼らはいま、「伝統について」分析的実証的に論じてきた「国文学試論」の立場と訣別し、古典を現代に再生させるべく、自らが伝統の声と化して語ろうとするのである。したがって、彼らが文体として採用したのはいわゆる論文スタイルではなく、自由に語るエッセイ、つまり評論の文体だった。

（なお、引用文中、「かく命ずる伝統の何ものであらうとも内に命ぜらるる厳しさを我等は信ずる」は、伊東静雄の詩「わがひとに与ふる哀歌」の一節「かく誘ふものの何であらうとも／私たちの内の／誘はるる清らかさを私は信ずる」を踏まえたものだ。伊東静雄は同人四人の共通の知己となっており、「文藝文化」創刊号にも詩「稲妻」を寄せている。）

地方大学出身の若い研究者たちによる同人誌ながら、創刊号には垣内松三の巻頭言を掲げ、斎藤清衛、風巻景次郎、久松潜一、井本農一、吉田精一、西尾実ら錚々たる研究者たちが寄稿し、ことに久松潜一のものは連載である。国文学界もまた時代の風を受けて実証的アカデミズムから大衆（国民）の面前へと踏み出そうとしていたのであり、「文藝文化」への期待は高かったものと思われる。

「文藝文化」は文学史的には日本浪曼派の近傍に位置づけられている。雑誌「日本浪曼派」は昭和十年三月に創刊されて（というより創刊に先立って「コギト」昭和九年十一月号が「『日本浪曼派』広告」を載せたときから）スキャンダルめいた一大センセーションを文壇に巻き起こしたが、一枚岩とはいえない同人間の疎隔もあって、「文藝文化」創刊の翌月、昭和十三年八月に終刊する。「文藝文化」は「日本浪曼派」終刊と入れ替わるように出発したのである。

「文藝文化」には、保田與重郎をはじめ、伊東静雄、田中克己、中島栄次郎、中河与一といった日本浪曼派系の人々がしばしば寄稿している。だが、「文藝文化」が日本浪曼派の影響を受けた、というのは正確ではない。同人四人は、日本浪曼派というグループからではなく、ただ保田與重郎一人から影響を受けたのである。その影響は彼らの文章に如実にあらわれている。

たとえば、清水文雄は創刊第二号（八月号）の「土佐日記序章」でこんなふうに書く。「血統としてわれ〳〵の身内に脈々と波うつ﹅い﹅の﹅ちそのもの」（傍点原文）「『からうた』に対して『やまとうた』の血統の清純を身を以て防衛しようとした貫之」――「血統」も「清純」も、「血統防衛」と使われる「防衛」さえも、保田の愛用した言葉である。

保田的語彙には保田的発想の核が充填されている。清水は保田に触発されたヴィジョンによって古典を見、保田的語彙を借りて語るのだ。

とはいえ、篤実な国文学研究者としての清水は保田のようなノンシャランな流麗さで語りきることはできず、論の後半では実証的かつ分析的に語ろうとしたため、いくぶん凡庸感をともなう文体になってしまう。この清水論文の文体上の分裂は、清水にかぎらず、彼ら「文藝文化」同人たちが、保田與重郎が詩人的に語った洞察を研究者の立場から補完的に傍証する役割を担っていたことを示す。

「血統」という語はエッケルマンの伝えるゲーテの言葉を引いて始まる創刊号（七月号）の池田勉の短文「文学の神話」にもあらわれる。「寧ろ私は私の直観に於て日本人の血統を感知した。」

池田は八月号の「文芸精神」では、文芸学の対象は作品という客観的なものではなく、文芸を創造する働きや力、すなわち「文芸精神」なのだと述べる。「誰が命ずるか、それは文芸精神であると僕は考へてゐる。作家とは常に文芸に命ぜられるもの丶謂だ」自ら筆を執った「創刊の辞」で伊東静雄の詩句を借りて記した「かく命ずる伝統」の内実を宣揚しようとする試みである。

もちろん、出来上がった作品よりも作品を生成させる形なき「精神」を重視するのは、ドイツ・ロマン派を承けた保田與重郎の文学観にほかならなかった。この「精神」にF・シュレーゲル経由の「イロニー」を付加すれば、創造の自由も破壊の自由も同時に確保した正真正銘の保田的ロマン主義精神になるところだが、池田の「文芸精神」はそういう過度なイロニーを含まない。総じて「文藝文化」の同人は生真面目なのである。実際、池田は十月号の「続・文芸精神論」で江戸の国学者・富士谷御杖《みつえ》を論じるが、保田においてはイロニーとほとんど同義語のように用いられることもあった御杖の「倒語」について、池田が強調するのはむしろ作品を超えた作者の精神の「鬱情」の烈しさである。

創刊号に懐徳堂の合理主義者・富永仲基を論じて「富永仲基の方法」を書いた栗山理一は、同人中、保田的文体や保田的語彙に対して最も冷静な距離を置いていたようだ。そこには「憧憬と信従を説く浪漫主義はしばしば〳〵信仰の精神と相通ずるところがあるが、遠く離れた過去の追憶と遥かな未来への憧憬の感情がやゝもすれば現実の確把に於て薄弱なものをしか期待できないといふことは自然の結果であらう」という、ロマン主義的陶酔を警戒する記述も見られる。文中の「信従」の一語は、当然、「創刊の辞」で池田が記した「安んじての信従」との鋭い確執を孕むはずだ。

栗山はここで、仲基の合理主義的歴史批判が、最終的には、「今の世」に妥当しなくなった「神儒仏」への批判を通じて「日本の真の道」を探究する方法だったことを述べる。栗山は富永仲基に託して、「日本の真の道」の探求も合理精神を通じて行われなければならない、というのである。探求方法における同人たちへの微妙な異和の表明だろう。

しかし、栗山も基本理念は共有している。だから栗山は、十月号の「狂」では、「神々の目くばせに捉へられた詩人は同時に人間の、民族の声――伝統を解き明かすべく強ひられてゐる。伝統は厳しく命ずるといつてもよい」と書くのである。「伝統は厳しく命ずる」は、むろん、池田の「創刊の辞」との「和解」の表明にほかなるまい。（「創刊の辞」は毎号「文藝文化」の目次ページの見開き上段に掲載されていた。）

蓮田善明の『伊勢物語』論と保田與重郎

では、蓮田善明の場合はどうだったか。

蓮田が「文藝文化」創刊号に書いたのは「伊勢物語の『まどひ』」だった。蓮田自身が論の末尾で認めるとおり「説き足りなかつた小論」で、蓮田らしさもうかがえないやや凡庸なものだが、次の一節だけには注意しておきたい。『伊勢物語』第九段「東下り」の三河の国八橋でかきつばたの花を見て歌を詠み、みな涙を流したという有名な逸話に触れての記述である。

ここに「はる〲来ぬる旅」の途に立ちて、粮《かれいひ》のほとびるまで泣き崩れる感傷をみよ。頽廃に身を投げて強い憧憬に生きた我々の祖先《かみ》なる若人を思ひみよ。

「感傷」も「頽廃」(デカダンス)も「憧憬」も保田用語である。だが、「感傷」はよいとしても「頽廃」は本文中ではまったく唐突である。唐突のまま書き記したのは、蓮田が保田與重郎の発想と文学史観を前提にしていた証拠である。

「頽廃」は、この論では、『伊勢物語』の主人公が恋と歌との「みやび」に生きたこと以外にない。私は蓮田の「説き足りなかつた」ことを補って断定するが、「みやび」こそが「頽廃」なのである。そして、恋の遍歴と歌への惑溺が「みやび」であるなら、「みやび」とはキルケゴールのいう審美的実存のことにほかなるまい。審美的実存とは「頽廃」(デカダンス)を生きる実存である。

これは王朝の「みやび」をナイーブに、そして自信に満ちて、讃える国粋主義者の認識では決してない。この認識は深い屈折を強いられている。そしてそれは、蓮田善明に先駆けて、ほかでもない保田與重郎の認識なのであった。

若き保田與重郎は「デカダンス」という言葉をこんなふうに使う。(昭和十年、保田與重郎は二十五歳だった。)

「今日の場合は無意識に日本市民社会の実用主義とそのヒユマニテイのデモクラシイに対し、僕らはむしろデカダンをとるのである。」（「今日の浪曼主義」昭和十年九月）

「僕はかういふ現代に対するデカデンツのない、従つて現代に於て専ら一途に健康な文学につねに未来の日を感じない。僕らは一見の健康よりも、デカデンツにはるかに未来を感じることを強ひられてゐる。」（「文学の曖昧さ」昭和十年八月）

「僕らは健康であるよりも不健康を求める。僕らは文学の積極性として、むしろ不健康をとる。健康は文学のないところに存在するであらう。」（同）

「僕らの時代はイロニーの時代であり、あらゆる偉大なもの光栄のものが己の故郷としてのイロニーを考へざるを得ない日である。（中略）だからさういふ日に積極性をもつものは一般に抒情であるが、一歩にしてデカデンツである。我国でいへば王朝的な知識的文化である。もちろん一般俗説としての王朝でなく、もつときびしくかなしい美観の世界である。」（同）

「あらゆる偉大なもの光栄のもの」がそのままの実現を阻まれている時代であるがゆえに、「文学」もまた「不健康」とデカダンスを強いられている。かつて王朝の文化がデカダンスすれすれのきわどさの中で抒情せざるを得なかったように。（「王朝的な知識的文化」というとき、保田は『万葉集』の素朴自然と対比されて「知的」と評される『古今集』を念頭に浮かべていただろう。）しかし、「偉大なもの光栄のもの」に「血統」としてつながっているのは、現代に適応した「健康な文学」ではなく、「不健康」とデカダンスに沈淪する自分たちの文学の方だ。（「健康な文学」は、引用前後の文脈上では、直接には、転向後も「修身家」である島木健作を指している。）いまは「偉大なもの光栄のもの」が頽廃のなかに身をやつしている。これが時代の「イロニー」だ。だが、デカダンスにこそ「未来」がある。いずれ「血統」の自覚が時代に共有されるとき、「僕ら」の文学はやつしやつれた頽廃の外皮を脱いで「偉大」と「光栄」の光輝く真姿をあらわすだろう。

――これが若き保田與重郎の内蔵していた論理である。彼が濫用した「イロニー」から神秘性・朦朧性を脱色すれば、ただ「やつし」の論理が骨格として残るのだ。だからここには、すでに「頽廃」の淵からの「更生」の方途さえ予示されている。（実際、戦局の進展につれて民族主義や国粋主義が「市民社会」を凌駕していくとき、保田の言説から「イロニー」は消えて行くことになる。もはや「イロニー＝やつし」が不要になったのだ。）

『伊勢物語』の主人公に擬せられてきた在原業平は平城天皇の孫にあたる。父の代に臣籍に降下したとはいえ皇裔《こうえい》の自覚のあった業平は、しかし宮廷の政治世界から排除されて恋（色好み）と歌とに「鬱情」を託すしかなく（「心余りて詞《ことば》足らず」とは『古今集』序における業平評だ）、ついには都を逐われて東へ「まどひ」行く。業平を放逐した藤原摂関家の政治世界を保田のいう「文明開化」以来の「実用主義とそのヒユマニテイのデモクラシイ」に置き換えれば、業平はそのままデカダンスを強いられる昭和のロマン主義青年たちの像に重なる。だから蓮田は彼らの感傷の涙を叙した後、「頽廃に身を投げて強い憧憬に生きた我々の祖先《かみ》なる若人」と書くのである。「強い憧憬」とは、やつしやつれてさすらう「僕ら（若人）」こそが真に「偉大なもの光栄のもの」の「血統」を継ぐ者だ、という自負にほかならない。

なお、「説き足りなかつた小論」を補足するつもりだったのだろう、蓮田は単行本『神韻の文学』（昭和十八年十月）に収録するとき、「文藝文化」掲載稿は「しのぶのみだれ」と改題し、新たに書いた「伊勢物語」（昭和十七年五月）を併録している。蓮田は第一次応召から帰還した後に精力的に大量の文章を書いていて、そのせいかこの「伊勢物語」は論としては紋切り型にすぎるのだが、その末尾、「藤原氏の私謀術数の政治権勢に阿附するものとして漢学の才が考へられ、反対に、和歌を善くすることが、藤原氏等に魂を以て抗争する者の武器となつてゐる」と記している。この断案は単純化しすぎていささかイデオロギー的暴論めく。（たとえば漢詩漢文の人・菅原道真と、和歌の庇護者であり、かつ摂関政治の基礎を築いて後宮女房たちの活動の場を準備することになる藤原時平との関係を思い浮かべればよい。この件、第八章で再説する。）しかし蓮田は、審美的実存者だった業平が「頽廃」のなかで和歌の「血統」を守った意義を強調したいのである。

それにしても、蓮田善明は二度とも『伊勢物語』についてうまく書けなかった。おそらく、彼がまるで資質の違う保田與重郎の発想と文学史観で『伊勢物語』を論じたせいだろう。デカダンスを語るのは「たをやめぶり」とイロニーの保田にはふさわしいが、蓮田には似合わない。保田は自分自身の生の実感に即してデカダンスを語れたが、蓮田にはそういう実感はなく、せいぜい青年時代のモダニズム詩や「アララギ」派短歌へのささやかな趣味的放浪を保田のいうデカダンスに擬してみるしかなかったはずである。だが、それはあくまで思想による認識であって実感ではない。

しかし、にもかかわらず蓮田は最初に『伊勢物語』論を書かなければならず、最初に「頽廃」と記さなければならなかった。それほどにも深く保田與重郎のヴィジョンに依存していたのである。では、蓮田善明はいつ蓮田善明になるのか。

大伴家持と「独り」の自覚——保田與重郎からの自立

蓮田が次に書いたのは（短文を除けば）九月号、時代をさかのぼって大伴家持論「万葉末季の人」である。

蓮田は家持の「独り」を強調する。「万葉集の歌と詞との中に用ひられた『独り』の文字約百例その二割は家持の用ひた所であり而も『独り』の意味が他の多くは数的に『ふたり』、『配《たぐ》ひ』、『ならび』に対する『一人』、『片《かた》』の意味であるのに家持には真に精神的個我感にまで到つてゐる。」蓮田はルビを振って「個我《ひとり》」とさえ記している。ほとんど実存的寂寥の中で芽生えた近代的孤独の意識を表示するかのように。

この「精神的個我感」において、家持の恋はもはや万葉的な直情の恋でなくなり、「恋しつゝ直ちに恋の行動とならないで却つて『鬱結』するのである」。そしてまた、ひとり「鬱結」して内向するその心ゆえに、彼の歌は、対象が女性であれ遠く離れた都であれ、否定の距離を介した場合にはじめて真率な流露が可能になる。「追和」、「追同」、「追作」、「儲作」、「予作」、「預作」と、現場ならぬ事前事後の作がおびただしいのも「現前を避けて距れるものにつながらうとする」からである。「『独り』に在つてのみ詩神は燃える」のだ。

家持の抒情の孤愁ともいえそうな近代性の指摘はこれ以前になかったとはいえまい。だが、蓮田はそれを「精神的」にまで極まった「独り」の意識として取り出し、かつ、「独り」ゆえの「距離のパトス」ともいうべき心情と一対にしてみせる。どちらも一個のロマン派の出現に不可欠の内的要件である。この鋭角の切り出しは鮮やかだ。『伊勢物語』論とはまるでちがう蓮田善明ならではの洞察が生動している。

大伴家持は武門の名家・大伴一族の氏の長者だった。いま傾きつつあることによって「天皇（大君）」から隔てられつつある名家の統領だった。だから彼は、妻子と別れ「唯一人」「大王《きみ》の任《まけ》のまにまに」出立する防人たちに「黙しがたい同感」を覚えて彼らに成り代わってその心を歌ったりしたのだ、と蓮田はいう。

ならば、隔てられていてこそ「独り」の抒情が高まり「詩神は燃える」というその家持のロマン派的な心情において、真の憧憬の対象は「天皇（大君）」にほかなるまい。そのとき、この古代の孤立したロマン派の心情は、少なくともその心情の構造は、たちまち二・二六事件の将校たちの天皇への「恋闕《れんけつ》」の心情にも通うのではないか。（「闕」は宮城。「恋闕」は恋い焦がれるように天皇との心の直結を冀うことである。）

もちろん蓮田は二・二六への連想などおくびにも出さない。現実の天皇によって「賊軍」と呼ばれた彼らへの共感めいた記述など書けるはずがない。だが私は、蓮田が鋭く切り出した家持の像に蓮田自身を重ねて、敢えてそういう補助線を引いておきたい。（家持もまた、死後に藤原種継暗殺事件への関与を疑われ遺骸のまま追罰された。）

そして、ここで蓮田善明は保田與重郎とひそかに別れる。突きつめた「独り」の自覚は蓮田にあって保田にはない。第十七章で書くが、審美的実存者だった保田與重郎がやがて戦局悪化のなかで倫理的（かつ宗教的）段階へと移行しようとするとき、それは蓮田とは大きく異なる論理による。

後に戦場から帰還した蓮田は、題名も「一人」（昭和十六年二月）というエッセイのなかで、火野葦平の文章に漂う孤独感に共感しつつ、自身の「内地」での思いを次のように述懐することになる。

> 何といつてもやはりこんな孤独はないのである。これはその人を「己一人」といつたやうな烈しい孤独に押し詰めるものだ。（中略）さういふ孤独では、もはや「上御一人」に仕へ奉るといふよりほかない悲しいものである。（中略）唯々そのはるかなる上御一人に切々とおちかひ申し奉るよりほかに既《も》う何のてだてもないやうな悲しみである。

銃後の日常に対する孤立によって極まった「独り」の自覚が「はるかなる上御一人」につながろうとする——これはほとんど一神教徒の心情である。

大津皇子論

しかし、天皇への信従がいかに一神教の心的構造に接近しようと、また天皇がいかに「現人神」だと主張しようと、天皇は隠れたる絶対神と異なり、この俗世に俗身を露出させて、しかも権力の頂点として、したがって政治抗争の焦点として、内属する。その判断も命令も、時に過つ。むろん天皇の究極の命令は「死ね」という命令にほかならない。では、天皇の「死ね」が過っているとき、「独り」の者はいかにふるまうべきか。それが応召直前に書いた「文藝文化」十一月号の第三論文、さらに時代をさかのぼった「青春の詩宗——大津皇子論——」の主題である。

大津皇子は天武天皇の三子（懐風藻長子とす）、御母は持統天皇（天武天皇の皇后）の同母姉にして又天武天皇の妃たりし大田皇女。二皇女共に天智天皇の皇女である。持統天皇は天武天皇の崩後女帝として即位し給ひ御子草壁皇子は天武天皇の皇太子にあらせられた。大津皇子は才学明徹二十一歳にて朝政を聴き給うたが天武天皇崩御し給ふや皇太子を謀反《かたむ》けんとして川島皇子の内告により発覚翌日譯語田《をさだ》の舎《いへ》に死を賜うた。時に年二十四。天武崩後一月を経てゐない。

大津皇子は「大化的精神を体験した作家として最初の方であった」と蓮田はいう。「大化的精神」とは、大化の改新によって古い氏族主義を打破して「明神《あきつみかみ》」としての天皇と「公民《おほむたから》」との「一君万民」の可能性が出現し、律令の合理性によって整序された新社会の精神である。「茲に個別の精神があらはれる。」「個的な人間を本位とする政治理想が打ち樹てられる。」

当然蓮田はこれを明治以後の社会になぞらえている。ならば、新時代の「個別の精神」を体現した最初の文学者である大津皇子は、近代において時代に先駆けて最初に目覚めたロマン派の詩人に擬せられるだろう。しかも彼は「才学明徹」、不遜なまでに秀でた「個的な人間」、二十一歳にして朝政を聴いた英雄でもある。「詩人＝英雄」とは、これもまた初期ロマン派の愛好した観念だったし、「英雄と詩人」は保田與重郎の最初の著書のタイトルでもあった。

「此の若い皇子は恐らく本心皇位を狙はれたのではない。それはこの皇子の現実ではない。」おぼめかしているが、蓮田は大津皇子の謀反を冤罪だとみている。突出した「個別の精神」であったがために旧世界から睨まれ、権力の空白期に生じた熾烈な権力闘争の謀略の罠にはまったのだ、ということだ。

しかしこの「詩人＝英雄」は従容として死の座に就いた。たとえ理不尽であろうとも天皇（実際には持統の正式即位前だが）の命令は絶対であり、下された死を堂々引き受けることにおいて彼の生涯は一個の「運命」として完結する。あたかも古代ギリシャ悲劇の英雄たちが、地上のまなざしには理不尽としか見えない死を引き受けることで、神々の与える「運命」を完成させたように。

若人は死に臨んで「百伝ふ磐余《いはれ》の池に鳴く鴨を今日のみ見てや雲隠りなむ」と、「生」と「死」を恐ろしいまでに識別してゐる。更に言へばこれほどに「死」をリアリステイツクに見つめたものはこの皇子以前に嘗てない。この死に吾を死なしめてゐる。この「死」に吾を迫《せ》めて「生」を鳴くものを見てゐる。此の詩人は今日死ぬことが自分の文化であると知つてゐるかの如くである。青春はこの覚知を「今日のみ見てや雲隠りなむ」と心情によつて歌ふ。「経《たて》もなく緯《ぬき》も定めずをとめらが織れる」※錦をこの青春は想うた。それは放蕩であつて而も唯頽廃するのでなく青春を知つて素直に主張するのである。青春は放蕩して頽廃しない。而も青春を花に歌はず「黄葉《もみぢ》」に歌つてゐる。何たる凛冽たる青春への愛惜ぞ。「霜な零《ふ》りそね」とは此の現実を浪曼によつて救はんとする青春の抒情だ。

（傍点原文）

〔※　経《たて》もなく緯《ぬき》も定めずをとめ等《ら》が織れる黄葉《もみぢ》に霜な零《ふ》りそね　大津皇子『万葉集』巻八〕

平安朝初期の『伊勢物語』から奈良朝末期の大伴家持へ、さらに飛鳥朝の大津皇子へ、蓮田の論考は時代の順番を逆にさかのぼってきた。大事なのは文学史の順序ではなく蓮田の内的論理の順序だったからである。これは頽廃した青春が更生するために、または真の自己発見に至るために、踏まなければならない諸段階の順番なのである。デカダンスを余儀なくされていた昭和の青年の「信念更生」の物語のプロットなのだといってもよい。蓮田自身が、その階梯を踏み、その論理をたどって、信念を確立しなければならなかったのである。

こうして蓮田善明の「信念更生」の物語は、『伊勢物語』の美的段階をさすらいつつ「頽廃に身を投げて強い憧憬に生きた」若者の姿に始まり、大伴家持における「独り」の実存的自覚を経由して、いま絶対者の賜る「死」の自覚的受容によって己が運命を完成させた大津皇子に至って完結した。

「青春は放蕩して頽廃しない」と書いたとき、もしかすると蓮田は、己れの青春を回顧していたかもしれない。審美的放蕩はしても決して頽廃はしなかった「健康な」己れの青春を、これでよかったのだ、と誇らかに肯定していたかもしれない。それならこのとき、デカダンスの不在を文学体験上の欠損として保田への引け目のように感じていたかもしれない蓮田は、垂れていた頭を昂然と挙げたのである。

その意味でも、保田與重郎に同伴しつつ出発した蓮田善明の歩みは、ここに、保田與重郎ときっぱり訣別して、蓮田自身のヴィジョンを確立したのである。蓮田善明はいま蓮田善明になった。

むろん、この時期「信念更生」の物語を語ったのは保田與重郎や蓮田善明ばかりではなかった。たとえば転向した左翼青年たち、亀井勝一郎も林房雄も島木健作もこぞって各自の信念更生の物語を語ったのだし、かつてのモダニストの代表者だった横光利一や中河与一も語り、小林秀雄だって自意識過剰という頽廃からの更生の物語を語ったのだ。だが、だれ一人、蓮田善明ほどの急迫をもって語った者はいなかった。（保田與重郎も

「大津皇子の像」（昭和十二年一月）を書いていたが、いかなる急迫とも無縁の文章である。）

蓮田には、応召近し、「死ね」の下命近し、という切迫した自覚があったからである。彼は「死」を見据えて、「死」の急迫と対面しつつ自己変革したのである。それが蓮田善明の自己発見、自己確立だった。

こうして蓮田善明は「天皇」へと跳躍した。そして、もう一度引き合いに出せば、キルケゴールにおいてもまた、真の自己は「死」を見据えての神（キリスト）への跳躍によって見出されるしかないものだったのである。

『伊勢物語』論でも大伴家持論でも大津皇子論でも、蓮田は対象に自己を託して語っている。蓮田の論考は、己れを託すその熱情によって他の同人と截然と異なる。研究者としてなら他の三人の方に優れた資質があったかもしれない。だが、古典に己れを見出し、古典の発見が真に自己の発見でもあったのは蓮田善明だけである。蓮田だけが自分の「運命」を握っていた。蓮田善明はたしかに「文人」だった。

大津皇子から志貴皇子へ

だが、大津皇子の死は「終り」ではなかった。「青春の詩宗――大津皇子論――」には、先の引用部につづけて、こう記されている。

予は、かゝる時代の人は若くして死なねばならないのではないかと思ふ。新しい時代を表明するためには若くして死ぬ――我々の明治の若い詩人たちを想ひたい。それは世代の戦ひである。かういふ若い死によつて新しい世代は斃れるのでなく却つて新しい時代をその墓標の上に立てるのである。

そして入営した蓮田は、大津皇子論の次に、「新風の位置――志貴皇子に捧ぐ」（「文藝文化」十四年二月号）を書いたのだった。それは持統天皇の「死ね」の命に慫慂と従った大津皇子の「墓標の上に」立った「新しい世代」の「新風」についての論にほかならない。

志貴皇子は持統天皇が都を開いた藤原京の歌人である。「采女《うねめ》の袖吹きかへす明日香《あすか》風京《みやこ》を遠みいたづらに吹く」「石激《いしばし》る垂水《たるみ》の上のさ蕨の萌え出づる春になりにけるかも」（両歌とも蓮田の表記に従った）などの清新な詠歌で知られる。

注目すべきは皇子の「鼯鼠《むささび》は木末《こぬれ》もとむとあしひきの山の猟夫《さつを》にあひにけるかも」について、蓮田が以下のように書いていたことだ。（歌はおおよそ、むささびは餌鳥を捕えようとして高い木の梢に姿を現したが、皮肉にも、そのためかえって猟師に見つかって捕えられてしまった、というような意味である。）

> この歌世に大津皇子等の野望と失墜とを諷示すると解く者がある。併し茲では「木末求む」るあくがれは嗤はれると共に悲しまれてゐる。その悲しみは甘い同情ではなく大津皇子が殉ずることによつてうち建てた青春の倫理の悲しみを知ることであつた。寧ろこの悲しみは同情するよりもきびしく之を罰し嗤ふことが文化の道である。持統天皇はその厳罰する英雄であらせられ志貴皇子は之を嗤ふ詩人にましました。茲に一貫に貫通する文化の「誠」がある。それを知るのが詩人の自覚であり決意であった。
>
> （傍点井口）

「嗤ふ」とは突き放して笑うことである。志貴皇子は、旧世代の倫理に殉じた大津皇子の悲しみを知ればこそ嗤った、嗤うことで大津皇子を詩人として真に葬り、その「墓標の上に」詩の新時代を打ち立てた、というのである。持統天皇は大津皇子を罰し、志貴皇子は詩人として嗤い、そうすることで新時代の「文化」を開いたのだ。

私は不思議に思う。応召を天皇の「死ね」の命令と心得、自身を大津皇子に擬していたはずの蓮田は、はたして戦場での自分の死後に、つまりは戦争の終結後に、どのような「新風」の誕生を思い描いていたのだろうか、と。そのとき彼は、どのような意味で新時代に罰せられ嗤われることを覚悟していたのだろうか、と。

第五章　内務班　帝国軍隊の理念と現実　付・杉本少佐と村上少尉

軍神・杉本五郎の異端の神学

まず、次の引用を読んでいただきたい。

天皇は　天照大神と同一身にましまし、宇宙最高の唯一神、宇宙統治の最高神。国憲・国法・宗教・道徳・学問・芸術乃至凡百の諸道悉皆　天皇に帰一せしむるための方便門なり。即ち、天皇は絶対にましまし、自己は無なりの自覚到らしむるもの、諸道諸学の最大使命なり。無なるが故に、宇宙悉く　天皇の顕現にして、大にしては上三十三天、下奈落の極底を貫き、横に尽十方に亙る姿となり、小にしては、森羅万象　天皇の御姿ならざるはなく、垣根に唧《すだ》く虫の音も、そよと吹く春の小風も皆　天皇の顕現ならざるなし。

杉本五郎『大義』の本文冒頭である。

杉本五郎は明治三十三（一九〇〇）年広島県の生れ。蓮田より四歳年長。職業軍人の道を歩んだ彼は、日中戦争開始直後に少佐として出征し、九月十四日、山西省で歩兵大隊長として奮戦中に戦死した。（死後、一階級特進して中佐になった。）

彼の戦死自体は特に注目されなかったらしいが、翌十三年五月、杉本が日頃から部下や子息の教育のために書き溜めていた訓示的内容の文章をまとめた遺稿集『大義』が出版されるやたちまち大ベストセラーとなり、やがて「軍神」と呼ばれるようにまでなった。『大義』は版を重ねて敗戦までに百万部を超えたという。

それにしても、「宇宙悉く　天皇の顕現にして、大にしては上三十三天、下奈落の極底を貫き、横に尽十方に亙る姿となり、小にしては、森羅万象　天皇の御姿ならざるはなく、垣根に喞《すだ》く虫の音も、そよと吹く春の小風も皆　天皇の顕現ならざるなし」とは、汎神論的な神というべきか、なんとも異様な天皇像だ。

おそらく、この神＝天皇の背後には、ともに宇宙の中心たる太陽の神格化であるゆえに天照大神の本地を大日如来とする本地垂迹説（もしくはその国粋的逆転としての神本仏迹説）がある。現身の天皇は「天照大神と同一身」であり、天照大神は大日如来と同一身であり、大日如来は無限宇宙に遍満し天地万物に内在する、よって我らは天皇という全体宇宙の部分であり、いわば皇祖女神・天照と同一身たる天皇の胎内に蔵された存在である、という論理だ。むろんこんな「天皇＝神」解釈はまったくの異端である。

杉本五郎は軍務のかたわら、死生観を固めるために禅寺に通い続けるような実にきまじめな軍人だった。その彼がなぜこんな異様異端の天皇観をもつに至ったのか。『国体の本義』にいうような正統的天皇教義の理解につまずいたのだ、と私は思う。

第二章で述べたとおり、昭和十二年五月に発行された『国体の本義』は、「大日本帝国は、万世一系の天皇皇祖の神勅を奉じて永遠にこれを統治し給ふ。これ、我が万古不易の国体である」と定義している。そして天皇は「神」である。では、現身の天皇が「神」であるとはどういうことか。『国体の本義』はこう説く。

「かくて天皇は、皇祖皇宗の御心のまに〳〵我が国を統治し給ふ現御神《あきつみかみ》であらせられる。この現御神（明神《あきつかみ》）或は現人神《あらひとがみ》と申し奉るのは、所謂絶対神とか、全知全能の神とかいふが如き意味の神とは異なり、皇祖皇宗がその神裔であらせられる天皇に現れまし、天皇は皇祖皇宗と御一体であらせられ、永久に臣民・国土の生成発展の本源にましまし、限りなく尊く畏き御方であることを示すのである。帝国憲法第一条に『大日本帝国ハ万世一系ノ天皇之ヲ統治ス』とあり、又第三条に『天皇ハ神聖ニシテ侵スヘカラズ』とあるのは、天皇のこの御本質を明らかにし奉つたものである。」

これが公定の、つまりは正統な、天皇制神学である。よって天皇をほとんど「絶対神」「全知全能の神」に似せて解する杉本の天皇観はまったき異端にほかならない。杉本の異端神学が咎められず『大義』が発禁処分にならなかったのは、ひとえに、すでに「英霊」となった彼が勇猛な軍人であり熱烈な尊皇家、というより、いわば「天皇教」信者だったからである。

杉本の部隊長だった石田義顕は『大義』序文に言う。「中佐は突撃敢行直前、敵前数十米の地点に於て、子孫の為に手帖に遺訓を書き遺して曰く『汝我ヲ見ント要セバ尊皇ニ生キヨ。尊皇ノアル処常ニ吾在リ』と」。そして『大義』本文は、「釈尊もキリストも孔子もソクラテスも　天皇の赤子なり」と断言し、「我国体こそは宇宙最高の道徳否宗教也」と揚言するのだ。

しかし大事なことは、杉本は不信のゆえにつまずいたのではなく、むしろ真剣な信仰者たらんとしたゆえにつまずいたのだ、という点である。彼はおそらく、「現人神」や「現御神」といった定義の迂遠さに耐えられなかったのである。軍人として、己が生命を鴻毛のごとく軽しと観ずるために、天皇は端的に「神」であらねばならなかった。その一心で、ひたすら独学し思念を凝らしたあげく、ついに工夫発明したのがこの独自の異端の神学だったのだ。

国体論が神学を含む以上、つまずく者は必ずいる。キリスト教だって人の子イエスの神性をめぐって多くのつまずきと異端を生んだのである。そして、蓮田善明がつまずくことなく公定思想に安んじられたのは、『古事記』研究から出発した彼の文学史観によってこの神学の内実を裏打ちできたからである。実際、『国体の本義』は記紀神話のダイジェストから始まって、『万葉集』から維新の志士や明治天皇の歌まで多数の和歌を引用していて、さながら「勤皇の文学史」の様相を呈しているのだ。かつて明治維新直後に洋学派に敗北した国学派は昭和の戦争によって蘇ったのである。

蓮田少尉と村上少尉（大西巨人『神聖喜劇』）

もう一人紹介する。こちらは大西巨人の大長編小説『神聖喜劇』に登場する。

内務班小説は戦後にいくつも書かれたが、『神聖喜劇』はその代表作の一つである。私は以前、軍隊を特殊な言語ゲーム空間とみる観点から『神聖喜劇』を論じたことがあったが（「正名と自然」『悪文の初志』所収）、その際、村上少尉という作中人物について、ああ、蓮田善明もこんな男だったに違いない、と思ったものだった。蓮田善明についてまだ深くは知らなかった時期のことである。

『神聖喜劇』は、東堂太郎という転向左翼青年が、超人的記憶力を唯一の武器に、陸軍内務班の理不尽さに抵抗する物語である。

たとえば東堂は「知りません」という答弁を禁止され「忘れました」と答えるよう強制される。「知りません」を許容すれば必要事項を教えていなかった上級者の責任になるからだ。しかし博覧強記の人・東堂には「忘れました」はあり得ない。またたとえば、上官たちが「真諦（シンタイ）」を「シンテイ」、「緒戦（ショセン）」を「チョセン」と読んで、「軍隊には軍隊の読み方がある」などと平然としているのも心外だ。

東堂の抵抗は、だから、軍隊でも言葉の読み方使い方は一般社会のルールが適用さるべきである、という小さな抵抗から始まり、やがてルール一般、延いては法の問題にも及んでいくのである。東堂の抵抗の根拠は、内務班生活を規定する『軍隊内務書』の綱領十一「兵営生活ハ軍隊成立ノ要義ト戦時ノ要求トニ基キタル特殊ノ境涯ナリト雖モ社会ノ道義ト個人ノ操守トニ至リテハ軍隊ニ在ルガ為ニ其ノ趨舎ヲ異ニスルコトナシ」にある。彼は軍隊内で「社会ノ道義ト個人ノ操守」を貫こうとするのだ。

孔子は政治において何を優先すべきかと問われて「必ずや名を正さんか」と答えたという。「正名」という語の出典である。「名」とは名称、物事を名指し表現する言葉のこと。「名正しからざれば則ち言順《したが》はず、言順はざれば則ち事成らず、事成らざれば則ち礼楽興らず、礼楽興らざれば則ち刑罰中《あた》らず、刑罰中らざれば則ち民手足を措く所なし。」（『論語』子路篇）内務班の秩序を正すために言葉の用法を正すことから出発する東堂太郎の抵抗は、あたかも孔子の教えを実践しているかのごとくである。ゆえにそれは「正名」なのである。

その東堂は、村上少尉において初めて、「緒戦」を正しく「ショセン」と読む人物に出会う。そのうえ村上は「凡ソ士ノ言語正シカラザルトキハ、則チ其ノ行ヒ必ズ猾《ミダラ》ナリ」という山鹿素行の言を引く。村上も「正名」の人なのだ。だから東堂は村上に「鏡に映った私自身」を見るようだ、という感想を抱く。胸像が左右逆転しているように、東堂はこの戦争に批判的であり、村上は「聖戦」を信じているからだ。また、「観念的な行為者よ」とも思う。「観念的」とは現実からなにほどか遊離した理想主義者というほどの意味である。

実際、戦地帰りの大前田軍曹が戦場のむごさを新兵たちに伝えんとして激したあまり、戦争は「殺して分捕るが目的」と口走った際に、居合わせた村上少尉は、大前田をさえぎって、「決して『殺して分捕るが目的』であってはならない」と言うのである。「決して……あってはならない」は、村上が戦争の非倫理きわまる実態を知っていること、実態を知ったうえで当為と理想を信じようとしていることを示している。私はこの村上少尉から蓮田善明を連想したのだった。（なお、『神聖喜劇』が描くのは「大東亜戦争」開戦直後の昭和十七年一月から四月までの内務班。村上少尉は熊本県の旧士族の家の出で、東堂とほぼ同年の二十代前半の若者である。）

内務班と「私的制裁」

さて、応召した蓮田善明は熊本の兵営で昭和十三年十月末から十四年四月初めまで五カ月間、自らも将校としての教育を受けながら、指揮官として新兵の教育訓練に当たった。指揮命令者として兵隊たちの「言挙げせぬ」沈黙の服従を喜ぶその姿勢が、教育者・蓮田善明の決定的な「転向」だったことは第二章に書いた。入営中の日記は『蓮田善明全集』で読める。入営からほぼ十日目、十一月二日の日記には、「今日は師団長の視察あり。遭遇戦（午前）、陣内戦（午後）」とあって、以下の感慨が記されている。

肉迫攻撃班は自ら爆弾を抱いて戦車に轢かれる仕事といってよいとT中尉の説明をきゝ、涙を禁じ得なかった。それを小隊長が命ずるのである。僕自らが死に行くと自分に申出る。しかし小隊長自らその死に行けない。やはり兵に命じるのだ。これは大変なことだ。

少尉は戦場では小隊長を務める。小隊長自らが率先して死に赴くことはできない。兵に「死ね」と命じるのが小隊長の責務である。蓮田はその職責の重さに粛然としている。だが、戦場において死を命じ／命じられるというそのことが、内務班における命令―服従の教育を正当化してもいるのである。命令―服従の訓練は、突き詰めれば、戦場において兵隊を死に向けて跳躍させるための訓練なのだ。

「軍人勅諭」は「下級のものは上官の命を承ること実は直に朕が命を承る義なりと心得よ」と述べる。だから彼が命じるとき、彼を通じて天皇が、「絶対なるもの」「最高のもの」「最高のもののみたま」が、すなわち「大いなるもの」が顕現する。このとき彼は、兵たちに、「大いなるもの」への究極の「謙虚」（昭和十三年四月十七日日記）を教えているのだ。その意味で、蓮田善明は半年前に学校の教壇にあったときもいま教練の指揮を執るときも、同じことを教えているのだ、ということもできる。ただ、「大いなるもの」への代入内容が変わり、教育の方法がまるで変わったのである。

上官が命じるとき、上官を通じて「大いなるもの」が命じる。だが、逆にいえば、「大いなるもの」は上官たちの卑小なる俗身を介してしか顕現できない、ということだ。そして兵隊は、いかなる理不尽も、それが上官の命令である限り服従しなければならない。戦場では究極の理不尽である死を命ぜられさえするのだから。ここに帝国の軍隊教育に最後まで横行したすさまじい「私的制裁」が淵源する。

「私的制裁」とは軍隊で上級者が下級者に加える体罰暴行のことだが、どこの部隊も表向きは「私的制裁厳禁」を謳ってはいた。大江志乃夫『昭和の歴史3　天皇の軍隊』によれば、陸軍歩兵大尉山崎慶一郎編著『内務教育の参考』という本があって、「私的制裁」の行われやすい時期、場所、方法の詳しい一覧表が掲げられているそうで、大江はその方法のごく一部を紹介してくれているが、精神的苦痛を与える方法から肉体的苦痛を与える方法まで、陰湿で残忍なその手口の数々はまったくおぞましい。しかも昭和九年以後に出版されたこの本は、昭和十七年三月までに一六七版という驚くべき版数を重ねたという。内務班長の心得および職責の解説本なので下士官候補者の教育のためのテキストとして採用されたのだろうと大江は推測しているが、「私的制裁」の防止と早期発見のために役立つべき一覧表は、案外いたぶりの豊富な手口を教えてしまう逆効果ももったのではないか、と勘ぐりたくなる。

蓮田の内務班でも「私的制裁」に耐えかねた初年兵が脱走する事件があった。

一月十七日（火）

初年兵西山昨夜脱走。午後二時つかまる。

夜大隊長のために宴会。補充隊長も副官も来る。くだらぬ会なり。あれで酒を飲んでるつもりだから下劣だ。

遂に副官に野戦にやつてくれと口を切つた。隊長もきいてゐた。これが己の訣別の辞だ。大隊長なんかにはもう云ふまでもない。腹が立つて帰つて来た。普通社会でなら辞職願を出したい。戦争に行けないで居るなんてみじめ極まる。戦争に行きたがらぬやうな下スと同じ位置で飲んでゐるザマだから見損つてゐるのだ。

もうあいつらに仕へるのはあき〳〵した。あいつらは真に仕ふべきものに仕へる道をふさいでゐる。

（傍点原文）

一月十八日（水）

雨。内務計画の清書。西山にさとす。昼食及後三《ママ》時より隊長、大隊長の私的制裁に関する訓示、西山と伍長の処分の命課。兵器検査の予備検査。帰つて夕食。風呂。就寝。

「責任は俺にある、皆に心配かけてすまぬ」といふ上官一人もなし。「まちがひの起る原因を考へて云々」の訓示ばかり。信頼をもたず天下りの訓示で徹底してゐると思つてゐる。大隊長など先だつて兵の血が出るほど殴つたではないか。昨夜もアレたではないか。下のものはウップンの晴らし所がないと八当りに弱いものをやるのだ。これが原因だ。

予は借問す、皇軍の上官たるものの修養と着眼の養成如何?と。軍紀の尊さ、軍人精神の美しさ、使命のありがたさをしつてゐるのは兵でありわれ〳〵である。

（傍点原文）

「西山にさとす」とあるから、彼が受け持つ初年兵だったのだろう。伍長は西山に対する（継続的な）「私的制裁」の直接の加害者だったのだろう。

蓮田は、内務班という閉ざされた教育の場で、不当な暴力が縦系列を上から下へと、強者から弱者へと、伝播していく構造を見抜いている。通り一遍の訓示で解決する問題ではない。上の者こそ襟を正さなければならないのに、上官どもは弛緩して不感無覚だ。むしろ、堕落した上官どもこそ「真に仕ふべきものに仕へる道をふさいでゐる」。蓮田は内務班の現状にほとんど絶望している。野戦行き志願もその絶望に発する。（『神聖喜劇』の村上少尉も一日も早い南方前線部隊行きを望んでいた。）

私は教育者・蓮田歩兵少尉の兵たちを愛護する誠実さを疑わない。だが、蓮田自身が他にもあったはずの個別の「私的制裁」に対して具体的にどう対応したのかはわからない。

たとえば、石原吉郎のラーゲリ体験記『望郷と海』で広く知られるようになった鹿野武一《かのぶいち》は初年兵教育係だった際に絶対にビンタを振うことがなかった。また、同じくシベリア帰りで戦後のいわゆる「徳田要請問題」で国会の証人に立った後自殺した菅季治《かんすえはる》は見習い士官時代に「私的制裁」を厳禁した。人間の倫理性は何を考え何を言うかではなく個別具体の場面でいかにふるまうかによって試される。

おそらく蓮田は鹿野武一や菅季治のようにはふるまわなかったろうと推測する。時には自らビンタを振うこともあったのではないか。（『神聖喜劇』で、東堂らが「ガンスイ（正銘のウスノロ）」の新兵に対する他隊の残酷きわまる「私的制裁」を見かねて止めに入ったとき、村上少尉はかえって東堂らの方を「抗命罪」として処罰する。村上の「当世（最新）帝国主義」的本質を見た、と東堂は思う。）

教育者・蓮田善明の誠実さは鹿野や菅とは別のかたちをとった。

腐敗する内務班

蓮田は一月十八日の日記に、上官たちこそ「皇軍の上官」にふさわしく再教育さるべきだと痛烈な批判の辞を記し、「軍紀の尊さ、軍人精神の美しさ、使命のありがたさをしつてゐるのは兵でありわれ〳〵である」と書く。

実は彼は、早くも入営一週間目の十月二十八日の日記に「この一週間の演練に愉快ならざる空気をきざす」と記していた。すでに内務班の教育のあり方に疑念を抱いていたのだ。その夜、彼が『歩兵操典』を開いたのは、その疑念のためであったろう。

歩兵操典の綱領をよむ。よく出来てゐるが、絶対最高者への献身が出てゐない。

『歩兵操典』の「綱領」は「第一　軍ノ主トスル所ハ戦闘ナリ故ニ百事皆戦闘ヲ以テ基準トスベシ而シテ戦闘一般ノ目的ハ敵ヲ圧倒殲滅シテ迅速ニ戦捷ヲ獲得スルニ在リ」と始まる。いかにも殺伐として即物的だ。『神聖喜劇』の大前田軍曹なら「殺して分捕るが目的」と要約したかもしれない。ここには何故に兵は身命を賭して戦わねばならないのか、その意味づけがないのである。戦うことの意味が不明なとき、人は「自発」的に戦うことはできない。蓮田が求めているのは、死を賭した兵の「献身」に意味を与える「絶対最高者」、「大いなるもの」なのだ。

しかし、この綱領は『砲兵操典』など他の操典にも共通するものだ。そもそも「操典」というものが各兵種ごとに訓練や戦闘の方式を定めた個別具体的で実務的なものであって、理念はほとんど語らないのである。理念を語るのは諸法規の上に君臨し諸法規全体を包摂する「軍人勅諭」（正式名称は「陸海軍軍人に賜はりたる勅諭」）である。「軍人勅諭」は軍の法体系のいわば「前文」であり、「前文」として法体系全体を覆う。

なお、「勅諭」はいわゆる法ではなく、文字どおり天皇の言葉だが、むしろ法以上のものである。天皇の言葉は大日本帝国の法体系を超越し、法体系を垂直に貫いて根拠づけるのだ。現に、伊藤博文の名によって大日本帝国憲法の注釈書として刊行された『憲法義解』は、第六条の解釈に「古言に法を訓《よ》みて宣《ノリ》とす」、「法律は即ち王言なることは、古人既に一定の釈義ありて謬らざりしなり」と述べていた。『国体の本義』も「帝国憲法は、万世一系の天皇が『祖宗ニ承クルノ大権』を以て大御心のまゝに制定遊ばされた欽定憲法であつて、皇室典範と共に全く『みことのり』に外ならぬ」と記している。

「軍人勅諭」は、「我国の軍隊は世々天皇の統率し給ふ所にぞある。昔神武天皇躬づから……」と「皇軍」の歴史から語り起し、「朕は汝等軍人の大元帥なるぞ」という名乗りを経由して「一　軍人は忠節を尽すを本分とすべし」と始まる軍人の本分五項目を説く。つまり、「軍人勅諭」は天皇（明治天皇）自らが兵に語りかける言葉なのであり、格調ある和文体のその語りかけにおいて、「大いなるもの」としての天皇の声が臨在しているのである。

天皇自らが親しく語りかけること自体、「臣民」に対する天皇の格別な「慈愛」の表現である。そして、先ほど引用した「下級のものは上官の命を承ること実は直に朕が命を承る義なりと心得よ」はその第四項「軍人は礼儀を正しくすべし」の解説部分に現れるのだが、下級者の上級者への服従を説いた直後には、すぐさま反転して、「又上級の者は下級のものに向ひ聊も輕侮驕傲の振舞あるべからず」と上級者の下級者に対する傲慢を禁じていたのだった。

一方、『歩兵操典』の漢字カタカナまじりで記された簡潔な漢文訓読体の語りの主体は「軍」である。そもそも『歩兵操典』には天皇の声が不在なのだ。「軍人勅諭」の第四項解説部分の内容に対応するのは綱領の第四だが、それは「軍紀ハ軍隊ノ命脈ナリ」と始まり「故ニ全軍ノ将兵ヲシテ身命ヲ君国ニ献ゲ至誠上長ニ服従シ其ノ命令ヲ確守スルヲ以テ第二ノ天性ト成サシムルヲ要ス」と結ぶ。あくまで戦地での実戦のための教育を想定しているからだとはいえ、ここには「軍人勅諭」にあった反転がなく「慈愛」がない。兵はただ教育され改造さるべきただの客体にすぎないのである。

むろん『歩兵操典』も「前文」としての「軍人勅諭」に包摂されているのだが、往々にして現場では無視される。蓮田の部隊ではことに上官の不当な恣意がまかり通っていたのだろう。だから『歩兵操典』の綱領部分を読んだ（読み直した）蓮田が「絶対最高者への献身が出てゐない」というとき、彼は、内務班教育に軍隊教育の理念が欠如している、と感じているのである。上級者の恣意を規制し下級者を保護するために『歩兵操典』に「軍人勅諭」の天皇の声を導入しなければならない、とは入営当初からの蓮田の思いだったはずだ。まず自らを厳しくも「慈愛」に満ちた「大いなるもの」の声によって律して兵の前に立つこと――それが教育者・蓮田善明の倫理思想である。

しかし、それから二月あまり、ついに絶望した蓮田は、宴会の席とはいえ、憤懣のあまり野戦行きを申し出たのだった。

内務班教育は「戦地では」を名目にしてあらゆる理不尽を正当化するが、実は決定的に戦地から隔てられていることによってとめどなく腐敗堕落する。戦地ならざる内務班はいわば軍隊における日常だが、この日常は歪んでいる。彼はもうこの歪んだ日常の頽落の時間に耐えられないのだ。

歪んだ日常においては上官の命令は恣意性を免れない。絶対服従は野戦という「死地」においてのみ正当化される。同様に、「私的制裁」という腐食した暴力など、「死地」の凄まじい破壊の前では吹き飛んでしまうだろう。そして、死に直面する戦場において、初めて、上官と兵は真に運命を共有する戦士的友愛によって美しく結ばれるだろう。――蓮田を突き動かしたのはそんな思いだったにちがいない。

だが、蓮田少尉が特別に野戦行きを命ぜられることはなかった。彼の部隊が中支戦線に向けてそろって門司港を出帆するのは昭和十四年四月五日のことである。

蓮田は四月四日、熊本での長期の内務班生活を終えて家族とも別れ、いよいよ大陸に渡るために待機している門司港で、ノートにこう記していた。彼はたしかに、大津皇子に自己を託しているのだ。

最後に妻を抱きつつ、最後に病児を見やりつつ、最後に幼児と二人自動車に乗りつつ、苦しきまでに、悲しきまでに、観念の波のわれを洗ひつつ去るを感じ、わが身の淋しく乗りいづるを感ず。観念的なもの、自ら去り、われ洗はれてはなれ行く。妻よ子よ、これを現実といふ。（中略）大津皇子の歌、実にひしく〳〵たり。

「百伝ふ磐余の池になく鴨を今日のみ見てや雲がくりなむ」

第六章　戦地（一）　聖戦の「詩と真実」

征旅の詩

蓮田善明の戦地からの第一信「通信紙随筆」は「文藝文化」昭和十四年七月号に掲載された。「偶然のことだが、郷里を立つてから、明日で一ケ月になる」と書き出されている。蓮田が妻子に別れを告げて出立したのは四月四日だったので、これは五月三日に書かれたことになる。「今のところ殆ど遡れる限りの最上流近くまで揚子江を上つてきた。」ようやくこの日上陸して次の任務をもらうまで数日この地に宿泊することになったので、一息ついてこの文章をしたためているのだという。

軍機に属するためか地名は書かれていないが、彼が上陸したのは武漢三鎮の武昌である。

揚子江上にあつた日数だけでも、日本内地で一寸地図を見た位では想像できない日数であつたし、途中で、隊に合するために通つた往復四十里余の新戦場の山岳地方の行軍が、雨と泥濘と日でりと、そして初めて見た支那と初めて経たなま〳〵しい戦跡であつたため、この一と月に見ききしたことと経験が、ここまで来るとかなり私の身心に重くなつてゐることに気づき、ほつとして腰を卸した。

では、蓮田善明はこの一カ月、何を見、何を心に重く溜めこんできたのか。

四月五日に門司を出港して以来、蓮田はずっと日記を記してきた。内務班での日記から継続するものだが

（全集では内務班での日記を「応召日記」、門司出港後の日記を「陣中日記」としている）、出港以後は詩が圧倒的に増えている。一日の所感をつとめて詩形式に託そうとしているようだ。小高根二郎が『蓮田善明とその死』でいうように、日露戦争時の鷗外の「うた日記」のスタイルが念頭にあったのかもしれない。以下、その一端を紹介する。

四月八日、上海に上陸。「上海郊外将校会館に宿をとる。のどかなり。蛙の声朗朗。トーチカ、戦跡、バリケード。広漠の天地を思はせる風光。隣家は殆ど破砕に近し。」

蓮田は破壊された上海の街を見物する。倉庫の屋上から眺望しての短詩。

四行倉庫屋上にて

こは　火と燃えたる憤りの跡なり
こは　高貴なる怒りの下に
屈服せる賤しきものの跡なり
日本の旗　空に立てり

「（日本の）高貴なる怒り」と「（中国の）屈服せる賤しきもの」の対比は聖戦イデオロギーそのものだが、蓮田の思想に即するなら、むしろ記紀万葉の歌った古代的征戦になぞらえた把握であり、「火と燃えた」のは荒ぶる神々の「憤り」である、というべきだろう。

四月九日。「午前八時半南京行列車にて、午後四時（?）南京着。兵站で六時まで暇どり南京ホテルに落ちつく。」その際、上海近郊の車窓風景に触発された詩「天地人」。

打杖《たたかひ》は完了《をはつた》、春来《きたり》来了
満地麦と豆と菁々
菜の花は黄金《こがね》色に照り
溝渠《クリーク》の水もふくれて来たぞ——

着ぶくれて丸つこい背をした百姓たちが
今朝も早くから畑打ちだ
汽車が通つても振り向く者もなく
彼らは耕土に余念ない

（一連略）

しかし大地もひとりで開いた饗宴だつた
空が照らうと曇らうと、大地はそんなに逞ましい
百姓たちも、此の地上で起つた激しい変易を忘れ
目前一塊の土に鍬振るばかり
敗残の兵匪《ビンフエイ》が犬のやうにまだ村々をうろつき

米を持ち去り児子《むすこ》を拐《かどはか》し
時々渠溝で水をのんでゐるが
己《おれ》らの知つたことではない——
己《おれ》たちは荘稼《はたけ》地の彼方の地平の彼方を知りもしないし
考へてみようとしたこともないのだ
春が来了《きた》——戦は完了《すんだ》
こんなに確かで永久なことはない

少年時から漢詩で親炙してきた「江南の春」の風景の中を列車は行く。冒頭の「打杖《たたかひ》は完了《をはつた》、春来来了《きたり》」の文字づかいからして、蓮田の意識は春を迎えた農民たちの内心に寄り添い、彼らの心のはずみを自分の詩心のはずみとしている。そのはずみのまま、ついには彼らの心中に移行して一人称「己《おれ》たち」で語り出す。古来、戦があろうと都が遷ろうと、ただ営々と悠久の大地を耕しつづけてきた中国農民への親愛の表明である。

実際、蓮田善明ならずとも、中国の農民の姿は日本の兵隊に、自分たちのよく知っている日本の農民の姿を重ねさせずにおかなかったようだ。すでに火野葦平は『麦と兵隊』で次のように書いていた。


「私はこれらの朴訥にして土のごとき農夫等に限りなき親しみを覚えた。それは、それらの支那人が私の知つてゐる日本の百姓の誰彼によく似てゐたせいでもあつたかも知れない。」

「捕虜が入口の門の木に四人縛られて繋がれて居る。(中略)何時でもさう感じるのだが、私が、支那の兵隊や、土民を見て、変な気の起るのは、彼等があまりにも日本人に似て居るといふことだ。しかも彼等の中に我々の友人の顔を見出すことは決して稀ではないのだ。それは、実際、あまり似過ぎてゐるので困るほどである。（中略）眼前に仇敵として殺戮し合つて居る敵の兵隊が、どうも我々とよく似て居て、隣人のやうな感がある、といふことは、一寸厭な気持である。」

この「一寸厭な気持」は、おそらく、火野だけでなく多くの日本人の心の底に、日中戦争の間ずっとわだかまっていた心情であったろうと思う。よく似たものは戦意昂揚に必須な「敵／味方」という明確な表象の分割線をあいまいにぼかしてしまうのだ。

しかし、ここが戦地である以上、農民たちへの親密感は親密感として、このよく似たものの中から「敵」をはっきりと峻別しなければならない。蓮田の詩はその峻別の論理をも書き込んでいる。すなわち、「犬のやうにまだ村々をうろつき／米を持ち去り児子《むすこ》を拐《かどはか》し／時々渠溝で水をのんでゐる」「敗残の兵匪《ピンフエイ》」の姿を。生き延びるために自国農民の村さえも荒らす「屈服せる賤しきもの」の姿である。

悠久の大地に生きる農民に一体化した蓮田は、そんな「敗残の兵匪《ピンフエイ》」が何をしようと「己らの知つたことではない」と書く。だが、蓮田自身が「敗残の兵匪《ピンフエイ》」と呼ぶ以上、彼らは抗日戦に敗れた者たちにほかなるまい。その意味で、本隊から脱落した彼らはただの「匪賊」ではなく、抗日ゲリラ的な一面も持っていることになる。いまだ戦闘に従事しない蓮田少尉の想念の中では可能だった「己《おれ》ら」善き百姓たちと悪しき「兵匪《ピンフエイ》」との峻別が、現実の大陸各所での戦闘において、どこまで明確に維持できるかは疑問だといわなければなるまい。（実際、一般市民と敗残兵との見分け難さは南京での大量殺戮の一因だった。）

翌四月十日の日記。「午前散策、午後中山陵に行く。昨日と今日午前との不快なる南京臭を中山陵への途は全く入れかへてくれた。文字通り山紫なり。山肌が紫を帯びてゐる。陵も環境も絵の如し。日本軍の破壊を避けし中山廟の石壁に敗退支那兵の放てる弾丸の当れるが残れり。」
この日の所感は翌十一日にはこんな長詩になった。全篇引用する。

中山陵に立ちて

上海の新市街予定地
南京の中山門内外
これほど明るい天地を私は見たことはない
ここには彰々と
天あり、地あり
広漠たる野は新鮮である
茲《ここ》に新市政府建てられ
茲に中山陵設けられ
輪奐殊にあたらしく
華麗なる詩情を茲に歌ひたり
中山陵の拝殿の額には
「天下為公」と白い花崗岩に素ばらしい筆蹟で
金文字が刻りつけてある
旅人われ茲に立ち

彼等の浪曼に殆ど涙堪へがたし
旧市街はすべて
世界無類の醜汚と恥辱の処
人類斯《か》くて喪亡して知らず
欧人更に毒液を注射し
覚醒の砲丸と怖告から更に之を庇つてゐる
ああ戦の跡をかへり見よ
日軍は彼等の浪曼を傷つくるに忍びざりき
彼等のために尊くもそを保護し得たり
ああ何為れぞ無要の抗《あらが》ひ――
見よ　敗退しつつ彼らは中山門より
中山陵を射つてその美はしき石壁と
紫の屋根とを傷つけたるを
われ憤りに燃え
われ悲しみに堪へず
彼ら天を仰ぎ地を俯し
「公」を想ふの尊きを
常に何為れぞ斯くも自ら破り
常に恥辱と亡国とをくりかへすや

日軍遠征して　ひとり
彼等の浪曼の新生の日のために、衛兵を立て
厳しく之を衛《まも》りてあり
遥かに壊れたる城門を指して語れり

蓮田は中山陵に立って、清朝の異民族支配を打倒して革命を成就した孫文の偉業に想いを馳せている。孫文が好んで揮毫したという「天下為公」（天下を以て公と為す）の四文字は、孫文の革命の理念であるが、また同時に、近代国民国家の理念でもあり、「国体」が異なるとはいえ、幕藩体制を打倒して「一君万民」を実現した明治維新の理念でもあるだろう。さらにさかのぼって、「公地公民の制」を布いた大化の改新の理念に通じるといってもよい。「天下為公」が実現するとき、初めて人は私利私欲に生きるただの「私人」であることを脱して「個人」となり、「個人」となることによって「公人」となるのだ。孫文のその遠大な理想を想って「旅人われ茲に立ち／彼等の浪曼に殆ど涙堪へがたし」。

だが、掲げた理念の高さにもかかわらず、革命後の現実は惨憺たるものだった。しかも「欧人更に毒液を注射し／覚醒の砲丸と佈告から更に之を庇つてゐる」。「覚醒の砲丸」は日本軍が中国を覚醒させるために放つこの征戦の砲弾のことであり、「佈告」は日本軍が各所に掲げた「建設東亜新秩序」という佈告である。（蓮田は上海からの車窓でもこの青文字の佈告を目にしていた。）「欧人」の注入した「毒液」のために、炸裂する「砲丸」の轟音にも目に鮮やかな「佈告」の文字にも、中国の頽廃の眠りは覚めず、日本の真意をまったく理解しようとしないまま「無要の抗ひ」をつづけている。

現に、日本軍が「彼等の浪曼」を尊重して破壊を避けたにもかかわらず、中山廟の石壁には敗退した中国兵

の放った弾丸の痕が残っているではないか。彼らは彼ら自身の手で自らの「浪曼」のシンボルを損なったのである。彼らはつまり、「自ら破り／常に恥辱と亡国とをくりかへす」しかない暗愚な民である。彼らには自己統治能力がないのだ。ゆえに「日軍遠征して　ひとり／彼等の浪曼の新生の日のために、衛兵を立て／厳しく之を衛りてあり」。日本が衛っているのはただに一個の中山陵ではない。日本は、彼らの真の覚醒の時到るまで、「欧人」の毒牙からこの中国そのものを衛り、なかんずく無能な国民政府からあの無辜の農民たちを衛ろうとしているのだ。（近衛内閣が「国民政府を対手とせず」の声明を出したのは前年、昭和十三年一月のことだった。）

もちろん中国側にとっては、蓮田のこの詩の論理など侵略者の自己正当化の詭弁にすぎないのは明白である。そもそも、辛亥革命直後の中国に対して日本が「欧人」の植民地主義を真似て二十一カ条の要求を突きつけ、彼らの「浪曼」を踏みにじるのに一役買ったことさえ蓮田は忘却してしまっている。

彼らの抵抗を「無要の抗ひ」と断じる蓮田の論理構成は、この二年後の対米英開戦の詔勅にいう「中華民国政府曩《さき》に帝国の真意を解せず濫《みだ》りに事を構へて東亜の平和を攪乱し遂に帝国をして干戈を執るに至らしめ」とほとんど同型である。それはつまり、蓮田の「私的＝詩的」な所感が公定イデオロギーと一体化していることを意味する。蓮田にとってあくまでこの「征戦＝聖戦」こそが「詩＝浪曼」の実践でなければならないのだ。

最も身近な「敵」

だが、蓮田の「詩＝浪曼」を脅かすものは至る所にある。
四月十一日からは船で揚子江をさかのぼって、十四日、九江に停泊する。その日の日記から。

下船、大泥濘なり。兵站宿舎に入る。不潔汚雑、食事の拙さ、さすがに堪へがたきものを感ず。街は死の街。（中略）
同行者の精神状態にも不快なり。二三嬉しき人あり。「透谷選集」を行李より出しよむ。
夜、鹿児島の将校酔ひて酔狂的にくつてかゝり、うるさし。

彼の「詩＝浪曼」を脅かすのは廃墟と化した「死の街」ではない。（中国人は難民区に押し込められていた。）それが「征戦＝聖戦」のもたらした破壊なら、詩的に意味づける論理は蓮田に具わっている。彼の「詩＝浪曼」を脅かすのは、むしろ最も身近にいる「同行者」たちにほかならない。なにしろ船中でもノートを開いては詩を書き記し、宿舎では「透谷選集」を読むような蓮田である。蓮田が他の将校たちの「精神状態」を不快に思うのと同様に、集団の中で孤高を守る蓮田を不快に思い、酔って執拗にからむ将校がいても不思議はない。蓮田は筆を控えて書かないが、蓮田の「詩＝浪曼」を解さぬ者らは、蓮田の内心の論理に従えば、とりもなおさず、この「征戦＝聖戦」の理念を解さぬ者らにほかなるまい。彼はすでに、内務班時代、入隊から二カ月近くたったのに「日本の理想を語るもの隊内に未だ一名もない」（昭和十三年十二月十七日の日記）と嘆いていた。いま「二三嬉しき人」がいるなら多少はましというものだ。

だが、翌十五日にも「遊びに出たる連中ぼつ〳〵と帰り来りて猥雑愚劣の話」とある。ただの飲食遊興ではなく、「慰安婦」でも買ってきた将校連かもしれない。つづけてこう記す。

心に花をもちたい。
しかし今日悲哀に心の重心の傾く思ひもせり。犇々《ひしひし》と、帰郷の心あり、乃至は一線に出たし。

「心に花をもちたい。」切実である。彼の「花＝詩」はこういうなまなましい廃墟の光景と周囲の猥雑愚劣のなかで孤独に守るしかないものなのだ。この「悲哀」は、「公」の心を体したはずの彼がかえって部隊内で孤立せざるを得ないという皮肉な現実に淵源するはずだ。さらにつきつめれば、現実の軍隊が「征戦＝聖戦」の理念を裏切っているのではないか、という深甚な疑念に淵源するはずだ。「心の重心」が傾き、ひしひしと「帰郷の心」が動くのはその時だ。だが、帰郷は不可能である。ならばいっそのこと一刻も早く「一線」へ。

このとき蓮田は、やっぱり内務班にいたときと同じ心境を反復している。三カ月前の一月十七日、初年兵脱走事件のあった日の夜の宴会の席で、弛緩しきった将校連の空気にたまりかねた蓮田は「遂に副官に野戦にやつてくれと口を切つた」のだった。「普通社会でなら辞職願を出したい。」（第六章参照）

仕方ない、というべきだろうか。門司を出港して以来、軍が制圧したルートをたどっている彼らはまだ一度も戦闘に従事していない。あの腐敗した内務班がそのまま船に密閉されて大陸を移動しているようなものだったのだ。

蓮田たちはこの九江で、修水河畔を制圧する武寧作戦に参加して引き揚げてきた原隊に追いついた。原隊は第六師団（稲葉四郎中将）歩兵第十一旅団（今村勝次少将）歩兵第十三連隊（坪島文雄大佐）。蓮田たちは戦闘によって消耗した原隊を補充するために動員されたのだった。

四月十六日。「花園旅館にて部隊長（稲葉中将：井口注）に申告す。一、東亜新秩序の意義を兵にまで徹底せよ、二、断固として己の信ずる所をなせ、と訓辞し、年をき、涙ぐまれ、尚励まさる。その眼光、その烈しさ壮烈さ忘れがたし。参謀長に挨拶。将校の指導について烈々、兵は神様だといふ。共に忘れがたし。」

久しぶりに聞く力強い理念の言葉である。しかも「一線」の指揮官の言である。蓮田の感激のほどがうかがえる。

だが、堕落はたんに内務班にあるだけではない。「一線」の戦場もまた人間を堕落させる。その無残な事実を蓮田が突きつけられるのはこの感激の二日後のことだ。

四月十九日の日記から。この日、前日の碼頭鎮からトラックで三時間かけて瑞昌にたどり着いた。


　昨日、橋本、岩佐両少尉碼頭鎮南方に散歩せしに、野砲兵と歩兵と二名の来るに会ひ連れ立ちて帰りしに、彼らはトラックにて来りしも、瑞昌との間にて故障し、野宿して来りしと。トラックの運転手は一人残れりと。而して、その歩兵、橋本少尉に向ひて、「切つてみなはりまつせんか、私がそこらから連れち来ますけん」と。「良民を可哀さうじやないか」「どぎやんありまつしゆに」


「どぎゃんありまつしゆに」は、大したことじゃありません、という意味だろう。まるで夜の街の客引きのように、すり寄って来て、うす笑いを浮かべて、ささやく。ほとんど悪魔のささやきである。なんという卑小陋劣な悪魔であることか。

この歩兵はもとから品性低劣な人間だったのかもしれない。だが、この男だって、たとえ素質において嗜虐の傾向を帯び、対人態度において弱者に傲慢で強者におもねる佞人《ねいじん》だったとしても、戦場に出ることさえなければ、小狡く立ち回るいとわしい人間として疎んじられる程度で、大過ない日々を送れたかもしれないのである。

　いくら「征戦＝聖戦」の理念を掲げようと、戦闘の実態は「殺して分捕る」ことにほかならないのであり、「殺して分捕る」体験は人の精神の内奥を損ないひどく歪めるのだ。その意味で、「一線」の酷烈な「体験教育」がこんな男を作ったのである。もしかすると、「一線」に出る前に、「新兵教育」のための「度胸試し」という名目を掲げた上官に命令されて、営庭に縛られた捕虜を銃剣で「刺突」したのが彼の初めての人間殺傷体験だったということも大いにありうる。しかも、他隊の初対面の少尉にこんな「斡旋」を申し出たのは、これ以前に何度か上官たちに同様な「斡旋」をして喜ばれた「成功体験」が彼にあって、それで味をしめたからではなかったか。「皇軍」はこういう兵隊、こういう行為を含むのだ。橋本少尉も（そして蓮田も）この歩兵の「斡旋」を問題視して姓名を彼の所属部隊長に告げたりはしなかったのだろう。つまり「皇軍」は、こういう男の行為を公然と「容認」はせずとも「黙認」しつつ中国大陸を遠征していたのである。

ここでも内務班での「教育者」蓮田少尉が、『歩兵操典』の綱領に「絶対最高者への献身が出てゐない」（昭和十三年十月二十八日の日記）と嘆じていたことを思い出すべきだろう。前章で書いたとおり、『歩兵操典』は他の「操典」と同じく、理念は「軍人勅諭」にあずけてほとんど語らず、もっぱら実務的実践的な内容に終始している。しかし、内務班教育が理念を棚上げして実践教育に偏するとき、理念と実践が分裂して、理念なきまま現場の実践が暴走する危険がある。蓮田が危惧したのはそのことだった。「殺して分捕る」は理念を剝ぎ取った後のむきだしの戦場の姿にほかならない。

蓮田はこのエピソードを記しただけで何の感想も書かなかった。だが、少なくとも蓮田は、これを伝聞事実として書き留めることだけはした。このとき、橋本少尉の話を聞きながら、内地で抱いた深甚な危惧の念がいま奇怪にも受肉して、このおぞましくも卑小な歩兵の姿となって出現したかのごとき幻怪な思いに、蓮田は戦慄しなかったろうか。

戦場の「詩」と「真実」

これ以後、陸路の行軍がつづいた。
四月二十七日の日記には次の一行がある。

この行軍中、常に詩を思ふ。

もはやこの「詩」を、いわゆる文芸作品としての「詩」とのみ考えることはできない。それは同時に、片時も彼の念頭を去らないこの「征戦＝聖戦」の理想であり、戦場のむき出しの現実に囲繞されながら、だからこそなおいっそう高く掲げるべきあの「詩＝浪曼」にほかならない。

だから、彼の「詩」を脅かすのは敵兵ではない。真の「敵」は理念を裏切って腐敗堕落する「皇軍」の現実そのものの中に潜んでいる。現実は彼を幻滅させ絶望の淵にまで追いやるが、それでも「詩」を捨てるわけにはいかない。「詩」を捨てるとき、彼は「帰郷」するしかない。つまりこの戦場から脱落するしかない。それは「死ね」というあの「大いなるもの」の命令に背くことだ。

○（前略）戦争は唯人を殺し合ふのではない。我を殺す道であつた。文学は人を唯頽廃せしめるのではない。「死ね」と我に命ずるものあり。この苛酷なる声に大いなるものの意志が我に生き及ぶのである。戦争とか死とかに関する此の年頃の安物の思想で愚痴るなかれ。この「死ね」の声きく彼方こそ詩である。
（「詩のための雑感」「文藝文化」昭和十四年六月号）

この「詩のための雑感」は蓮田が大陸へと出立する直前に書きあげたものだ。戦地へ向かう彼のつきつめた覚悟の表明である。大津皇子論の「今日死ぬことが自分の文化である」という自覚は、自己自身の「死地」への出立を見据えてこの上なく張り詰め昂っている。

同じ文章にこんな一節がある。

○我々は「詩と真実」と言はない。「詩」とのみ言ふ。この「真実」層を学び知つたところから日本に小説が始まつた。「真実」とは、「詩」への敵愾である。

蓮田にとって、小説はあくまでこの俗なる世界に内在するが、詩は超越である。したがって、小説は世界内の生のモラルを探究するが、詩はモラルを言わない。よって詩は、戦場と同じく、善悪の彼岸にある。小説はこの世界の生の「真実」に徹底するが、詩はこの生を「彼方」へと超えるのだ。

「詩と真実」はむろんゲーテの自伝のタイトルである。けれどもここでは、「真実」とは近代小説のリアリズムのことだと思っておいてかまわない。小説は現世を肯定する限りにおいて人間の肯定であり人間性の解放でありヒューマニズムである。しかし、現世に執着して「彼方」を忘却してしまう限りにおいて、リアリズムは人間を俗化し卑小化する。だからロマン主義者蓮田善明は、人間を獣的位相へ解体する自然主義を嫌い、万葉調をもっぱら生活詠に流用するアララギ派を嫌った。「彼方」への信なくして人間は人間として直立できないはずなのだ。「真実」は詩に「敵愾」する。

だが、蓮田の思う詩というものが、リアリズムの突きつける「真実」を、とりわけ戦場の「真実」を、また

「皇軍」の「真実」を、見て見ぬふりをすることでしか成り立たないものであるなら、そんな詩は守る価値もない脆弱な感傷にすぎまい。まして詩が「真実」の露呈におびえるのならそんな詩は言論統制を布く権力と同調するだけだ。詩は「真実」を否認したり「真実」から逃避したりするものであってはならず、「真実」を見据えつつ、「彼方」からの未知の光源によって、あるいは自ら未知の光源と化して、地上の「真実」をまったく新しく照射するものでなければならないはずだ。
「詩のための雑感」を執筆していたころだろう、三月十三日のノートに、蓮田はこんな詩を書きとめている。

戦場は散文にあらず
モラルを粉砕す
われ惨烈に敵を圧倒殲滅せん
われ又自ら肉を断たれ骨折れん
弾丸わが胸をつらぬき
おほみことの万歳を絶叫す
乃至は砲弾われを吹き揚げて
空に飛散しつくす……
モラルを殺戮して冷酷なる
自然のごとく
「詩」は昭々
ああ　戦ひ終りて山河あり

虫啾《しゅうしゅう》々たらん

まさしく「『死ね』の声きく彼方」の詩である。蓮田の観念する詩は、究極においては、死によってしか完成しないのである。そして、蓮田の渇望する「一線」は、死に向けて身を投げ出す文字通りの「死地」にほかならないのである。

死はすでに観念の勘定に入っている。だが、問題は、この「一線」の死までの時をどう堪えるかだ。死までの時を生と呼び日常と呼ぶ。死を賭した戦闘は「モラルを粉砕」するにしても、生と日常はモラルを廃棄できない。そして、生は堕落し日常は頽廃する。内務班も日常なら、散発的な「残敵掃討」をともなうとはいえ戦地での果てしない行軍も蓮田にはなお日常である。長期の行軍のなかで、軍隊という日常の陋劣な「真実」に囲繞されつづけて、蓮田善明の詩はいま危ういのである。

もっぱら蓮田の詩を引用紹介してきた本章の末尾に、もう一つ蓮田の詩を引いておこう。行軍のさなかずっと詩に餓《かつ》えていた蓮田が、ようやく武昌の宿舎に落ち着いた夜の詩である。「五月四日作る」とあるから、冒頭に紹介した「通信紙随筆」を書き了えて一息ついて戸外に出た五月三日深夜のことだったかもしれない。ここには久々の休息と安堵のもたらしたつかの間の感傷がやわらかい抒情となって流露し、月夜の歩哨は「彼方」からの冷たい光に溶け込んで立っている。

月夜

午前三時

陋《むさくる》しい二階からくだる
わたしは、月の甃《いしだたみ》を踏みたかつたのだ
家の前の路地には
着剣した歩哨が
月光の中にくろく立つてゐた

彼の青い剣尖から
キラキラと満月が風船となつて
空高く上つた

「今夜は月蝕があつて
今　先刻《さつき》　晴れました」と
報告した……

わたしがコツコツと甃を踏んで振り返ると
彼は音も無い冷たい光となつて
夢のやうな目つきだけしてゐた

（傍点原文）

第七章　戦地（二）「山上記」または美と崇高と不気味なもの

美――戦場で読む『古今集』

五月初めにやっと武昌の宿営に落ち着いたのもつかの間、蓮田の部隊は数日後に再び進発命令を受け、五月十九日には山岳地帯の討伐で初めての戦闘を体験したりして、六月の初め、洞庭湖畔の青崗鎮の守備についた。すぐ近くに晏家大山という岩山があって、その頂上から西方に茫々たる洞庭湖、南方に敵の前進基地を俯瞰できる。山上に監視哨が置かれ、その勤務は一週間交替だった。

六月十日から蓮田は部下を率いて山上での監視勤務に当った。蓮田はここにも日記用のノートを持参した。『日本書紀（岩波文庫中巻）』、『古今和歌集』、『北村透谷選集』、『奥の細道』（芭蕉の紀行文集らしい）も背嚢に入れて来た。

「山上記」と題されたこの一週間の日記は圧巻である。全集はそのすべてを収録しているが、ざっと計算して四百字詰め原稿用紙で百二十枚近くにもなろうか。ただに分量だけでなく、なにより、戦地で書かれたとは思えないほど立派な文章なのだ。華々しい戦闘の記録があるわけではない。しかし、文章はゆるむことなく、時に風景や出来事を描くだけの記述の細部が象徴的な含意を帯びて立ち上がってきたりする。どんな一行も、「敵」と対峙して「死」を見据えた思索の緊張を背後にひそめているからである。

小高根二郎は大部の評伝『蓮田善明とその死』の第八章「山上記――晏家大山」で、この日記のほぼ全文を、何の挿評を加えることもなく、引用紹介していた。私が蓮田善明という「悪名高い」文学者について何ごとかを書いてみたいと初めて思ったのは、小高根の評伝でこの日記を読んだ時だった。

　私もできれば小高根のようにたっぷりと引用したい。だが、私の文章の主眼はあくまで「伝」ではなく「論」である。小高根のようなぜいたくは自分に禁じなくてはならない。だから私は自分の論に必要な範囲の引用にとどめるつもりだが、それでもなるべく多く紹介しようと思う。この日記は、「蓮田善明」というスキャンダラスな固有名を除外しても、日中戦争の戦地で誠実な一将校が綴った体験と思索の記録として、意味深いものだと思うからだ。

　日記の冒頭はこんなふうに書き出されている。

六月十一日
昨日より山上。哨線を見廻りて、この一週間の警備の間に為すことは、この草山の草を描くことだと思ふ。腸やはり快くなりきらぬ。血便なり。しかし元気出て身かるし。
昨夜二中隊方面に敵襲。今朝来、敵はこの山への攻撃の体勢をとつてきて、いろいろさかんに射ちこむ。今夜この山はうんと射たれよう。山上に仰臥して空を見る。腸いたし。何度も下すうち粘液性血便なることを見定めたり。古今集恋二をよむ。備ふべき方法外も内も定まりたれば、暑日の下に天幕はりて仰臥す。腸いたし。山を守らんのみ。山に死すとも。草を描かんと思へど腸いたし。かんかん照る岩山に排泄して、火のやうな石をのせてきた。首すぢ夜も昼もねてゐると汗ながる。熱い日中は鳥も余りなかぬ。
　秋風にかきなすことのこゑにさへはかなく人のこひしかるらん　　たゞみね
この歌絶唱とすべし。声なき鳶のみ空をすべる。声なきも、人の声もて語らざるも、これ千載の彼方のかしこき人の知るといふことほど高邁な智があらうか。詩なり。智とはかゝるものなり。高邁とはかゝるものなり。

「為すことは、この草山の草を描くことだ」というのは、監視任務の責任者たる少尉の感想としても、また洞庭湖をも見はるかす広大な風景の眺望者としても、実に奇妙である。岩山の表面にへばりつくように生えているだけの草の風景がどうしてそんなに蓮田の心をとらえたのかわからない。中国詩人たちの歌った洞庭湖にな ど興味はない、自分の興趣はただ日本では見慣れぬこの岩山の見捨てられたような草の姿にしか動かない——そういう国粋主義者の多少意地張ったうそぶきだったろうか。あるいは、一週間の監視勤務何するものぞ、眼下の敵など恐れるに足りない——そういう超然たる平常心、もしくは傲然たる勇猛心のアイロニカルな表明でもあったろうか。

蓮田は数日前から痢を患っていた。赤痢だったのではないかと小高根は推測している。しかし、体調はすぐれないが、精神はかつてなく昂揚している。昂揚は、眼下の敵と対峙している、という端的な事実がもたらしたものだ。いよいよ最前線に出たのである。山上に立てば戦場を睥睨する感もあったろうし、堂々敵前に裸身を晒しているかのごとき緊張もあったろう。加えて、「今夜この山はうんと射たれよう」という切迫した予期がある。

昂揚した彼の筆は、かんかん照りの岩山での血便の排泄という「醜なるもの」を記述した直後に、『古今集』の「絶唱」という「美なるもの」の引用へと、一気に転じる。『古今集』を讃えてこんな文章はまたとあるまい。戦場で文学を読むとはこういうことなのだ、と思う。

だが、排泄と『古今集』とはただ「事実」のレベルで時間的順序によって隣接しているのではない。二つを隣接させたのは蓮田の「文章《エクリチユール》の論理」である。事実のレベルとは位相の異なる「文章の論理」を、また文章を駆動しつつ疾走し跳躍する蓮田の思念の運動を、読まなければこの文章を「読んだ」ことにはならない。

ここでは、時に痢を病み血便も垂れる現身《うつそみ》の肉体と文学（詩）とがことさらに対比され、隣接しているのである。ことさらに、というのは、それが文章というものの位相に転移されていることを強調するためだが、おのずから、と言いかえてもかまわない。戦場に限らず、平時においても、いつだってこの肉体が文学（詩）を生み、文学（詩）を読んでいるのである。

壬生忠岑《みぶのただみね》の「絶唱」を反芻しつつふと眼をあげれば「声なき鳶のみ空をすべる」。敵地の現実の空である。彼はいま、異国の戦場で『古今集』を「発見」しているのだ。

古歌の「ことのこゑ」から現実の「声なき鳶」へ、そしてすぐさま「声なきも」「人の声もて語らざるも」へ。事実においてもたまたま山上寂として人声の途絶えた一時だったのかもしれないが、文章は再び文学の位相に還っている。誰もいま声立てて語らなくとも、文学（詩）の価値は「千載の彼方のかしこき人」が知るのだ、と。こうして、蓮田の言葉と思念は、いま・ここの現実の位相といま・ここにない非現実また超現実の文学（詩）の位相と、目くるめくような落差の間を瞬時に往還し、旋転しつづける。

忠岑のこの歌を『古今集』の「絶唱」とまで讃えたのは、千年後の読者たる蓮田が初めてだったかもしれない。だが、蓮田自身が「かしこき人」なのではない。背後には『古今集』の仮名序の末尾「うたのさまをしり、ことの心をえたらむ人は、おほぞらの月を見るがごとくに、いにしへをあふぎて、今をこひざらめかも」がある。蓮田は『古今集』と千年後の読者たる自分との関係を、自分自身の文学（詩）と「千載の彼方」の未来の読者との関係へと、すばやく転換しているのだ。いま・ここの現身は異国の戦地の山上にあって痢に苦しむが、文学（詩）は千載の後まで不朽である。いや、不朽でなければならない。――このとき、排泄する肉体と『古今集』との対比隣接は、そのまま、「有限」なる現身と「永遠」なる文学（詩）との対比隣接にほかならない。ひるがえって思えば、「声なき蔦」は現実の光景だが、「文章の論理」においては、忠岑の「ことのこゑ」の余韻を引いている。その蔦の「（声なき）声」がたちまち「（語らざる）人の声」となり、その「人」が「千載の彼方のかしこき人」へと変容したのだった。だから、「千載の彼方のかしこき人」もまた、忠岑の歌の「人のこひしかるらん」の「人」と「文章の論理」において照応している。

ならばおそらく、蓮田は忠岑の歌をただの現身の恋歌とばかりは読んでいなかったはずである。恋しき人は逢うことかなわず「はかなく」恋うるしかない現身の人であると同時に、あるいは、現身においては「はかなく」恋うるしかない人であるがゆえに、いつまでも恋いつづけるしかない「永遠の恋人」でもある――蓮田はそう読んでいたはずである。つまりこの歌は、形而下の現実の位相と形而上の超現実の位相とが二重化された恋歌なのだ。だからこそそれは「絶唱」である。そして、だからこそその恋しき人は、蓮田の思念の中で、あらゆる文学（詩）というものがいつも呼び求めている「千載の彼方」の恋しき読者へと転じたのである。

さらに推測を重ねれば、おそらく、忠岑の歌は恋心を口にさえ出さない「忍ぶ恋」の歌だ、と蓮田は読んでいる。それゆえそれは「人の声もて語らざるも」を導くのである。言葉にして語らない「忍ぶ恋」は、たとえ現身の思い人には伝わらなくとも、「千載の彼方のかしこき人」がその秘めた心を察知してくれるはずだ、というのだ。

私は江戸の国学者・富士谷御杖《みつえ》の「倒語」説を思い出す。保田與重郎が文学本質論として幾たびも援用し、前年十月号の「文藝文化」で蓮田の盟友・池田勉が論じてもいた富士谷御杖である。御杖は、切なる「鬱情」を発すれば身を破り世を破るがゆえに言葉の表ではさかしまのことのみ述べて「倒語」する、そのとき心中深く埋葬されていったん死んだ真実の言葉は、言葉の霊、すなわち「言霊」となってよみがえり、「彼方」の

「神」に受納されて嘉《よみ》される、それが真の文学だ、と述べていたのだった。

そしてまた、それが「忍ぶ恋」であるならば、「恋の至極は忍恋《しのぶこひ》と見立て候」という『葉隠』の言葉をここに呼び寄せてもかまうまい。『葉隠』の「忍恋」なら、その精神は「死狂《しにぐる》ひ」の「忠義」に通じている。現に、いまこの山上で忠岑の恋歌を読む蓮田自身、「大いなるもの」の「死ね」の声きく時を待機しているのだ。

――あまりに深読みにすぎる、と思われるだろうか。しかし私は、蓮田の言葉が一瞬にして跳躍した後を律義に辿っているだけのつもりである。

したがって、「詩」の真価を読み誤ることのない「高邁な智」とは、なにより、現身を超えたその形而上の永遠なるものの「智」のことにほかならない。つまり、誤読と誤解を常とする人智を超えた「高邁な智」のその人は、たんに「賢き人」ではなく、「詩」の価値の最終判定者にして「詩」の永生を保証してくれる「神」のごとき「畏《かしこ》き人」でもあるだろう。

たんに話すこととちがって、文字を書き記すことは暗黙のうちに「永遠」への契機を含んでいる。「千載の彼方」に出現する畏るべきまなざしへの畏敬なくして真の文学はありえないのであり、その「千載の彼方」の畏るべきまなざしに向けて文学は今日のこの一行を差し出すのである。現身は「はかなく」滅びるが、その「かしこき人」への信において、「詩」は「永遠」のいのちに生きようとするのだ。あたかも、戦場の兵士が「大いなるもの」への信において今日のこのいのちを投げ出すように。――こうして蓮田善明の論理においては、文学（詩）と戦場とが二重化される。戦場で文学（詩）を読むとはそういうことである。

だから、蓮田の文章はこうつづく。

もし明日（明日といふことは、いかなる時もよし）死なば、我が妻を娶りてより満十一年目の日に於てなり。この日に永遠を誓ふもよきかな。人のちぎり、ちかひを永遠ならぬもの、といふ凡俗思想の滓よ！かぎり得ぬちかひとする時、われらそのかぎり得ぬものを通じて永遠をつかみ、生きるなり。われ、妻と二子とが書き寄せし手紙を、ひしと持ち来り居れり。（幼き末子は字書けねば、彼が見まねて形なさぬもの点々と書きてわれに送るといふ。）

現身のはかなさに対比して文学（詩）の永遠を思う蓮田の思念は再び現実の「われ」に還り、恋しき人への忠岑の思いは千年後の蓮田自身の妻への思いに転移する。蓮田はいま、文字どおり明日をも知れぬ今日のこの一日に、あるいは今日を生き延びた明日のその一日に、「詩」ならざるこの現身のいのちそのものを「大いなるもの」に捧げようとしているのだ。

「この日に永遠を誓ふもよきかな」と書いたとき、蓮田の念頭には、同じ『古今集』の「君をおきてあだし心をわが持たば末の松山波も越えなむ」などがよぎったかもしれない。「永遠」どころか「千載の彼方」をも約し得ぬ、いや、そもそも明日のいのちさえ約し得ぬ人間が、こうして愛において「永遠を誓ふ」のである。

蓮田の疾走する文章は、ここでも、「心余りて言葉足らず」（『古今集』仮名序における在原業平評）といった姿をしている。「かぎり得ぬ」は、生還の日までの日数を限り得ぬ、という意味であろうか。出征兵士の誰もが愛する者たちとの別れに際して、その日を「いつ」と「かぎり得ぬ」まま、「いつか」必ず還る、と「かぎり得ぬちかひ」を誓ったのだ。生還すら期し得ぬのだから人智人力を超えた身の程知らずの誓いにはちがいない。だが、「われらそのかぎり得ぬものを通じて永遠をつかみ、生きるなり」。有限なる地上のいのちは「いつか」という期間不定の有限の一片にすがって「永遠」なるものをつかみ取るしかないのである。しかし有限なるものと永遠なるものとのこの関係は文学（詩）だって同じことなのだ。

かざしもなく——文化果つる山上の草を描く

私はまだ「山上記」のほんの書き出しを紹介したにすぎない。この切迫した冒頭部には山上での蓮田の思念のほとんど一切が凝縮されているので、ながながと敷衍してみたのである。

この日、夕刻ごろから腸の具合もやや治まって、蓮田の筆と思念も落ち着きを取り戻す。さいわいにして予期していた敵の夜襲はなかった。

翌十二日、蓮田は「智慧　昨日作れる」と題して詩を書き留めている。私の敷衍したことの傍証ともなろうから、その末尾部分を引用しておく。

岩片所狭く散らばれる山頂に背骨いたく仰臥して
唯碧落を漠々とながむれば
日は荘厳なる沈黙もてうつり行き
星づく夜将たひろごるを知つた
なべて言語《こと》らざるも、千載の彼方に
沈黙の言葉は賢き人の知るといふこと
高邁なるかな——と感に耐へざりき
敵は宵からふとしも鳴りをひそめ
一夜《ひとよ》山は深い眠りに足りて静かな朝を迎へた

蓮田はこの詩に「反歌」として『古今集』の歌二首を添えている。「あさぢふのをののしのはら忍とも人しるらめやいふ人なしに」「吉野川いはきりとおし《ママ》行水のを《ママ》とには立てじこひはしぬとも」——いずれも口に出さぬ「忍ぶ恋」の歌である。

以後、眼下ではあちこちで戦闘があるものの、この山上が砲撃されることはたまにしかなく、体調も回復して、意外に静穏な数日がつづく。彼は適時に見廻り、部下に必要な指示を与え、携行してきた古典を読み、書くことが愉しくてたまらぬといったふうに長文の日記をつづる。

以下、私もなるべく多く日記の摘要をつづけたい。

六月十三日。炎天下、テントの下で芭蕉の『甲子紀行』を読みながら。「芭蕉は説明を要せぬ言葉をもつて語つてゐる。所謂完全といふべきでない。最も不完全といひつべし。最も不完全なるものの意味を知れゝばこそ、かくも語り捨ておきたるなり。」「われらの道又然らん。たゞ我行くことのみによりてこの支那の僻地文化なり。」

文化果つる異邦辺陬の地に一人「文化」を担う気概である。蓮田もまた、旅行く芭蕉と同じように、「不完全」な詩や日記をノートにあわただしく「語り捨て」ながらはるばると行軍して来たのだった。

六月十四日。「こんな処でこんな勤務についてゐるので、毎日こんなに、ゆつくりと書いたり読んだりして時を過ごすことができる。」もちろんそれは一人だけの時間をもてる将校の特権でもある。

たまに砲撃があると壕に入る。「ドーンと発射音が遠くで聞えると皆壁に身を寄せたりしたが、この岩の家は完全な安息の場所である。」「距離も考へずどこからでも射つ。計画も組織もなく、たゞ砲の七八発——その効力さへ見届けず、ふらふらと調子づいて散発してゐる。嗤ふよりも敵手として不快な気がする。」帝国陸軍の少尉として、蓮田の自信は揺るぎない。

だが、同じ日にはこんな記述もある。陣地工事の進捗状況を確認した後、籐椅子に仰臥して『奥の細道』を読んでいると、山麓から夕風が吹き上ってくる。

ふと、わが身を埋めて吹きのぼる風のさゞめきに寂寥の音をきく。姿なき風よ。目を傍に転ずれば、この岩山の肌にしがみつきて疎に生えし短かい雑草たち、葉も茎も固くちゞかみ、日と地熱にやけて赤らめる草を風が櫛ですくやうに吹きなぐつてゆく。草は根を岩間にしがみつけたまゝ、風の吹くまゝに峯の方へ向けてなびきをののいてゐるよりほかなく、おのがじし乾いた音を立てゝゐるのが、小さな虫の足でも折れる音くらいにプチプチ、チ……、パチパチ、ササササ……と風声に交る。そのひゞき、その小さなをののき、荒廃した山上のこの緑の草たちの姿、音と影のみ残して生けるものの如くはためきすぎる風、この風景の中に自分又一人ありと、何か寒くなるやうな寂寥の波に漾《ただよ》ふ感につゝまれ、言はう様なき心す。白河の関古人冠を正し衣装を改めてこゆると。蕉翁「卯の花をかざしに関の晴着かな」。あゝこの山上何のかざしありや、たゞこの荒涼の石、荒涼の草をしも絵描かんとする詩の精神ひとつにして、風を無際の彼方に見送る。われに又断腸の詩心この山上に定まるあり。

『古今集』以来、夕風は身に沁みてさびしきものと歌われてきた。しかし、彼の「寂寥」は必ずしも夕風だけがもたらしたのではないだろう。戦場で書物を読むという行為なしにこの「寂寥」はなかったはずだ。もとより読書は孤独な行為だが、とりわけ古典は悠久の時の流れへと人の思いを誘い、ひるがえっていま・ここのいのちのはかなさをふりかえらせるのだ。

その寂寥の思いのまま、彼は初めてノートに「草山の草」を、絵ではなく言葉でもって描写する。だが、奇妙なことに、寄る辺ないいのちを必死に岩山の肌にしがみつきながら風の吹くまま「なびきをののいてゐる」ちぢかんだ草たちは、「青人草」という古代の日本語を思い出すまでもなく、どこやら歴史の暴風になびきおののいているちっぽけな人間どもの姿に似てきてしまう。「小さな虫の足でも折れる音」とはなんと残酷で悲痛なたとえであることか。まさかこんなふうに「草を描く」ことになろうとは、彼自身思ってもいなかったろうに。

「卯の花をかざしに関の晴着かな」は芭蕉でなく随行した曾良の句だが、いよいよ白河の関を越えて、かつては文化果つるとみなされたこともある「道の奥」へと歩み入る芭蕉たちは、白い卯の花を手折ってかざしに見立てたのだった。花は芭蕉が掲げ行く「詩」のシンボルである。それならそれは、「たゞ我行くことのみによりてこの支那の僻地文化なり」と宣言した蓮田にもまたふさわしい挙措だろう。

あるいは、この句は、蓮田の心中深く流れる地下水脈において、ヤマトタケルの「いのちの全《また》けむ人はたたみこも平群《へぐり》の山の熊白檮《くまかし》が葉を髻華《うず》に挿せその子」へと通じていたかもしれない。征旅の果てにいのち尽きようとする古代の英雄は、自らは髪にかざすものとてないまま、生き残る若い人々に向けて、みずみずしい樫の木の葉を髪に挿してその若い生命を謳歌せよ、と歌ったのだった。

近世の旅の詩人の風狂風雅の挙措に倣おうとして、しかし荒涼たる異国の山上の蓮田善明には、疲れ斃れた古代の英雄詩人と同じく、いまかざすべき何ものもない。ただ「この風景の中に自分又一人ありと、何か寒くなるやうな寂寥の波に漾ふ感につゝまれ」ながら、しかし、「われに又断腸の詩心この山上に定まるあり」と彼は書く。それは「白河の関にかゝりて旅心定まりぬ」と書いた芭蕉の言葉の意識せざるまねびだったかもしれないが、芭蕉でもなくヤマトタケルでもないいま・ここの身としての、決然たる言挙げであったことに間違いはない。

崇高——「力《フォース》」としての自然

六月十五日。雨もよいの曇天。「あ、むしろわれ、炎帝の猛威の下、もの皆死せるごとく黙せる時、厳乎として此の山上に、ひとり目ざめて炎帝と相敵するの酷しさを欲す。しかしながら自分はさういふ時が、さういふ日が、魂精を躍出さしむる事相が去つてしまつたとは思はない。自分はかゝる不純な日に、しかしかへつて高邁な詩の降《くだ》りくる日を信ずる。唯今日《こんにち》の如き日を軽蔑するのみ。あへて今日を無為に眠りに費すことの正しきを知るのみ。」

山に上った当初の緊張と昂揚はいつの間にか弛緩し、山上勤務も日常に堕しつつある。無為の日常は蓮田には「軽蔑」すべき「不純な日」なのだ。彼はただ、いのちが瀬戸際まで追い詰められて白熱する時を、「高邁な詩の降《くだ》りくる日」を、待っている。

しかし、その彼の耳に、なぜか、コオロギの鳴き音《ね》が身に沁みて聞こえたりする。「あ、こほろぎが石の下で鳴いてる。この高い、赤い岩山の、その角だてる岩肌の下で、ヒリヒリヒリと断続して鳴く。余韻のない小さい鈴をうちふるやうに、可憐に。」

また夕暮れには壮大な眺望に魅了されて山上に佇ちつくす。

八時半、湖上低く雲層の横長き下、赤熱する夕映輝き極まる。暗き空と暗き平地との中に、雲間の一劃と、蜿々たる川と点々たるクリークと、巾ひろき湖面と、狂ほしき迄赤く焼けたる色の而も静寧極まりなき光。幾分後、再び顧みれば、夕闇急に濃く物の姿分明せず、唯かの夕映雲の薄黄に、陰なせる雲のあやしき緑《グリン》に染み、河も湖も光褪せんとす。今日又暮れんとす——暮れたるなり。あの残光はすでに彼方の世界の光りである。

「彼方の世界の光り」とは、むろん、この地上の生の彼方、死が詩と一つになる彼岸の世界の光にほかならない。

この夜も敵襲はない。しかし、代わりに暴風雨が襲った。

> 夜半、蚊の刺しちらすに目ざめたるに、風神の荒《すさ》びは恰も壕外を何者か大いなる跫音立てゝ行進するに似たり。布引き裂く如き唸りは、棒杙や角立てる物に当りて身自ら砕けよと吹きつくる風神の凄まじき荒《すさ》みなり。電光白きこと銀の如く闇を掠めて、風神と相争ふ。忽ち明忽ち闇澹。忽ち怒号し忽ち猛虎の身構へて息とゝのふるに似たる静ひつ。起き出でゝ、矢の如く打ち来る雨滴の中を山頂に歩み到りて放尿す。虫声二つ啾々として相聞え相泣く。壕に帰りて眠につくに忍びざるもの、われを引きとめ、われを雨に沾れて佇立せしむ。悪魔の目を見たり。光らず。唯暗き眼して、あらゆる身構へして、空中四方よりとびかゝりて我を、山上のものを、ひきさらへて行かんとす。閃電警告す。闇中に我が姿浮き出で、物象瞭かに、汝自らの霊を知れよと告ぐ。我れ、山の、兀立して動かず、嵐の中にかのやさしき小虫をして可憐の想思の呟きを歌はしむるを知り、感動し、竦立す。雨やがてわが肩を敲きてなぐさめ、壕に帰らしむ。
>
> （傍点原文）

対句を多用し、「風神」や「悪魔の目」という擬人法ならぬ「擬神法」による美文は、幸田露伴の『五重塔』の嵐の場面などをちらりと思い出させもする。蓮田は久しぶりに昂揚しているのだ。

以下、この嵐の夜の記述がつづく。夜半過ぎ、就寝中の壕に雨水が流れ込んできたのに気づいた時点から夜明けまで、詳細な叙述が四百字詰め換算ほぼ四十枚。一週間の日記全量の三分の一がこの半夜に費やされている。

出入り口から雨水が流れ込み、丸太を組んだ上に藁と土嚢を積んで岩土を盛っただけの掩蓋からもひどい雨漏りが始まる。部下たちが応急処置を試みるが対処のしようがない。マッチは濡れ、つけた蠟燭は次々に雨滴で消えてしまう。「私はじつと蠟燭をもちつゞけた。光が外に洩れて敵に伺はれない限り、これは消さねばならない必要はない。マッチも誰が沾れないのをもつてゐるか分つたものではない。一度この灯が消えたら、又つけることはできないかもしれない。まだ夜明けまでには長い時間がある。」

暗夜に一燈を守る気組みである。とはいえ、ただわずかな一燈を守るほか何もできないということでもある。「しかし私はこの雨の災難の中で、今日の昼までやつたやうな思索をしない。何も思索することは無かつた。自然が為すまゝに任せてそれに屈してゐるよりほかない今、私はいかなる思索でこれと抗しようとするだらう。何も考へるものはない。」

生《いけ》という姓の衛生兵がかいがいしく世話をしてくれる。奄美大島で育った朴訥で人の好い若者である。生《いけ》が頒けてくれた煙草に、吹き込む雨風に気をつけながら火をつける。「赤い火がぽつかりと膨れるやうに目の前でかゞやく。全身が言ひやうのない温《ぬく》さで温《あたゝま》つてくる。生《イケ》も天幕の蔭で甘さうに吸つてゐる。私たちは一本づつの煙草でのどかな時間をすごした。黙つて私たちは愛情——烈しい愛情を、静かに、銘々に味はつてゐた。」

この一夜の記録を書き出したのは十六日の昼近くからだったが、延々と四十枚を書き綴った後、なぜこんなに克明に書いてしまったのかと、蓮田は自分で自分をいぶかしんでいる。「しかし一体あんな経験を限りない多くの文字を用ひて書いて何になるだらう。時々ふいとその疑ひが頭を掠めた。」「けれども私はその疑ひのために些しも躊躇しなかつたし、飽きもしなかつた。私は出来るだけ細かに書き写さうとさへした。」（傍点原文）「しかし、書いてゐると、私には、段々正体がつかめてくるやうに思はれるのであつた。それは思想でも観念でも無かつた。強ひて言へば、あの自然の威嚇の下に屈辱を感じて沸々としてゐた、一種の熱意といつたやうなものが、今の私を制しがたく湧き立たせ、逞しく記録させようとしてゐるのであつた。」

私には、この暴風雨が蓮田の待機しつづけてきた戦闘の代理体験だったことは明白だと思われる。その興奮が彼のペンを駆動しつづけた「一種の熱意」の熱源なのだ。

雨と風とは幾日も緊張して待ち受けつづけた砲煙弾雨の代替物だった。そして、砲煙弾雨には反撃できるが自然の猛威には刃向かえない。「自分が自然の酷烈な仕打ちに、自分の思想を閉ぢた時、自分は最も深刻に思想の血路を見出さうとして燃えてゐた。」「私は、しかし自然に対して勝利をなしたとは言はない。私は寧ろ『悲哀』を感ずべきだらう。しかし透谷が言つてゐるやうに、私はこの悲哀を感じ得たことを、興奮を以て誇ることができるのである。」

蓮田はちょうど読みつつあった『北村透谷選集』を援用して体験を省察しているらしい。透谷は、有限なる「肉」としての人間は、「死朽」に勝てないのと同様、「力《フォース》」としての自然にも勝てないが、自然はまた「一方に於て風雨雷電を駆つて吾人を困《くる》しましむると同時に、他方に於ては、美妙なる絶対的のものをあらはして吾人を楽しましむるなり」、ゆえに人間は「自然といふものの懐裡に躍り入る」ことで絶対の「美」に参入し、「霊」の自由を獲得できる、と述べていた（「人生に相渉るとは何の謂ぞ」）。また、「詩人」は真摯な「熱意」をもって人生の意味を探求するが、「幸福なる生涯には、熱意なる者少なし。熱意は不幸の友なり。熱意は悲哀の隣なり」とも述べていた（「熱意」）。

しかし、大陸の自然はなおも蓮田を翻弄し、当惑させてやまない。

六月十六日、小雨が降りつづくなか、見わたせば、青々した水田と草原だった平地はにわかな湖沼地帯と変じ、無惨な泥湖が広大な地域に広がっていた。そして、昨日は壮麗な夕映えに見入った洞庭湖上に、蓮田は異様な光景を見る。

> 更に異様なのは、あの、西方の地平線を南北に亙つて目路遥けく長く占めてゐる洞庭湖の、その濁水に飽満した湖面の、水面より恐らく百米位の低空を、湖水の幅よりも長く縷々とつゞいた暗澹たる棚雲が、生きもののやうに、駸々と北から南へ匍ひ渡つてゐる光景であつた。私はあんなに不気味で、陰惨な、怖ろしい姿の妖雲を見たことがない。それは頭と尻尾のない怪蛇が、暗い慾意の火に燃えて、いかなる神霊の防御をも排しのけて、地平を乗り越え地球の裏手へまでものして行かうとするかのやうな姿であつた。（中略）私は、自然が示しつづける斯うした表情を、腸《はらわた》のどこかゞぴり〱顫へるのを感じながら、睨むやうに見つめた。私は何一つ見のがすまいとしてゐた。（傍点原文）

壮麗な夕映えの輝きも暴風雨もこの妖雲も、総じて透谷のいう「サブライム」、すなわち「崇高」なるものの見せる諸様相である。「崇高」は人間の主観も認識もはるかに凌駕する無限なるものの顕現であり、それゆえ畏怖や畏敬の感情を惹起する。

蓮田善明は雲が好きだった。内地帰還後には「雲の意匠」という長文のエッセイも書いている。序章で紹介した三島由紀夫が蓮田追悼記念誌のために揮毫した一文「古代の雲を愛でし君は云々」はそのことを踏まえたものだ。だが、雲への愛情から日本文化論、東西比較文化論へと展開する「雲の意匠」に、洞庭湖上を怪蛇のように言い渡ったこの異様な雲のことは書かれていない。この異貌怪異な「妖雲」の記憶は、彼の文化論の秩序内には容易に包摂できなかったのだ。

「崇高」と区別される「美」、人間の、とりわけ日本人の、主観性と程よく適合する「美」なるものを、この山上から見渡す大陸の大自然は、ついに一度も蓮田に見せてくれなかった。「美」はただ『古今集』の中にしかなかったのである。事実、この後下山した蓮田は『古今集』を論じる長篇論文を書き出すことになる。

不気味なもの——露出する草の根

だが、自然の示す異相はこれで終わらなかった。

六月十七日、いよいよ正午には山上勤務を終える日の午前九時、水に浸かって混乱している敵に更なる打撃を与え、かつは敵陣の配備をも確認するために部下に射撃を許可し、烈しい連続発射音を聴きつつ蓮田は壕に帰って仰臥する。そして、真に異様なものを見る。

> ふと、私の目には、異様なものが目にとまつた。それは、入口の切りくづした土層から、よれ〳〵の草の根が空中へむき出しになつてゐるのであつた。いろいろの根がある。しかしみんな岩土の間で痛められて、醜く縮れ、歪み、曲り、ごつ〳〵したもので、それが地下でも争ひ合つて、もつれ合ひ絡み合つてゐる。それは狂人の神経のやうに怪奇なものである。その小さいなりに節くれ立つたのが、ちよろ〳〵と空中に出てゐる。それへ雨滴が点々とすがりついてゐて、冷たく光つてゐる。どうしたのか、まるで草のあくでも出たやうに赤い滴ばかり垂れてゐる根もある。
> 私は又目をとぢた。斯うしてゐると又うつらうつらと眠気がさしてくる。私は眠気の中で、一週間前、

ここに来て、山上を見巡つた時、「草を絵描かう」と思つたことを想ひ出した。そして私は遂に一本の草も実際には画かずにしまつたことを思ひ起した。

私は傍らに松野軍曹がゐるのも忘れて、眠入つてゐた。（傍点原文）

たしかに蓮田は草の絵を描きはしなかった。だが、彼は二度にわたって言葉で草を描いた。一度目は歴史の暴風になぶられるいじけちぢかんだ「青人草」の寓喩とも読める姿で。二度目はいま、岩土の間で痛められてもつれ痙攣するむき出しになった「狂人の神経」のような奇怪な草の根の描写として。

これはもう「崇高」でも「美」でもない、「草」という名辞にさえおさまらない「不気味」なものそのものだ。主観性を超えた、美学の範疇も超えた、異様な「物自体」が、「現実」そのものが、露呈している、とでもいうしかない。「むき出し」の草の根は「詩」に包摂されない「死」そのものの露呈なのだ、とさえいいたくなる。戦地においても「詩」を渇望しつづけ、「断腸の詩心この山上に定まるあり」と記した蓮田善明が、それを見、それを書き留めたのである。

疲労の極みの異常感覚だったかもしれない。それは彼の書きたかったものではなかったろう。だが、彼のペンはそれを書き留めずにいなかった。書きつづけるなかで、彼のペンは次第に熱を帯び、彼の文章《エクリチユール》は彼の意図など振り切って自走し始めてしまったのだ。自己管理の徹底していた蓮田善明の全文業において、こんな事態はめったにないことなのである。だから彼は、中世の隠者に倣って、末尾にこう記してもよかったはずだ。「つれづれなるままに日暮らしノートに向かいおれば「あやしうこそものぐるほしけれ」と。

蓮田の一週間にわたる「山上記」は、為すべきことは「この草山の草を描くことだ」という冒頭の宣言と照応して、末尾をこの不気味な草の根の描写で閉じている。

第八章　戦地（三）「詩の山」の『古今集』、または古典主義と浪曼主義

「詩と批評」――『古今集』の発見

一週間の監視勤務を終えて六月十七日午後に山を下りた蓮田善明はさっそく『古今集』論にとりかかった。小高根二郎によれば草稿はノート九十頁に及んでいて、六月二十八日脱稿、「敵の蠢動をさぐらむとて斥候を命ぜられ、いでたたむとし、稿を終る」と記されているという。成稿「詩と批評――古今和歌集について」は四〇〇字詰め原稿用紙換算で九十枚にちかく、「文藝文化」昭和十四年十一月号、十二月号、昭和十五年一月号と三回にわたって分載された。末尾に「昭和十四、六月―七月」とある。「詩と批評」については第四章で短く紹介しておいたが、本稿の流れを踏まえつつ論の骨子を再構成してみれば、おおむね次のようになる。

『古今集』の最もすぐれた歌人は在原業平だが、歌集の本質を代表するのは紀貫之である。『古今集』は「素質的なもの」にまかせて直情直叙するのでなく、「詩歌世界的なもの」を「しつて歌ふ」という性格が顕著であり、この「しる」ということに最も力を致しているのが撰者筆頭の貫之だからである。「しる」とは知性の働き、認識であり批評である。抒情に知性が先行するのだ。そのため、『古今集』は実感を欠いて空々しく、理に落ちた歌が多いと批判されてきた。しかしそれは、『古今集』が長く歌の典範と仰がれてきたことの真の意義を忘れた近代の見地にすぎない。

「しる」とは、なによりも、この現実世界の彼方に「詩歌世界的なもの」が存在することを、またその目に見えぬ美の秩序のありかたを、「しる」ことである。素材としての現実世界はいったん否定され、言語の位相で再構成されてはじめて「詩的世界」へと変換されるのだ。「詩的世界」は永遠にして「形而上的」である。つまり、『古今集』は「文学の中に知性がはたらいてゐるなどといふ程度の『知性の文学』でなく、文学自らが、世界を支配し創造する高邁な『智』をうちたててゐるのである」。

たとえば、『古今集』の歌が花を雪に見立てたり浪を花に見立てたりと比喩を多用するのは、比喩によって生《なま》の自然を美的な「第二の自然」へと変換しようとしているからである。また、歌の多くが類型的に見えるのも、美の秩序を触知し始めた歌人たちがその新鮮な発見を飽かずなぞり返すことで自ら「典型」と化そうと努めていたからである。そして、恋歌に得恋の歌がほとんどなく総じて悲歌ばかりだったのも、「永遠なるもの」の相に照らすとき、現身の恋はいつも未完、未遂の不安のなかにたゆたうことになるからである。つまり、未完、未遂、不安の恋歌は永遠なるものへのあこがれの裏返しの表白なのであり、それゆえ彼らは「悲歌を意志する」のだ。

つまり、彼らは現身を否定してでも「現身《うつせみ》ならぬもの、秩序に信従する」ことを意志していた。そこでは「自然がある以前に自然のあるべき或る秩序が予想的に見られてゐる」のである。だから、『古今集』は個別の桜や梅を詠う代わりに、ただ言葉としての「花」、美の一般概念としての「花」を詠った。歌人たちは具体の花々からそのつど美的世界を抽象したのではなく、むしろあるべき「花」、「花」というイデアに照らして花々を見たのである。「自然に芸術的秩序を命課する絶対世界」が存在していることを知ったからだ。

万葉人はまだ、この否定と批評のはたらきによってのみ顕現する彼方の「詩的世界」を知らなかった。ただ万葉末季の大伴家持だけがその存在を触知していた。だから家持は、恋する女性に対してもなつかしい都に対しても否定の距離を介してのみ真情を流露させ、「現前を避けて距たれるものにつながらうと」していたのだった（第四章参照）。

紀貫之はその明敏な知性によって、家持においておぼろに顕現し始めていた形而上の美的秩序をはっきりと摑み、批評的に闡明し、具体的に技法化することで歌人たちを指導したのである。貫之にあっては、「『しる』といふことが歌を生成する方法そのものとなつてゐる」。言いかえれば、「批評が制作の内面の構想となりきつてゐる」。

貫之が代表する『古今集』の知と批評は、こうして、現世の彼方に詩の秩序を描き出し、そうすることで「みやび」という日本文学の典範を打ち立てたのである。

「たとひ時うつり事さり、たのしびかなしびゆきかふとも、……うたのさまをしり、ことの心をえたらむ人は、おほぞらの月を見るがごとくに、いにしへをあふぎて、今をこひざらめかも。」貫之は仮名序をこう結んでいた。不滅の美の典範を樹立したという確信に満ちた不敵な「預言」である。

周知のように、「近来和歌は一向に振ひ不申候《まうさず》。正直に申し候へば万葉以来実朝以来一向に振ひ不申候」と「歌よみに与ふる書」を書き出した正岡子規は、第二回「再び歌よみに与ふる書」の冒頭で、「貫之は下手な歌よみにて『古今集』はくだらぬ集に有之候《これあり》」と断じたのだった。一代の神話破壊者ならではの痛快なまでに暴力的な言挙げである。もちろん子規は『古今集』が一千年にわたる和歌の典範だったからこそ、この神話破壊を敢行したのである。

『古今集』の歌などどれもこれも「大同小異にて駄洒落か理屈ツぽい者のみに有之候」とも子規は述べていた。「駄洒落」というのは掛詞や縁語の多用などを指すだろう。子規にはそういう技法はただの言語遊戯、せいぜいのところが、多用されたあげく月並化した比喩（見立て）と同じく、「機知」というこざかしい「理屈」のはたらきにしか見えなかった。子規は近代短歌から掛詞も縁語も排除した。子規の写生説にとって、近代短歌は遊戯を排した個人の真情の誠実な直叙でなければならず、現実への真剣な肉迫でなければならなかったからである。

しかし、蓮田はそうした言語遊戯も含めて、『古今集』のレトリックはすべて、現実の素材を言語の位相へと転位させるための技法だったと主張するのである。詩は言語の位相においてのみ成立する、そして、言語だけが永遠の生命を獲得するのだ、と。

子規が神話破壊者なら、蓮田善明は神話再建者である。しかも蓮田の神話再建は、たんなる王朝歌学や近世国学への「復古」ではなく、詩における批評の機能の重視という「現代文学」的な問題意識と結んでいる。戦陣倉卒の間に書かれたとはとても思えない見事な論だ。

蓮田の古典論の足取りに即していえば、これは大伴家持論「万葉末季の人」を引き継いで、彼の古代文学史論の完成を示すものだ。『伊勢物語』から大津皇子へと遡行した彼の史観は、折り返して、ここに王朝美学の本質を開示したのである。また、かつての蓮田善明がジュール・ルナール風の機知による「見立て」の詩法を偏愛していたことを思い出すなら（第三章参照）、若き日の自分の詩法を「みやび」の伝統へと昇華させる役割、つまりあるべき「全体」から遊離して砕片化したモダニズム的な「知性」を真に「高邁な智」へと転位させる役割も果たしているのである。

こうして、『古今集』において確立した美の規範を仰ぐ「古典主義者」蓮田善明が誕生した。

紀貫之と在原業平、または摂関制的古典主義と天皇親政的ロマン主義

だが、蓮田の文章は論の末尾で奇妙な転調を見せている。

> 私がこゝまで書いて来たことは皆いつはりであつたかもしれない。しかしペンを擱き、美しい姿がこの文章の終つた彼方に佇んでゐる。いや、私はこの文章を書き綴りながらも、いつもこの異《あや》しい姿を幻に見つゝ、ひとり勝手に古今集をその幻のせりふにして来たかのやうである。しかし、かのはるかな世の古今集の歌人たちの美しいみやびをそのまゝに想ひ描くには遠く、唯、貫之の高邁な身ぶりにわづかに思ひなぐさむ感傷をわづらつてゐるにすぎないかもしれない。（傍点原文）

昂揚した論述の後に不意に生じたこの失速感は、興奮の冷めた人のようやく感ずる疲労感や虚脱感に似ている。その疲労と虚脱の中で反省が始まる。自分のペンを駆り立てていたあの興奮はすべて「いつはり」であったかもしれない、私はただ「幻」を見ていただけかもしれない、すべては私の「感傷」だったのかもしれない、と。

この失速感は私にいくつかのことを思わせる。

たとえば、ここにはイロニーを知らぬ人だった蓮田善明の文章の特質が露呈している、と読むこともできる。イロニー（アイロニー）の基本は、命題（たとえば「君は頭がよい」）の背後に反対命題（「君は小利口なだけの愚か者だ」）を響かせる語法、つまりは反語だが、洗練すれば、保田與重郎のある種の朦朧体的美文のように、表立っての主張とその主張に対する裏腹の懐疑とを同時に保持する、いわば鵺《ぬえ》のごとき語り口にもなる。一方、

イロニーを知らない剛直の人だった蓮田は、かすかに萌《きざ》す懐疑には眼をつむって肯定の一面だけを終局にまで展開し、あげく、ふと我に返って反省するしかないのだ。

あるいは、強靭な意志の人だった蓮田善明は「事実（〜である）」を論じながらも「当為（〜であるべきだ）」や「理想（〜であれかし）」を論じてしまいがちなのだ、ということもできる。「事実」と「当為」との間には必ずずれが生じる。当初のわずかなずれも直線的な論の進行とともに拡大して、ついには調停不可能なほどの亀裂になる。意志の人は、冷めてようやく、自分が「当為」または「理想」を語るに急なあまり、現にある「事実」を置き去りにして「幻」ばかりを追いかけて来てしまったのではないかと疑うのだ。

では、蓮田が置き去りにしてきた彼自身の反面の「懐疑」、もしくは「事実」とはなにか。端的にいえば在原業平である。

蓮田は論の最初に、「古今和歌集中の最高の詩人は素質的に在原業平である」（傍点原文）と書いていた。そのうえで、「しかし古今和歌集のもつ性格は、此の在原業平をも含めて、業平的なものを代表とせず、紀貫之的なものである」と転じて、以後、「貫之的なもの」の闡明と宣揚に終始してきたのである。

『古今集』の序文は、奈良朝以来の和歌の変遷を記述する流れの中で、僧正遍照、在原業平、文屋康秀、僧喜撰、小野小町、大伴黒主ら、いわゆる「六歌仙」の歌風に言及していて、貫之らにとっては先行世代に当たる彼らへの批評はなかなか辛辣である。蓮田の用語を用いていえば、六歌仙は「うたのさま」の自覚のないまま「素質」で詠っていただけだ、というのが貫之の総じての評価だったからである。「やまとうた」の長い歴史において、自分たちが初めて「うたのさま」の自覚に達したのだ、という自負が貫之にある。

「僧正遍照は、歌のさまはえたれども、まことすくなし」と始まり「大伴のくろぬしは、そのさまいやし」に至るその簡潔な六歌仙評の中で、貫之は業平を「心あまりて、ことばたらず」と評したのだった。歌わんとする主観があまりに大きくて言葉をはみ出してしまい、歌の形式は不備であり言語の秩序は未整備である、ということだ。ならば業平は貫之のような主知的古典主義者ではまったくない。むしろ逆に、形式の破綻もかえりみない強烈な主観の人である業平は、「素質」で詠う素朴なロマン派だった、というに近い。

その反古今的なロマン派である業平をこそ、蓮田は「最高の詩人」と呼ぶのである。「詩人」に傍点を振ったのは「歌人」と区別するためだろう。だが、それなら『古今集』には真の「詩」はないことになってしまうではないか。ここに、「貫之的なもの」に対する蓮田自身のかすかな「懐疑」、理想化された『古今集』ではなく「事実」としての『古今集』の「詩」に対する評価認定が潜んでいるとすれば、「当為＝理想」と「事実」とのずれを蓮田の論は取り残したままではないか。業平に真の「詩人」を見る自分自身のロマン派的感受性を取り残したままではないか。業平的なものと貫之的なもの、つまりはロマン主義的なものと古典主義的なものとは、蓮田善明という「文人」の内部で併存提携しつつ、しかし深い亀裂を宿しているのである。

別な言い方をしてみよう。

第四章で述べたように、蓮田は彼の古典文学史論の第一回に「伊勢物語の『まどひ』」を書き、そこで、業平に擬せられた主人公の「強い憧憬」を強調していた。あえていえば、平安朝初期、九世紀の皇族の裔だった業平の「憧憬」の対象は、天皇が藤原氏の傀儡となる以前の古代である。たとえば『伊勢物語』第八十三段などが伝えるように、業平は不遇の惟喬親王に親近し寵愛されたが、惟喬親王は藤原良房によって皇位を阻まれた男であり、良房は初の人臣摂政として摂関制の基礎を築いた男である。（明治の国粋的ロマン主義者・与謝野鉄幹の人口に膾炙した「人を恋ふる歌」第五連「人やわらはん業平が／小野の山ざと雪を分け／夢かと泣きて歯がみせし／むかしを慕ふむらごころ」はその『伊勢物語』第八十三段を歌ったものだ。）

だから蓮田は次に時代を遡って、天皇直属の軍事部族の氏の長でありながら天皇から隔てられた大伴家持の

「独り」の嘆きを書いたのだ。家持が隔てられて嘆き、業平が「頽廃」の果てで憧憬した古代とは、人麻呂が「大君は神にしませば」と歌い上げた古代天皇信仰、つまりは天武朝の天皇親政的なものである。大津皇子の死はすでにその時代の終焉期の悲劇だった。（人麻呂の歌は天武の子・忍壁皇子に贈られたものだという説があるが、忍壁皇子も持統朝では政治の中枢から遠ざけられた。）

対して、貫之的なものとは、いわば摂関政治的なものにほかならない。現に『古今集』は、宇多天皇の親政下で登用された漢学的大知識人・菅原道真が藤原時平に左遷された後、つまり時平専権下に醍醐天皇の勅命で編纂されたのであり、『大鏡』は漢才《からざえ》に優れた道真と対比して時平の「やまとだましひ」（学問知識に対して土着自生の応用実践能力としての知恵というほどの意味）を称賛しているのだ。むろんこの後、天皇が実権を失った摂関制下の後宮とともに「和風」の歌文は栄えるのである。（私は第四章で、平安朝の和歌が藤原氏の専横に対する抵抗文学だったという蓮田の所論を、一面的なイデオロギー的暴論に近いと述べておいた。）

したがって、主情の「ロマン派詩人」業平の憧憬は親政的な古代の「天皇＝神」に連なる。自ら祭政《まつりごと》を執行する天皇は自ら軍を率いる「ますらをぶり」の武人でもある。対して、主知の人・貫之の作り上げた古典主義的な美の秩序においては、天皇はただ御簾《みす》の背後から「たをやめぶり」の美的世界を統べるだけの「隠れた中心」になる。この天皇像の二面性にも関わるがゆえに、蓮田の中での業平（ロマン主義）と貫之（古典主義）は容易に和解し難いのである。

また、『古今集』を発見した後も、蓮田が自分の詩の実作で、初期の詩で愛好した『古今集』的な見立て（比喩）を復活させることはなかった。そして、第三章で述べたように、俳句では無季自由律を棄てて『古今集』の規範に淵源する有季定型を称揚したが、実作ではもう俳句を作らなくなってしまった。つまり、蓮田は結局、『古今集』の美学を実践することはなかったのである。

その一方で、蓮田は、「『死ね』の声きく彼方こそ詩である」（「詩についての雑感」）という強力な観念は保持しつづけたのだった。それは言葉なき「行為としての詩＝死」であり、究極のロマン主義である。「死ね」と命じる古代的な「天皇＝神」への信仰によって支えられたこの観念は、いっさいの現実は知性による否定を経て言語の美的秩序に変換されるという『古今集』の美学と鋭く対立するものだ。蓮田善明において、両者を統合する論理はいまだ不明なのだ。

現身《うつしみ》の無常と「詩」の永生

しかし、蓮田善明はまた決断の人であり実行の人でもある。いま書き終えた九十枚になんなんとする論がたとえ「事実」としての『古今集』と自己の感受性の自然とを微妙に裏切る「いつはり」であり、現にここにはない「幻」であり、「貫之の高邁な身ぶり」にすがって自らを慰めるだけの「感傷」であるにせよ、自分は自分のペンを駆動しつづけた、というより、「彼方」から自分の思念を誘いつづけた、この「幻」の虚妄の力を信じる、と記す彼の言葉に偽りはない。

だが、それにしても、この末尾の失速と虚脱ににじむ蓮田善明の深い孤独の心は覆いようがない。引用した末尾段落の文章はさらにこうつづいて擱筆される。

私は何を思想しようとも思つてゐない。何を論じようとも思つてゐない。私はかゝる文章を綴ることを試みようとしてゐるのでさへもない。全く、はじめに書いたやうに、貫之が序文の末尾に書き誌した預言にひつかゝつたのであることを、今も思ひ出すのみである。私は「詩」を書いた人々に今日の興奮を感ずるのである。

「『詩』を書いた人々」と記したのは、自分の論の地平が和歌という特殊ジャンルに限定されることなく普遍的な「詩」の論へと開かれていることの自負であったかもしれないが、しかし、前に業平について傍点付きで「詩人」と特記したことと結んでみれば、置き去りにしてしまった業平と貫之との亀裂にようやく気づいた蓮田が（蓮田のペンが）、文字の上で（ただ文字の上だけで）亀裂を隠蔽糊塗しようとするしぐさのように、私には思えてしまう。だが、いま大事なことはそのことではない。

まったく奇妙な文章だ。子規の『古今集』否定と『万葉集』讃美は「アララギ派」に継承され、ついにいま戦争の時代に突入するや『万葉集』讃美は世を蔽うに至っている。（戦時下の『万葉集』とは、突きつめれば、「大君の辺にこそ死なめ」の精神にほかならない。）その時期に、あえて『古今集』再評価を言挙げすること自体、「思想」の表明であり「論」の提起以外の何ものでもないはずなのだが、蓮田はそれを否認し、こんな文章を長々と綴りたかったわけですらなかった、とまで書いてしまうのである。彼はただ、「貫之が序文の末尾に書き誌した預言にひつかゝつた」だけだという。もう一度引けば、「たとひ時うつり事さり、たのしびかなしびゆきかふとも、……うたのさまをしり、ことの心をえたらむ人は、おほぞらの月を見るがごとくに、いにしへをあふぎて、今をこひざらめかも」と貫之は記したのだった。

それなら蓮田は、千年の後の読者として『古今集』を仰ぎ、また千年の後の何ものかによってこの自分が知られる日のことを夢想したあの山上の体験を「今も思ひ出すのみである」といっているのだ。

人の声もて語らざるも、これ千載の彼方のかしこき人の知るといふことほど高邁な智があらうか。詩なり。智とはかゝるものなり。高邁とはかゝるものなり。

（「山上記」六月十一日）

それは白昼の「幻」のごときものだったかもしれない。「内地」で国文学を「研究」している人々には、「幻」を追いかける自分の切なる思いはとても通じまい、通じなくてかまわない、これは「思想」でもなく「論」でもなく、ただ戦場の「感傷」めいた孤独のつぶやきにすぎないのだから――蓮田善明の断念は深いのである。

おそらく、そういう蓮田のきわめて私的なモチーフは、論の終り近くの次の一節に集約されている。

まことに人は何処より来り何処へ行くものであらうか。われ〳〵は斯くして物の現身《うつしみ》を凝視し熟視し生命の興揚《ママ》を感じる。しかしやがてその現身《うつしみ》の奥や現身の涯《はて》に、或は現身の初めに、見えざるものを、しるのである。古今集の詩人たちがその新しい諷歌によつて顕はさんとするものは又現身の切り口からあらはれてくる形而上のものであつた。彼等は己の身が現身である故に、この発見に対し、否定の身ぶりをとることによつてそれを諷示せんとした。しかもこの自己否定は、かの彼方のもの、光臨のためである故に、悲しみを美《うるは》しく荘厳《かざ》つて迎へるのである。自然的や直情的でなく、その身を破り悲しみつゝ、恥らひながら、美しくかざるのである。

「まことに人は何処より来り何処へ行くものであらうか」というのも文脈上はまったく唐突な述懐なのだが、おそらく山上の蓮田に去来した感慨そのままの記述だろう。

現身ははかない。そう思い知ればこそ、ひとは永遠の美の世界をせつなく希求する。その意味で、人間は形而上的な存在である。『古今集』は形而上的な歌集である。『古今集』の言葉は、説得や弁明や指示や伝達といったいっさいの現実的機能を剝奪され、ただ非在の「幻」のためにのみ奉仕する。現実的効用を放棄した言葉は、その全き無力において、あえかな美の世界を描き出すのだ。銃剣によって武装したこの現身は今夜にも明日にも亡びるかもしれないが、このはかない「幻」だけは永遠に生きる。その思いにすがって、陸軍少尉蓮田善明は「わづかに思ひなぐさむ」のである。

蓮田善明は戦場で『古今集』を「発見」した。蓮田は、このはかなくもあえかな「美」によって、大陸の異貌の大自然の壮大なまでの脅威に対抗し、かつ、不意打ちのように顕現するあの「不気味なもの」をも打ち消そうとしているのである。

そして、二度目の山上勤務の時が来る。蓮田は「山」と題した小文をこう書き出した。『古今集』論の草稿を九十ページにわたって書き終えたその翌々日のことだ。

明日から又山の警備に交代に行く。早くも下山してから二週間を経た。あの山、草と岩のあの山、余り高くはないが、低すぎない、まるまつこいが急峻な、長い背を空に脈うち、ならしたあの山。敵も味方をも見わたして、その中に割り込んで、兀然たるあの山。絶えず敵がその麓に蠢き、射ちかけ、友軍からも孤立してゐる山。しかし、ほんとの正攻法を以てでなければ、或はほんとの親和を以てでなければ、自分は絶対にあの山を何人にもゆづらない。あの山は、死をもつて守るべき詩の山である。岳陽楼よ、亡びよ。同じく洞庭湖を望む草で青い岩山に、形無き、新しい詩の楼を、自分は築く。ここは、純粋に戦ふ山である。

岳陽楼は洞庭湖畔の高楼。風光絶佳、古来詩文に歌われた楼である。その岳陽楼に代えて自分はこの晏家大山に「形無き、新しい詩の楼」を築く、というのである。『古今集』論執筆の余熱というにはあまりに凄まじい昂揚だ。後半は省略する（次章冒頭で引用する）が、「昭和十四年六月晦日《みなづきつごもり》」の日付をもつこの小文を、蓮田は、「私が死に、永遠が、私に薄いかたびらを着せる」と結んでいる。「詩の山」を護っての死の予覚である。昂揚した意識の熱度はこの予覚に由来する。

三島由紀夫と蓮田善明——古典主義とロマン主義との「縫合」（不）可能性

ところで、蓮田善明を「師」と仰いだ三島由紀夫に「古今集と新古今集」と題するエッセイがある。学習院中等科時代の実際の師であった清水文雄の広島大学退官に際して「広島大学国文学巧　退官記念号」に寄せた文章で、末尾に「昭和四十二年一月一日」と日付が記されている。民族派の青年たちと頻繁に会い始め、「神風連」を崇敬する昭和の右翼青年を主人公にした『奔馬』の連載を開始し、四月には自衛隊に体験入隊することになる年の元日である。

三島はまず、「力をも入れずして天地を動かし」という『古今集』仮名序の一句について、戦時中の自分は定家『明月記』の「紅旗征戎は吾事に非ず」とつながる「行動の世界に対する明白な対抗原理」として捕えていて、「特攻隊によって神風が吹くであろうという翹望《ぎょうぼう》と、『力をも入れずして天地を動かし』という宣言とは、まさに反対のものを意味していた」（傍点原文）と述べる。戦時下の若者だった三島においても、特攻隊が体現する「行為としての死＝詩」と『古今集』が具現する美的言語秩序としての詩はするどく背馳対立していたのだ。だが、戦後二十年かけて、三島はようやく「行動の理念と詩の理念を縫合させせ」るに至ったのだという。

「今、私は、自分の帰ってゆくところは古今集しかないような気がしている。その『みやび』の裡《うち》に、文学固有のもっとも無力なものを要素とした力があり、私が言葉を信じるとは、ふたたび古今集を信じることであり、『力をも入れずして天地を動かし』、以て詩的な神風の到来を信じることなのであろう。」

「そのような究極の無力の力というものを護るためならば、そのような脆い絶対の美を護るためならば、もののふが命を捨てる行動も当然であり、そこに私も命を賭けることができるような気がする。」

「現代における私の不平不満は、どこにもそのような『究極の脆い優雅』が存立しないということに尽きる」と戦後の文化状況に対する批判がつづくのだが、「文」を守るために「武」はある、という三島の論理は明晰である。このエッセイに保田與重郎の名は出てくるが蓮田善明の名は出てこない。しかし私には、三島と蓮田との精神的な紐帯を示す好個の文章のように思われる。蓮田は三島のように明晰には語らなかったが、「詩の山」に見立てた晏家大山にふたたび登る時、彼は同じ論理を実践していたのだ。

とはいえ、明晰に言うこととただ実践して言わないこととはやはり異なる。

戦後という長い平時を生きた三島には、熟慮して文と武（菊と刀）を「縫合」する論理を築く時間があった。たとえば三島は「文化防衛論」では、文化とは「一つの形（フォルム）であり、国民精神が透かし見られる一種透明な結晶体」なのだ、と定義して、こうつづける。

従って、いわゆる芸術作品のみでなく、行動及び行動様式をも包含する。文化とは、能の一つの型から、月明の夜ニューギニアの海上に浮上した人間魚雷から日本刀をふりかざして躍り出て戦死した一海軍士官の行動をも包括し、又、特攻隊の幾多の遺書をも包含する。

芸術と行動とを「縫合」させるこの論理があるかぎり、三島由紀夫において、古典主義とロマン主義は矛盾しないのだ。だが、戦場にあった蓮田にはそういう熟慮のための時間はなかった。彼はいくつもの内的矛盾をかかえながら、そのつど決断するしかなかったのである。

私は一度目の応召から帰還して書いた蓮田の小説『有心』が、最初「形式（小説）」と題されていたことを思い出す。後に論じるが、阿蘇山の温泉宿で「かたち」について考えていた主人公＝語り手は、末尾、その思弁を断ち切って火口へ上るのである。蓮田の「形（フォルム）」についての思考は、三島のような包括的で明晰な文と武との「縫合」に到達することはなかったのだ。

もし「縫合」に成功していたら、蓮田は、宣長を称揚する『本居宣長』を公刊した直後だったにもかかわらず、「国学者では本居宣長よりも賀茂真淵」（「文藝文化」十八年三月号後記）などという唐突な一行を書かずに済んだはずである（第十七章参照）。宣長とは「たをやめぶり＝文」、真淵とは「ますらをぶり＝武」だと思ってよい。蓮田において、文と武とは、言語の古典主義と行為のロマン主義とは、ついに二者択一で決するしかない対立項だったのだ。

蓮田善明も三島由紀夫も、現世の「彼方」に強く「憧憬」するその志向において、まぎれもないロマン主義者だった。しかし彼らは、その文章意識において古典主義者でもあった。三島の場合は主情に流れることを抑える文章の主知性においてそうだったが、蓮田の場合は、主知的な「構成」というよりも、「統制」と呼ぶほうがふさわしかろう意志的な姿勢においてそうだった。彼は時に激することもあったが、あくまで戦時下の「公定」思想の規範を踏まえて激したのであって、決して「私情」の激発や流露ではなかった。むしろ、公開された文章において「私情」を隠すこと蓮田ほど徹底していた「文人」もまたとあるまいとさえ思われるほどだ。統制された蓮田の文章の大半は、前章で論じた「山上記」や後に論じる小説『有心』を除いて、ほとんど読み変え困難なのである。「山上記」も『有心』も生前に公表されることのなかった、その意味で「私的な」文章である。

加えていえば、きまじめな蓮田善明には三島のような演技性や自己演出性はなかったようだが、しかし、敗戦後の激烈な「その死」は、「千載の彼方のかしこき人」のまなざしを意識しての、蓮田生涯唯一の「演技」、生命を賭した「演技」だったかもしれないのである。むろん、三島由紀夫が自己の生涯を演劇的に構成し、その死まで華々しく演出したのは周知のとおりだ。

ともあれ、昭和十四年七月一日、「もののふ」蓮田善明は「幻」のごとき「脆い絶対の美を護る」ために、晏家大山を「詩の山」に見立てて、二度目の山上勤務についたのだった。

第九章　戦地（四）　晏家大山と伊東静雄「わがひとに与ふる哀歌」

パール・バックと日本の「召命」

前章で引用を省略した小文「山」の後半、「ここは、純粋に戦ふ山である」につづく全文である。

今度は、「奥の細道」「北村透谷選集」は前回通り、今度は読みさしの「戦へる使徒」を携へて行くことにした。それと、部下の父兄に出す葉書の袋。詩を書くかもしれぬ小手帖。とにかく、書くことを欲しない。今度は、この前、日記を書いたノートも持つて行かないつもりである。草を描く気持である。沈黙の岩窟（岩で造へた蓋蔽壕）がある。赤熱の陽を蔽ふ四尺の天幕の屋根を竹柱に張り、岩の上に五尺の筵をしいて眠る。血と汗が蒸発し、乾燥する。一日と一夜がゆつくりと見事な足どりで歩む。黄金の沈黙を愉しまう。己を厳しく黙せしめるとき、――あの山ではそれが出来る自由を自分はもつ――緘黙の底からきこえてくる声。映る影。彼方のもの、純な光だけのもの、音《ひゞき》だけのもの、影だけのもの。焼きこがす炎熱、来り、又来る風。星。――今度は月が大きくなりつつある。岩の中に鳴く、少《すくな》い虫。あそこでは、小鳥たちは鳴かない。谷の方で遠く鳴くのみ。雲雀が岩と草のかげに巣をもつてゐるらしいが、あれも、山から高く翔つた空中でなく。黙つてゐる鳶だけが、近く浮んでくる。敵の弾は、それて空際はるかへとび去る。砲弾も岩を少し削つたり、草を僅かに焼くだけで、その姿をどこかへ自ら吹き散らしてしまふ。自分は、敵に一発の応戦も禁ずる。敵は自分が守つてゐる間、寄りつけない。何ものが寄りつけるか。自分は純粋に戦ふ故に。私の生涯に於ける、この「場所」。私が死に、永遠が、私に薄いかたびらを着せる。

読みさしの『戦へる使徒』はパール・バックが書いた彼女の父親の伝記である。この作品で彼女は前年ノーベル文学賞を受賞していた。蓮田はこの書にいたく感激した。彼女の父親はキリスト教の宣教師として中国に派遣されたのだったが、神の召命を受けて中国人の霊を覚醒させるために奮闘したその姿に、この戦争における日本の使命を重ねたのである。全集はこの時期のノートから抜粋したと思われる『戦へる使徒』への断片的感想をいくつも収録しているが、そこには、「支那へのわれわれの寄与はこの戦闘によつてのみ望まれねばならない」とも「日本が、『精神』の使徒として、その有する『精神』の構想を最も発展させねばならない時だ」ともある。この戦闘は支那を覚醒させるための戦だが、日本にはいまだキリスト教ほどの「精神の『構想』」がない、というのだ。また、バックの父親の遺品が岩山の頂上に埋められた件りを引用して、「私はゆくりなく私の死と詩の所とさだめてゐるあの晏家大山を思ひ浮べた」とも記す。

詩と散文――三島由紀夫「太陽と鉄」

蓮田善明はこの晏家大山という山を自分の死に場所と定めていた。赤熱の太陽は輝き、銃は灼け、沈黙が支配するその山。彼は傲然としてそこに立つ。「敵の弾は、それて空際はるかへとび去る」、「敵は自分が守つてゐる間、寄りつけない」だが、ただ一発の砲弾が命中するとき、彼の四肢はたちまち砕け散るだろう。炎熱と灼けた鉄の臭いの中での死。「私が死に、永遠が、私に薄いかたびらを着せる。」

これが蓮田善明の「太陽と鉄」なのだ、と思う。後年の三島由紀夫は、死へと向かう論理を予備的につづった長篇エッセイに「太陽と鉄」というタイトルを与えたが、それは英雄的な死を構成する二つの鮮烈なメタフアーだった。対して、戦地の蓮田がつづる「太陽と鉄」は、いかなる意味でもメタファーではない。異国の戦場での無装飾な剝き出しの死の構成物だ。

「書くことを欲しない」という蓮田は、二度目の山上監視勤務にノートを持参しなかった。一度目のノート「山上記」にすべてを書き記したという満ち足りた思いがあったのかもしれないし、下山後の二週間『古今集』論の執筆に没頭しつくした疲れのせいであったかもしれない。それだけのことかもしれないのだが、私はつい深読みしたくなる。

「草を描く気持である」と述べている。死に場所と決めた山を今度こそよくよく見て心にとどめておこうという気持なのだろう。思い返せば彼は一度目の勤務時にも「山上記」の冒頭にそう記しておきながら、実際には「草を絵描く」ことはせず、代わりに言葉で草を描写したのだった。そして、言葉で描かれた草は、歴史の暴風になびき伏す民衆の姿の寓喩と化したり、「崇高」も「美」も裏切る不気味なもの、なまなましく「怪奇なもの」となって露出したりしたのだった。

　言葉はたんに見たものを忠実に写し留めるための手段という従順な地位にとどまってなどいないのである。書くことはときに見ることを裏切ってしまう。あるいは、言葉は目が見ないことまで見てしまう。書くという行為は書き手の意識的な統御をすり抜けて自走し、なにか過剰なものを呼び寄せるのであり、そのとき、言葉は見るつもりもなかったものを描き出してしまうのだ。おそらく、「山上記」におけるあの二度の草の描写は蓮田自身の意図したことではなかったのだろう。彼は見たくもなかったものを見てしまったのであり、彼のペンは描くつもりもなかったものを描き出してしまったのである。

　だから今度こそよく見るために、というより、むしろ程よく見るために、邪魔ものであるノートは持参しない、蓮田はそういっているように思われる。しかし彼は「詩を書くかもしれぬ小手帖」は持参する。それなら、死を覚悟した蓮田善明にとって、散文は「危険」だが詩は「安全」なのである。増殖しやまぬ散文は書き手の統御を逃れ出てしまうが、詩はその短さにおいて全体を書き手の意志の統制下に置けるからである。

たとえば「太陽と鉄」で三島由紀夫は、江田島の参考館に展示されている特攻隊の多数の遺書を見たときの感想を次のようにまとめている。

三島によれば、それらの遺書は、縷々書き連ねた心境を、「俺は今元気一杯だ。若さと力が全身に溢れている。三時間後には死んでいるとはとても思えない。しかし……」というように、口ごもりつつ唐突に断ち切るタイプと、個人的な心境などいっさい記さず、ただ「七生報国」「必敵撃滅」「死生一如」「悠久の大義」といった非個性的な成句だけを記し遺すタイプとの二種に分類されるという。

前者について三島は「真実を語ろうとするとき、言葉はかならずこのように口ごもる」と言う。言葉はあくまで生の側に属するから、各自固有の「真実」を語りつくすためには死までの時間を無際限に留保しつつ果てしなく描写しつづけねばならないのであって、それがかなわぬとき、言葉は口ごもったあげくに自らを断ち切るしかないのである。

一方、後者の言葉はそういう個的な「真実」の描写を放擲した非個性的で「モニュメンタル」な言葉であって、彼らは権威ある「型」と同一化しようとしているのだ。「独創性の禁止と、古典的範例への忠実が英雄の条件であるべきであり、英雄の言葉は天才の言葉とはちがって、既成概念のなかから選ばれたもっとも壮大高貴な言葉であるべきであり、同時にこれこそかがやける肉体の言葉と呼ぶべきだったろう。」——三島由紀夫の意志的な古典主義の極致ともいうべき認識だ。特攻隊員たちもまた、個を滅却して典型としての死を死ぬ小さな「英雄」たちだった、と三島は言いたいのである。

実際、単行本『太陽と鉄』刊行の二年後、三島由紀夫が詠んだ辞世の歌は、「個性」も「真実」も滅却して

この国の「志士」の典型と化そうとする二首だ

益荒男がたばさむ太刀の鞘鳴りに幾とせ耐へて今日の初霜
散るをいとふ世にも人にもさきがけて散るこそ花と咲く小夜嵐

一方、再び晏家大山に赴こうとする蓮田善明は、数時間後に確実な死を見据えた特攻隊の若者たちほど、また確実な自決を期した三島由紀夫ほど、ぎりぎりにまで追い詰められているわけではない。しかし、蓮田における散文と詩との関係は、三島の述べた二種類の遺書のタイプに近いものがあるようだ。いわば、「真実」を描写しつくそうとする散文の言葉が意志の統制を逃れてそれ自身の生を生きようとするのに対して、詩は形式の統制に服して美しいモニュメントと化そうとするのである。
蓮田の散文が呼び寄せてしまう統御不能性については小説『有心』に触れてまた述べるつもりなので、ここには晏家大山で書かれた二つの詩を紹介しておく。

戦と笑

始馭天下之《はつくにしらす》天皇《すめらみこと》、神日本磐余彦炎出見尊《かむやまといはれひこほほでみのみこと》、
登美《とみ》の長髄毘古《ながすねびこ》を征ち給はんとてちぎり給はく、
「吾《あ》は、日神《ひのかみ》の御子《みこ》として日を負ひてこそ撃ちてめ」
かく正しき日の御影《みかげ》のまゝに圧躡《おそひふ》み給ひぬ。

かの時、尊《みこと》おんいきどほり烈しかりければ、三度《みたび》
「うちてし止まむ」と、大御歌歌よみ給ひ、
八十梟師《やそたける》ども皆がらに殺し給ひて、大御饗《みあへ》をば
悉《ことごと》に御軍《みいくさ》どもに賜ひて、大いに笑ひぬ。

神武東征説話を記紀の語彙と文体で語ったこの詩は、近代的概念としての詩ではなく、「うちてし止まむ」という古代的「成句」の起源説話の再話みたいなものである。もちろん蓮田は、大殺戮の後の大笑を謳うことでヒューマニズムに深く染んだ近代人の心理という「真実」を棄却し、ひいてはまぎれもない近代戦であるこの戦争の現実そのものを古代的「成句」に同一化せしめようとしているのである。その意味で、これがなお「詩」であるとしても、あくまで「皇軍」の公的イデオロギーを体現した「公人」蓮田善明の「詩」にほかならない。つまりは晏家大山の岩に刻んで記念碑《モニユメント》とする心である。

草
（田中克己氏へ）

出征の日に、あなたの詩は、
遠征の彼方から私を呼んだ。
わたしはあなたの詩集を何処に置かうかと携へて来たゞけである。

わたしは探検家が、その太古《かみ》、秘匿《かく》されたる宝を、
あやしい絵図そこに開きて索《さが》すやうに
あなたの詩集を戦のにはで繙《ひら》く。

ここでわたしはただ石《いは》を見た。
岩の上には、唯、草が風に吹かれてゐた。
わたしはその処々で草を摘み、あなたの詩集にそつと挿《さしはさ》んだ。

田中克己に捧げられたこの詩には、「わたし」の私的な感慨が流露している。「戦と笑」が「公人」の詩ならこれは「私人」の詩である。しかし、「山上記」が描写したと同じ草が、戦地でのひとときの休息のような気息で書かれたこちらの詩では、異様な相貌の片鱗も見せることなく、戦場の心を慰めるささやかな「美」の記念物《モニユメント》として田中の詩集『西康省』に栞のようにおとなしく挿まれている。蓮田の詩の言葉は「美」の統制におとなしく服しているのだ。

「わがひとに与ふる哀歌」、または像としての地形

ともあれ、二度目の山上監視勤務に蓮田はノートを持参しなかった。そしてまた、全集が収録する蓮田の戦場日記も「山上記」が最後である。だが、私はもう少しこの晏家大山という山にこだわって「深読み」めいたことを記しておきたい。

蓮田が「あの山は、死をもつて守るべき詩の山である」（「山」）とまで書いたのは、いうまでもなく、その山上で『古今集』を「発見」したからだった。だが、頭上に輝く太陽をいただき、洞庭湖をも見下ろすその沈黙の山上は、ほんとうに初めて見る異国の土地だったろうか？　彼は、親しい詩人の詩の一節で、すでに何度もその山上に立ち、空と太陽と山と湖が構成するこの風景を見たことがあったのではないか？

詩人はこう書いていたのだった。「人気《ひとげ》ない山に上《のぼ》り／切に希はれた太陽をして／殆ど死した湖の一面に遍照さする」と。

いうまでもなく伊東静雄の「わがひとに与ふる哀歌」の末尾三行である。これまで何度か言及してきた詩だが、ここで全篇を引用する。

わがひとに与ふる哀歌

太陽は美しく輝き
あるひは　太陽の美しく輝くことを希ひ
手をかたくくみあはせ
しづかに私たちは歩いて行つた
かく誘ふものの何であらうとも
私たちの内《うち》の
誘はるる清らかさを私は信ずる
無縁のひとはたとへ

鳥々は恒《つね》に変らず鳴き
草木の囁きは時をわかたずとするとも
いま私たちは聴く
私たちの意志の姿勢で
それらの無辺な広大の讃歌を
あゝ　わがひと
輝くこの日光の中に忍びこんでゐる
音なき空虚を
歴然と見わくる目の発明の
何にならう
如かない　人気《ひとげ》ない山に上《のぼ》り
切に希はれた太陽をして
殆ど死した湖の一面に遍照さするのに

すでに記したように、晏家大山の現在からほぼ一年前の昭和十三年七月、「文藝文化」創刊の辞はこの詩の冒頭近い一節をもじって、「かく命ずる伝統の何ものであらうとも、内に命ぜらるる厳しさを我らは信ずる」と記していた。同人四人は「かく誘ふもの」に「伝統」を代入し、「誘はるる」をいっそう強く「命ぜらるる」に変えて、この一節を国文学研究者たる彼ら自身の決意表明にしたのだった。それは、蓮田を含めた同人四人が、たんにこの詩を愛誦しただけでなく、詩中の人物に自らを擬していたことを示している。つまり、彼らは詩中の人物となってこの詩を内側から「体験」していたのである。

　しかも、「命ぜらるる」という厳しさは、とりわけ、出征した蓮田善明にこそふさわしい表現だった。「伝統」への信従は、蓮田にあっては、とりもなおさず、「死ね」と命じる「大いなるもの」(「詩のための雑感」)の声、すなわち天皇の命令への信従にほかならなかったからである。それなら蓮田は、人気ない山上に立って太陽が湖に遍照する光景を眺めたことが、幾度もあったはずではないか。

　実際には「山上記」には伊東静雄の名前は一度も出てこない。しかし、晏家大山の山上で蓮田が「わがひとに与ふる哀歌」を思い出さなかったとはどうしても思えない。たとえ自覚的に思い出すことがなかったとしても、親炙した詩の末尾三行は蓮田の心中に像としての地形を形成しており、詩中で「体験」した像としての地形と最前線で遭遇した現実の地形との思いがけない相似は意識下で共振して強い波動を発したのではなかったか。そしてその波動が山上での『古今集』の「発見」を促したのではなかったか。

　そもそも彼が「発見」したのは「千載の彼方」から彼を誘う美の典範であり、この典範を継承せよと彼に命じる「伝統」の声にほかならなかったのである。また、彼が『古今集』論の成稿「詩と批評」の末尾で不意に転調して、「私がこゝまで書いて来たことは皆いつはりであつたかもしれない。しかしペンを擱き、美しい姿がこの文章の終つた彼方に佇んでゐる。いや、私はこの文章を書き綴りながらも、いつもこの異《あや》しい姿を幻に見つゝ、ひとり勝手に古今集をその幻のせりふにして来たかのやうである」(傍点原文)と書いたとき、それは結局、自分を「誘ふもの」がたとえ虚妄の「いつはり」「幻」であろうとも、「誘はるる清らかさを私は信ずる」と言っているのとほとんど等しい。

純粋行為の誘惑

もっとも、伊東の詩で冒頭の太陽は現に美しく輝いているのか、それともそう希《ねが》われているだけなのか定かでなく、末尾三行の太陽にはどこやら冷え冷えとした「死」と終末の気配さえ潜むのに対して、蓮田の現身が立つのは炎熱の「生」の太陽の下だった。しかし、晏家大山の赤熱する日光にこそ、まさしく切迫した死の予感が「音なき空虚」として「忍びこんで」いたはずである。

さらにまた、晏家大山は敵地の山だが、伊東の詩中の「私たち」の上る山も、「清らかさ」を知らない「無縁の」俗衆たちにその裾野を包囲されていることに変わりはない。「私たち」はその俗衆を見下ろして高く上るのである。

だからたとえば、この詩が「コギト」昭和九年十一月号に発表されたその翌月十二月号の「二人の詩人――田中克己へ」で、保田與重郎は「伊東静雄の詩にだけ、断言すれば、すでに群衆はゐない」と書いていた。「群衆」は、伝統からも共同体的紐帯からも切り離されてアトム化した近代都市大衆であると同時に、膨張した出版ジャーナリズムにおいては文学の無数無名の読者でもある。信なきまま俗なる欲望を浮動させる彼らはロマン派のめざす文学の「敵」でありながら、潜在的な読者としてどこまでも創造の意識の地平につきまとうのだ。したがって、「群衆」との関係をいかに見定めるかは、この時期の、つまり「コギト」創刊後の初期・保田與重郎の、批評の中心課題だったのであり、イロニーももっぱらそういう両義的な「群衆」との関係で必要とされたのだった。それゆえなおさら、保田には伊東静雄の孤高の身ぶりが見事な模範解答のように見えたのである。

「わがひとに与ふる哀歌」のひらがなで書かれた「わがひと」は「我が思い人」としての女性を思わせる。しかし、詩中で「私」と「手をかたくくみあはせ」て歩くのが（生身の）「わがひと」であるかどうか定かでないし、実のところその性別さえも不定である。同様に、「かく誘ふもの」の内実も明示されてはいない。にもかかわらず、「かく誘ふものの何であらうとも／私たちの内《うち》の／誘はるる清らかさを私は信ずる」という三行は、ロマン派的な心情倫理の構造だけを抽出して、抽象的でありながら比類なく美しい。

「かく誘ふもの」は、なにより、現実的効用を排した無償の純粋行為を誘うのだ。結果はどうあれ、その誘惑に身を投じた者の責任はあらかじめ免除され心情の純潔は保証されている。しかも、詩句が提示するのはただ精神の構造だけだから、その非限定性によって、「恋」であれ「革命」であれ「死」であれ「理想」であれ、彼方へと誘ういかなる観念も代入可能である。「文藝文化」同人たちのように「伝統」を代入してもよいし、蓮田善明のように「死ね」と命じる「大いなるもの」の声を代入してもよい。さらに時局の進展に密着して「聖戦」とも「大東亜共栄圏」とも「大東亜戦争」とも、入れてかまうまい。それならまた、冒頭で現に「美しく輝き」、あるいは「美しく輝くことを希」われている「太陽」とは、ほかでもない、日神の子孫を自称する「万世一系の天皇」のことだ、という解釈さえも可能だろうし、「手をかたくくみあはせ」歩いて行く「私たち」は、友愛で固く結ばれた皇軍の戦士たちのようにも見えてくるだろう。たとえ詩の道行の彼方に「死した湖」が暗示する終末と悲劇の予感が潜むにしても、悲劇こそはロマン派的純粋行為の完成にほかならない。

そしてこのとき、「輝くこの日光の中に忍びこんでゐる／音なき空虚を／歴然と見わくる目」は、そうした戦争理念が隠蔽する偽善や欺瞞を摘発し告発する批判的視点、保田與重郎がしきりに用い、蓮田善明も流用した「自然主義」に該当するだろう。彼らは、ロマン主義に敵対する文学上の自然主義に限らず、広義のリアリズムを、自然科学の唯物論から社会科学の実証主義まで含めて、「自然主義」と呼んで嫌ったのだった。蓮田が「『真実』とは、『詩』への敵愾である」（「詩のための雑感」）と書くときのその「真実」である。

たしかにそうした恣意的代入や拡大解釈を許容し誘発する力は伊東の詩句そのものに備わっていた。しかし、「わがひとに与ふる哀歌」全体は、最小限の状況設定や自然描写によってゆるやかながらも解釈を限定しているのであって、ましてや伊東静雄自身は自作のそのような現実（時局）適用解釈など一度もしなかった、ということは確認しておかなければならない。

伊東静雄と蓮田善明

そもそも伊東は自作解説や詩論をほとんど書かなかったし、全集の載せる唯一の詩論めいた短文さえ「談話のかはりに」という控え目な表題をもつ。その「談話のかはりに」の（一）がケストナーの新即物主義への共感的感想であり、（二）が『古今集』論であるのは興味深い。以下にその（二）を引用するが、『万葉集』の「素朴」に対して『古今集』の「譬喩的精神」を擁護する姿勢は蓮田善明の『古今集』論と一致している。

ライネル・マリア・リルケに『形象の本《ブウフ・デル・ビルデル》』といふ詩集があり、その絶妙な譬喩的精神に僕は帽を脱がされる。常々僕は詩が散文と分派する第一歩はこの譬喩的精神であると思つてゐる。それにつけていつも思ひ出すのは、日本の和歌、殊に古今集の存在である。万葉集が明治以来多くのエピゴーネンを持つてゐる所以は結局、万葉集がその精神の素朴な表現をなしてゐるからで、その反対に古今集が今の歌壇で重要視されることの少いのは、反省的、意識的なその精神の表現手法が、日本人のさらりとした茶漬的嗜好にあくどく見えたかららしい。素朴といふものが、人間の一度は離れねばならぬ故郷である以上、古今集のあの定型的な譬喩や序詞や、枕詞などをも一度勉強し直す歌人の、明治以来少かつたことは、いかにも残念である。（中略）そして古今集に同情しない人達が批難の的にする修飾の定型といふことも、あれはは

にかみ屋の日本人にはさもあるべき方向で、又一向に致命的なものではない。はにかみ勝な譬喩的精神の
表現はその証拠に、独逸では美しいリードになつて育つた。（傍点原文）

「談話のかはりに」が発表されたのは「呂」という同人誌の昭和七年十一月号と十二月号。満洲国が建国を宣言し、二十八歳の蓮田善明が一念発起、中学校教員をやめて広島文理科大学に入学したこの年、二歳年少の伊東静雄は大阪住吉中学の国語科教員、まだ無名の同人誌詩人だった。しかし、主情性を排して事物に即するケストナーの新即物主義とリルケの譬喩的精神と、以後の伊東の詩の手法を構成する両輪は、すでにしっかりと把握されている。

小高根二郎の『詩人 伊東静雄』によれば、伊東静雄の初期詩篇はリルケ以前にルナールの影響が顕著だったというし、のみならず、佐賀高校時代の短歌には島木赤彦の影響が見られ、俳句では荻原井泉水を仰ぎ、井泉水の随筆まで愛読していたというから、若き日の伊東静雄と蓮田善明は、まだお互いの存在を知らぬまま、文学的趣味嗜好や詩的感性を広く共有していたのである。（二人が初めて会うのは昭和十一年八月。以後急速に親交を深めた。）

しかし、蓮田の方はまもなく、第三章で見たとおり、思想的な自己改造の一環として全面的な「趣味の否定」を敢行し、赤彦を含む「アララギ」批判に転じ、さらに井泉水や山頭火の無季自由律からも足を洗う。その過程でルナール的な機知による「譬喩的精神」も放擲されたのだった。その結果、蓮田は伊東静雄に遅れること七年の回り道を経て、『古今集』を「発見」し「譬喩的精神」の意義を「再発見」したことになる。（ただし、蓮田の書く詩は叙事と述志を事として万葉調になっていくので、実際の詩作で「譬喩的精神」が復活することはなかった。）

とはいえ、まだ国内が比較的静穏だった昭和七年に書かれた伊東静雄の短文と、七年後に日中戦争の戦地で書かれた蓮田善明の本格的な論考とは、その文体と思想的文脈とにおいて大きく異なっている。蓮田には「即物主義」の精神が欠けていたし、「はにかみ勝な譬喩的精神」などという繊細にして自在な表現ほど蓮田の文体から遠いものもなかった。伊東は事物の直叙を避ける『古今集』の精神を詩人らしくこう評したのだが、蓮田の「詩と批評」では、同じ精神が、より強く、事物の秩序の否認と言語のイデア的世界への志向という大きな文脈へと接続されるのであって、それは昭和十四年の蓮田にあっては、近代戦の実態を否認して理念としての古代的「聖戦」イデオロギーを志向することとも、さらには世界の現秩序を否認して前年末の近衛声明にいう「東亜新秩序」を志向することとも、思想的には地続きなのだ。うがっていえば、そもそも、晏家大山における『古今集』の発見という事態そのものが、戦闘による死を覚悟しながら痢病と炎熱に苦しめられている身体の現実を否認したいという意識下のモチーフに発していたのかもしれないのである。そして、その晏家大山を「詩の山」と呼び、「岳陽楼よ、亡びよ」とまで言挙げするとき、蓮田善明の『古今集』宣揚はそのまま中国文化に対する日本文化の宣戦布告であり、天皇を盟主にいただく「大東亜共栄圏」の理念の文学的変換にほかなるまい。

状況や時代の違いを超えて、共通した感性をもっていたはずの両者の資質の根本的なちがいを思わざるを得ない。蓮田善明の厳格な自己統制は、詩的感性から時代認識まで、さらに陸軍将校としての己れのふるまいまで、自己を矛盾なく一貫させなければ納得できないのである。蓮田は知行合一の人であり、イロニーなどという自己を二重化する偽装の技術とも無縁の人であって、詩的趣味だけを無風の保護区としてこっそり温存するなどという芸当はできないのだ。

「ひとりで死にゃいいのに」

伊東静雄は昭和十三年十月、入営するために郷里熊本に向かう蓮田善明を大阪駅頭に出向いて見送り、昭和十八年十月、蓮田の再度の出征の際にも大阪駅で見送った。蓮田の『神韻の文学』（昭和十八年十月）には請われて序文も寄せた。しかし、徴兵検査で丁種だった伊東自身は召集されることなく、銃後の中学教師として戦争を過ごし、敗戦を迎えた。

彼が敗戦の日の感慨を日記に次のように記したことは広く知られている。

十五日陛下の御放送を拝した直後。
太陽の光は少しもかはらず、透明に強く田と畑の面と木々とを照し、白い雲は静かに浮び、家々からは炊煙がのぼつてゐる。それなのに、戦は敗れたのだ。何の異変も自然におこらないのが信ぜられない。

伊東は昭和二十四年に肺結核を発病し、昭和二十八年三月に死去した。次に、雑誌「祖國」の「伊東静雄追悼号」（昭和二十八年七月号）の富士正晴「伊東静雄のこと」から引用する。私は第五章で言及した「正名と自然」（『悪文の初志』所収）で大西巨人『神聖喜劇』と富士正晴の兵隊小説とを対比して論じたのだが、富士正晴は早くから伊東との交遊歴を持ち、何度か「文藝文化」に寄稿しているし、編集者として三島由紀夫『花ざかりの森』の出版も手掛けた。昭和十八年三月に応召し、役立たずの兵隊として華中華南を行軍したあげく、富士がやっと復員して大阪に帰り着いたのは昭和二十一年五月二十二日だった。

戦争がすんで復員したわたしは戦闘帽と軍服のまま住吉中学校まで出かけて伊東静雄にあつた。彼は戦闘帽や軍服をはなはだ不愉快がつた。彼は大東亜戦争をものすごく憎んでゐて、戦争がすんでほつとしたと言つた。わたしは「春のいそぎ」のころの伊東静雄を思つてゐたので、一寸あつけにとられた。

わたしは戦争中ウルトラ右翼だつた連中が忽ち左翼化してゐることを少し非難したが、伊東静雄は、人民としてそれが当然だといつた。世の中が左翼化すれば左翼化し、右翼化すれば右翼化するのが当然ですよ、それが良いのですよと言つた。

「文藝文化」の蓮田善明の自殺のことが話に出たが、蓮田が徹底抗戦を部隊長に進言していれられず、部隊長を射殺して後自殺したことを、彼はひどく厭がつてゐた。ひとりで死にやいいのにといふのが彼の意見だつた。

談話というものはその場の気分や相手との関係によって変化するものだということを考慮に入れても、敗戦から一年での伊東の言説の変貌ぶりには驚かざるを得ない。シニカルというより、なにやらすさんだものさえ感じる。しかしまた、これが「生活する」ということなのだ、という思いも生じる。妻子を抱えた中学教師である伊東静雄は、たしかに生活者として戦中戦後を過ごしたのだった。

人は「観念的」に生活することなどできはしない。「生活する」とはいやおうなく「即物的」に、すなわち逼迫する食糧や乏しい金銭に即して身を処することであり、そうやって何はともあれ「生き延びる」ということである。「生き延びる」者にはいっさいは「日常」になる。「日常」への帰還を拒んで「観念」に殉じる異常な死を選んだ蓮田善明とはまったく対蹠する遠く離れた場所に、伊東はずっと身を置いてきたのだ。「ひとりで死にやいいのに」とは、彼の率直な感想であったろう。

富士正晴はまた、編集進行中だった創元社版『伊東静雄詩集』についての伊東の「最期的な註文」が「戦争中の詩（戦争謳歌の詩）は見るのもいやだから絶対にはぶいてほしい」だったとも記している。

第十章　戦地（五）　晏家大山または山巓のニーチェ

「傷ついた浪漫派」――萩原朔太郎と伊東静雄とニーチェ

もうすこし伊東静雄の詩「わがひとに与ふる哀歌」にこだわってみたい。

雑誌「コギト」の昭和十一年一月号は、詩集『わがひとに与ふる哀歌』の刊行を記念した小特集を組んでいて、萩原朔太郎はそこに寄せた文章「『わがひとに与ふる哀歌』（伊東静雄君の詩について）」で、近代日本勃興期の島崎藤村のロマン主義と対比して、伊東を「傷ついた浪漫派」と評した。「自然主義＝実証主義」によってロマン的なものの自然な流路が不可能になった時代の「浪漫派」という意味である。「何といふ痛手にみちた歌であらう。伊東君の抒情詩には、もはや青春の悦びは何所にもない。」「それは詩の全く失はれた昭和時代、社会そのものが希望を失ひ、文化そのものが目的性を紛失し、すべての人が懐疑と不安の暗黒世相に生活してゐるところの、まさしく昭和一〇年代の現代日本を表象して居る。」

「傷」は伊東が時代に選ばれた詩人であることを証する聖痕にほかならない。これは自らも「傷ついた浪漫派」であった朔太郎が後進に与えた最大級の讃辞である。

「傷ついた浪漫派」の抒情には、虚無と不可能性の意識がぴったりと貼りついている。したがって、朔太郎にとっては、詩「わがひとに与ふる哀歌」の「太陽」も、何ものかに誘われゆく「私たち」の純情の道行を照らす冒頭部の太陽ではなく、「殆ど死した湖の一面に遍照」する末尾の太陽である。実際、この文章で朔太郎は詩の後半部しか引用していない。「その太陽は、生物の住む我等の地球を照らす太陽ではない。」「地上に一つの生物もなく、海水もなく、岩礁ばかりが固体してゐた劫初の地球。『死』の地球を照らすところの太陽である」。

ひるがえって、「文藝文化」創刊の辞が、詩の冒頭部だけを断章取義的に換骨奪胎して「かく命ずる伝統の何ものであらうとも、内に命ぜらるる厳しさを我らは信ずる」と書いていたことを思えば、年長の萩原朔太郎と若い「文藝文化」同人と、ともに日本浪曼派の近傍で意識の地平を共有していたかに見える両者の間には、微妙ながらも決定的な断裂がある。近代日本の現実によって幾度も「傷ついた」ことのある世代といまだ「傷」すらも観念的にしか知らない世代の違いである。すでに「歌わない詩人」として「晩年」に入っていた朔太郎にとっては、伊東の詩句「かく誘ふもの」は、あくまで非限定の、それゆえ空無と接したまま宙に吊られた何かでなければならなかったのに対して、これから戦時下を生きねばならぬ「文藝文化」同人たちは、その非限定の空無に耐えられず、「伝統」という実体を与えて倫理的決断の契機へと転換せざるを得なかったのだ。

朔太郎にとって、詩は「魂の故郷に対する『郷愁』」(『郷愁の詩人与謝蕪村』)だった。しかし、対象が「魂の故郷」であるかぎり、朔太郎の「郷愁」が現実に満たされることはけっしてない。それゆえ、詩人は帰るべき故郷を喪失してさすらう永遠の「漂泊者」であらねばならないのである。

朔太郎が日本浪曼派に接近したのも、日本浪曼派、ことに保田與重郎のいう「日本」が、実体化不能の「イロニーとしての日本」だったからにほかならない。

不可能な時代の「傷ついた浪漫派」だという自覚は初期の保田與重郎自身にもたしかにあった。しかし、昭和十二年七月の日中戦争勃発の頃から、保田の「日本」は次第にイロニーとしての性格を薄めて、実体化され始める。それは彼の「群衆」が秩序ある「国民」へと変貌し始めるのと相即している。

一方、朔太郎の場合、日中戦争後に書いたエッセイ「日本への回帰」（昭和十三年）においても、「日本」はあくまで「イロニーとしての日本」である。西洋近代という幻影を追い求めてむなしく傷ついた我々はいま「日本」に帰らなければならない、しかし、郷愁を満たしてくれる家郷としての「日本」はもはやどこにもない、回帰は非在への回帰である、というのがその趣旨だ。

日本的なものへの回帰！ それは僕等の詩人にとつて、よるべなき魂の悲しい漂泊者の歌を意味するのだ。誰れか軍隊の凱歌と共に、勇ましい進軍喇叭で歌はれようか。かの声を大きくして、僕等に国粋主義の号令をかけるものよ。暫らく我が静かなる周囲を去れ。（萩原朔太郎「日本への回帰」）

ところで、伊東静雄を「傷ついた浪漫派」と呼んだそのエッセイで、朔太郎は「伊東君の詩にはニイチエとよく類似した気質的一致がある」と述べていた。

ニイチエ――抒情詩人としてのニイチエ――は、いつも岩礁ばかりのある、絶海の孤島を歩き廻り、草食獣のやうに青草を探して居た。彼は常に漂泊者であり、樹上の鳥と寂しい哀歌を捜して居た。ニイチエの場合で言へば、恋愛はいつも死と墓との形式で歌はれて居た。「わが心の愛人よ！ いとしきものよ！」とニイチエは先づ最初に歌ふ。それから次の行に移つて、彼の「いとしきもの」を痛く辛刺にやつつける。ニイチエの詩では、少女のやうな純情の愛と、毒舌家のやうな憎しみとが、不思議の心表交錯でイメーヂされてるやうに思はれる。そしてこれに似た或る思想と心象とが、しばしばまた伊東君の詩に現はれて居る。おそらくその類似は、文学上の類縁でなくして、もつと深い気質的原因に存するのだらう。

「抒情詩人」ニーチェと伊東静雄とを、ともに「漂泊者」としての朔太郎自身に引き寄せた上で両者の類似性を指摘している、といった気味あいがないわけではない。だが、伊東はニーチェの詩を訳したことがあるし（昭和十一年四月十三日付池田勉宛書簡）、伊東の重要な一面が、時には「クセニエ」という辛辣な諷刺にまで到る冷めた「即物主義」の手法だったことを思えば、この指摘は納得できる。

私は伊東静雄論やニーチェ論に、ましてや萩原朔太郎論に、深入りするつもりは毛頭ない。だが、伊東静雄とニーチェの類似性という指摘は、「伊東静雄の詩にだけ、断言すれば、すでに群衆はゐない」（「二人の詩人」）という保田與重郎の指摘とつないで、私の行論上も興味深いのである。

眼下に展開する戦線を睥睨しつつ、広大な平原に小高くせりあがった晏家大山の山上に佇つ蓮田善明の姿を思うとき、伊東静雄の詩「わがひとに与ふる哀歌」のほかにもう一つ、現実のその地形と共振して意識の奥底から強烈な波動を送る別なテクストがあったろう、と私は思っているのだ。俗衆を離れて高く上った山上で孤高の観念を鍛えた人物――ニーチェの『ツァラトゥストラ』である。もちろん単独だったツァラトゥストラとちがって蓮田は部下たちとともに山に上った。しかし、山上で『古今集』という「伝統」の呼び声を聞くとき、蓮田善明の意識は、もはや周囲に人なく、孤独に発光していたはずである。

ニーチェ、昭和十年前後――蓮田善明と保田與重郎と芳賀檀

ニーチェは「文藝文化」同人の共通の教養だったとみなしてよい。現に、三回に分載された蓮田の『古今集』論「詩と批評」の二回目が載った「文藝文化」昭和十四年十二月号の巻頭論文、栗山理一「文芸復興――真淵の方法――」はニーチェの『善悪の彼岸』からの引用で始まっていた。また、蓮田自身も、大陸出征以前、

内務班勤務時に執筆した「小説について——森鷗外の方法」に、鷗外の小説『青年』からの引用を踏まえてではあるが、ニーチェの名を何度も記入している。ニーチェの思想にはかなり親炙し関心も高かったとみてよいだろう。

ただし、管見では、蓮田がニーチェについてきちんと語ったことは一度しかない。昭和十五年十二月、戦地から帰還する際に、彼は停泊した漢口で何冊かの本を買った。その一冊がニーチェの『この人を見よ』だった。随想「更級日記」でこんなふうに書いている。

私はなほ当時目につくままにニイチエの『此の人を見よ』をも買つて持ち、時に更級日記と持ち換へて読んだ。そしてこの西欧の回天を志す狂熱の詩人の躍起たる言葉にさへ、私は次第に冷淡になつて行つた。額に清《さや》かな光をいただきつつそれを知らない故、この詩人はなほ身をもだえて光りを連呼絶叫してゐるらしく見える。而も彼が撃摧蹂躙しようとしてゐる敵なる「神」は彼の中に又巣くうてゐて、この宿命が彼を蔽うて光を見せない。「神」を抹殺して新しい歴史を自分から始まると目をむいてゐる彼の網膜ににごつた薄明がかなしくただようて、次第に彼を狂妄にさへ導いて行つてゐる。それはニイチエのあはれな痛ましい血統である。

「このニイチエから更級日記をとつた時、私は日本文学の強さを本当に確信した」とつづく。もちろん『更級日記』は『源氏物語』へのロマン的な「あこがれ」から書き出された王朝末期の女性のあえかな文章である。（加えて、後述するように、『更級日記』は帰還後の彼が書き出す小説に初発のモチーフを与えていたとも思われる。）そのあえかな「たをやめぶり」を「強さ」というのは、晏家大山勤務で発見した『古今和歌集』と王朝日本美学へのゆるぎない自信の表明である。したがって、ここでの蓮田はニーチェに対して極めて冷淡だ。だが、蓮田善明にとってのニーチェは「あはれな痛ましい血統」という評言に尽きるものではなかったはずだ、と私は推測しているのである。

さかのぼれば、保田與重郎は「コギト」昭和十年五月号のナポレオン論「セント・ヘレナ」の冒頭でニーチェのナポレオン讃美を紹介していた。セント・ヘレナはいうまでもなくナポレオンが幽閉され最期を迎えた島の名である。保田はナポレオンをニーチェ用語（ツァラトゥストラ用語）で「超人」と呼び、最後をこう結んだ。

おそらくセント・ヘレナは奈落である。その奈落を意識するものによつて、今日の光栄の復興は試みられる。深刻にまでニヒリズムをなめたものは、過去の光栄のために、ニヒリズムの俗化をけつた。セント・ヘレナの帝王の日を再び新にする。彼らは、セント・ヘレナを頭として生れてきた。ニイチエを実現するもの、あるひはナポレオンを実現するもの、、悲劇がこゝにある。

これもまた、「傷」をこうむった者の「浪曼＝英雄主義」の復興宣言だが、その復興宣言が同時に「悲劇」の再来の予言にもなっているのが、保田らしいイロニーというものだ。

そして、保田のこのナポレオン論を受けるようにして、翌月六月号から「コギト」誌上に芳賀檀《まゆみ》のナポレオン論「ナポレオン・ボナパルテ（歴史への一つの試み）」の連載が始まる。

ドイツ留学時にニーチェ研究の大家と目されていたエルンスト・ベルトラムに直接師事した芳賀のこの文章もニーチェへの言及から始まるのだが、ことに、「ナポレオン。この超人と、非人間との結合」というニーチェ『道徳の系譜』の一文を引く七月号は、挙げてニーチェ論、というより、ナポレオンとツァラトゥストラを一体化させての英雄讃美、「超人」讃美である。

「ニイチエの第一自然は、人間と、其のより高き体現に対するギリシヤ的な憧憬であり、彼の哲学は上層への変革の意志によつて貫かれた壮大な歴史と人間との形態学である。彼の何物をも超へ《ママ》ようとする誇らかな意志は全ての歴史と文化を遡つて、最高の形式を、体現の段階を而して、なほ又其の形式をも超へ征服して、人をして半神たらしめよ、超人への架橋あらしめよと、野望する。」

「今日の空虚な文化と、安価な道徳的基準を以つて、吾々の存在を評価する事は出来ない。寧ろナポレオンとツアラトーストラをして、一切の文化の基準たらしめよ。」

「ツアラトーストラは一人の超人を期待する。夫《それ》は剣と火とを携へ、死と悪魔との間を行く鉄の騎士である。」

芳賀の文章には保田のイロニーの翳りはない。蓮田より一歳年長のこの「新帰朝者」の声は日本の現実によって一度も「傷ついた」ことがないのである。

ニーチェはもっぱら相互に矛盾も含んだ多数のアフォリズムによる断章形式で書いたが、そのせいもあって、ニーチェほど断章取義的にしか語られない思想家はない。逆にいえば、ニーチェほど断章取義的に語りやすい思想家もない。萩原朔太郎が「ニイチェに就いての雑感」（昭和九年）でいうように「人々は各々ニイチェの多様質の宇宙の中から、夫々の部分をとつて自家の食餌にしてゐる」のだ。朔太郎によれば、「甚だしきは独逸近代の軍国主義さへも、ニイチェの影響だと見る人がある。それによつてアメリカ人は、世界大戦の責任者をカイゼルとニイチェとの罪に帰した」のだし、さらに日本では「かつてニイチェズムの名が、本能主義や享楽主義のシノニムとして流行した。それからしてジャーナリスト等は、三角関係の恋愛や情死者等を揶揄してニイチェストと呼んだ」のだった。

現に、朔太郎がこう書いた年、つまり保田や芳賀がニーチェを論じた前年の昭和九年、「ドストエフスキーとニーチェ」と副題されたシェストフの『悲劇の哲学』が翻訳紹介され、左翼理想主義の敗北と時代の不安の心理に投じて「シェストフ的不安」が合言葉のように語られるということがあった。シェストフが語ったニーチェは、存在の意味づけを失った近代人の絶望の先駆的自覚者であり、強烈な自我意識ゆえに深刻なニヒリズムに苦しむドストエフスキー的な「地下室」の哲学者だった。

シェストフの語るエゴイストにしてニヒリストの哲学者と雑誌「コギト」の語る英雄讃美者にして「超人」鼓吹者のニーチェ。どちらもニーチェでありどちらも断章取義であることに変わりはない。

昭和九年の蓮田善明は広島文理科大学の最終学年、翌十年には台湾の台中商業学校の教師だった。彼はおそらく、中央文壇から遠く離れた場所で、もちろん「コギト」の側に立ちながら、両方のニーチェ像を注視していたはずである。

蓮田善明の登高と没落——阿部次郎『三太郎の日記』とニーチェ

その蓮田善明がニーチェの名を最初に記したのは、我々が読める範囲においては、小高根二郎が『蓮田善明とその死』で紹介する昭和十三年二月十六日の日記の一節である。成城学園赴任が決まり、いよいよ台湾を離れて上京しようとする際の心境と決意を語る文脈でニーチェは登場する。この日の日記は第二章でも引用しておいたが、ここに引くのはその前の部分である。

もちろん、自分は単に内地に帰るのではない。自分は世界へ行く。益々世界へ行く。と同時に自主の地位に上る。そのための一つの行動としての上京である。

勉強もそれを中心にする仕事である。単に学界に近づいたり、単に勉強のし易い環境に行くのではない。自主の行動だ。

かつて、信州で自分は自主の一極点に立つた。そしてその自意識の中に狭いものを見た。世界を見ないで思ひ上つた自主を。

自分は平坦地に下りたくなつた。世界へ出たくなつた。自己滅却を意識した。そのために最も軽蔑した広島に三年を甘んじた。しかしこれはいけなかつた。広島はその環境も学園も空疎だ。己を没すべき世界的なものはどこにもない。自分の魂は余り忠実にそこで自壊した。

学問しに行つて、学問の精神も何もかも失つた。たうとう台湾にまで自分を追ひやつた！　広島の罪だ。

成城にも広島の空気が濃い。そいつが自分をきめたのだ。このことは自分の運命としてはならない。

そこには先生が居られる。自分もこれからほんとにしつくり先生を見るだろう。今までまだ先生をよくみてゐない。自分は現在の要求を思ひ切つて先生におつつけよう。もうその火端は廻箋によつて『武蔵野に炊ぐ』の批評を以て切られた。ニイチエに於けるワグネルの如く！

これから鍛へ直すのだ。

三十五歳になつたがおそくはない。没頭してみる。さうすれば自分には自信がある。

（傍点原文）

『武蔵野に炊ぐ』は恩師である斎藤清衛の随筆集である。たぶん仲間内の回覧誌のようなものに率直な批判を含む書評を書いたのだろう。敬愛する斎藤清衛と自分との関係をワグナーとニーチェの関係に見立てたこの一節は、蓮田がニーチェにかなり親炙していたことをうかがわせる。もちろん蓮田は、ワグナーへの心酔から批判へと転じた際のニーチェに自分を擬しているのだ。

だが、注目したいのは、むしろ、その前の「自分は平坦地に下りたくなつた」という一文の方だ。

蓮田はここで、信州での中学教員時代から、それを辞職して広島文理科大学で学び直し、さらにはるばると台湾に渡って教員生活を送るという経過をたどった自分の来し方に統一的な見取り図を描こうとしているのだが、彼はそれを、「自主」、「自意識」と「世界」との対比構造で語るのであり、その対比が高地と平地という地形的メタファーに託されているのである。

信州では自己への集中において衆人を見下ろす倨傲な高みにまで上ったが、その代償として世界を喪失した、それゆえ広島では「平坦地」に下りて世人に交わり「自己滅却」に努めたが、そのため自己を失ってしまった、と蓮田は述懐する。この図式の下図にツァラトゥストラがいる、と私は思うのだ。山上の孤独な思索者だったツァラトゥストラもまた、「世界」を回復するために、山を下りたのであり、それを「没落」と呼んだのである。もちろんツァラトゥストラの下山が衆人に「真理」を宣布するための決意した「没落」だったのに対して、日本の一教師の下山は無自覚な「没落」にすぎなかった。だからこの下図は、朔太郎のいう「本能主義や享楽主義」とは逆の、人間主義的かつ倫理主義的に解釈されたツァラトゥストラである。

私は第三章で、蓮田善明が大正期の学生として自己形成した青年だったことを強調しておいた。ならば蓮田は、当時の学生のバイブルとも称された阿部次郎の『三太郎の日記』を読んだことがあったかもしれない。『三太郎の日記』はニーチェに、とりわけツァラトゥストラに、たびたび言及しているが、教養による自己形成を目的とする三太郎の読書と思索にあっては、ニーチェもまた人間主義的かつ倫理主義的に読まれたのだった。以下の行論にも関係する範囲で、『三太郎の日記』から抜粋しておく。

「人は確信し宣言し主張する。余は困惑し逡巡し、自らの迷妄を凝視する。人はニイチエの如く自覚の高みに在つて迷へる者を下瞰する。余は麓に迷ひて遙かに雲深き峰頭を仰ぐ。」（第一　傍点井口）

「或種の天才は自分のちからに対する自信がなければ精神内容の創造に堪へない。自己感情の興奮を原動力として、彼は始めて精神内容の創造に猛進することが出来るのである。此の如き人の精神的所産には、必ず強烈なる自己崇拝の色彩を伴つて来る。（中略）ニイチエの勇ましく惨ましい哲学を除いて、彼の自我狂《エゴマニヤ》が何であらう。」（第一　「ちから」の傍点は原文。それ以外は井口）

「人生の意義は人間が人間を超越するところに在る。人間が真正に人間になるにはその人間性を征服してしまはなければならない。此点に於いて俺は基督の弟子であり、カントの弟子であり、又ニイチエの弟子である。」（第二　傍点井口）

こうして、ニーチェは、というよりツァラトゥストラは、世間的にはいまだ無為でありながら己れの才能を信じる大正期の青年たちの過大にして過敏な自己意識にとって（青年とはいつの時代もそういう存在だ）、自己と世界との関係を思い描く際のモデルになった。若き蓮田善明もそういう青年の一人だったろうと私は思う。

「超人」と日本の「神」

ところで、蓮田の回想的自己把握は、信州時代と広島時代が高地と平地という山岳的地形図で語られた後、広島における自己喪失の「罪」による海彼の植民地・台湾への自己流謫がつづいていた。高さ／低さの垂直軸から中心／周縁の水平軸への移行である。そのことについて、前日二月十五日の日記にはこんな一文があった。

自分が台湾にきたのは、スサノヲノ命や大国主命が根国を神避《や》らはれたやうにして、自らをここにすてたのである。

高さ／低さの移動の隠された下図がツァラトゥストラだとすれば、中心／周縁の移動は、こちらはあからさまに、スサノヲや大国主という神話的英雄の形象である。それならまもなく予定されている上京は、流謫からの英雄の帰還に見立てられよう。辺境での仮死と再生を経て中央に帰還する英雄として、彼は今度こそ、自己集中の高みと世界の広がりとを共に獲得せんと決意するのだ。

阿部次郎の三太郎が謙虚にも「麓に迷」う青年だったのに対して、自己を英雄になぞらえ「超人」になぞらえる強烈な自我意識、すなわち「自己崇拝」が蓮田善明にはあった。（ただし、「自我狂《エゴマニア》」とまでいえないのは、「神」を殺したニーチェとちがって蓮田にあっては「神」は死んでいないからである。）

同じく台湾で一か月後に記された三月二十一日の日記には、こんなアフォリズム風の断章が並ぶ。

現実は破らるべきものである。私が自由に構成すべきものである。さういふ秘密をもつた文学の伝統を復興しなければならぬ。現実は構想的に錯覚せられねばならぬ。

神を見た宗教に代つて神を見た科学、それに代つて文芸はつねに神となつて世界を見ることを本質とする。

現実はこの私が自由に構成すべきものだ、というとき、この「私」は肥大化した自我の極点、ほとんど世界創造者たる「神」の自己意識である。だが、そうして構想された現実を「真実」と呼ばず「錯覚」と呼ぶのは、これがあくまで小説論、虚構論だからである。しかしまた、この「私」は、たんに小説論、虚構論における作者に限定されるものでもない。それは同時に、認識者・行為者として自己の世界を創造する人間、すなわち自我主体をも意味している。

古典主義は規範とすべき形式に拘束され、写実主義（リアリズム）は現実世界の構成に拘束される。だから、「自由」な創造者というこの認識の背後には、まちがいなく、F・シュレーゲルなどのドイツ・ロマン派の文学論があり、さらにその背後にはフィヒテなどの観念論哲学があるだろう。たとえば、伊東静雄「わがひとに与ふる哀歌」が掲載された「コギト」昭和九年十一月号には興地実英「フリードリッヒ・シュレーゲルの文学観」が載っているが、「浪漫的イロニー」を解説する興地は、フィヒテの名を引きグンドルフの説を引いて、「世界を創造する自我の、この創造された世界に対する自由」と書いている。

しかし、自ら「神」となるのは日本文学の「伝統」なのだと蓮田はいう。

自ら神となつて文学を新しくする伝統を日本にみる。

原初的に語部たち。己を神と信ずるまでになりきつた大いなる神の構想を伝承した語部たち。

蓮田のいう文学があくまで近現代の文学であるなら、古代的な巫女や語部の伝統の「復興」で事が済むとはとうてい思えない。蓮田はしかし、それでも何とかして近代ロマン派の文学観と古典の伝統との折り合いをつけたいのである。（次章で述べるが、蓮田のこの志向は、やがて、小説という近代をいかに超克するか、という主題につながっていく。）

もう一つ、蓮田の強烈な自我意識が日本の「神」と共存する記述を日記から引いておく。これはこの年の年末、十二月二十二日、応召後の内務班勤務中に記されたものだ。

> 自分は自分の天才を今日迄塵と同じうすることに従つてきた。そのために自分は耐へた。しかしもうその忍耐が却つて悪徳でしかないことに気づいた。自分の理想精神と日本の理想精神とが一致した。自分の精神が公共に認められるべきことが今こそ明かになつた。自分は自主的に主導的にはたらいてよい。否、さうなければならぬ。それがありがたい祖国への報恩でもあることが自分に命ぜられる。自分は天才である。自分は日本の理想を等しうする。（傍点井口）

「日本の理想を語る者隊内に未だ一名もない」（十二月十七日）という憤懣と結んで読むべき記事だろう。「天才」を自任する蓮田にとって、軍隊もまた俗人たちが横行する「平坦地」にすぎなかったのである。かつて自意識の孤高の高みから下山した彼は世人にまじって「自己滅却」に努めた。しかしいま、彼はもうそういう自己喪失に至る自己卑下を自分に拒む。自分は「天才」であり、孤立したこの「天才」の方こそが真の「公共」につながり「日本の理想」につながり、つまりは日本の「神＝天皇」につながっている、という確信を獲得したからである。唾棄すべきは軍隊内にも横行する俗人どもであり、自分は「天才」の自主を貫けばよいのだ。

その日本の「神＝天皇」はいずれ自分に「死ね」と命じるだろう。死は究極の「無私」であり「自己滅却」

である。だが、それは世人の中での自己喪失とちがって、自己が「大いなるもの」と一体化することを意味する。つまり、究極の「無私」こそが究極の自己肥大化を可能にしてくれるのである。

「死ねよ」とは大いなる意志の我に生き及ぶ刹那の声なり。

昭和十四年三月十二日の日記である。この日、彼はいよいよ大陸への進発者名簿に自分の名が載っているのを知ったのだった。

蓮田善明の「遺言」

三月十二日の長文の日記には、「敏子よ」という妻への呼びかけにつづけて六項目の「遺言」が記されている。「私人」としての蓮田善明の人となりをよく示しているので、この機会に紹介しておく。

第一項。

○子供が生れたら「新夫《あらを》」（新生《ますらを》の意をふくむ）「新子《しんこ》」（新鮮な、生き〳〵した女性たれ、新奇に非ず）と各つけよ。

（傍点原文、以下同）

十月に誕生した三男は「新夫」と名づけられた。

第二項。

○迷信を信ずるな。生前の俺が笑つてゐたやうな迷信がおまへをとり廻くからひつかゝるな

第三項。

○俺を信じて神とせよ（死に往かんとしてかういふことも言ふなり）それは単に俺におまへをつないでお

かうといふ不安にびくびくした遺言ではない。俺は不完全だ。けれど俺を通じて開かれつゝあつた大いなる道――おまへに分り易くいへば『忠君』といつてもいい――を信ぜよといふにひとしい。

いきなりの「俺を信じて神とせよ」は、「自ら神となる」という先の伝統認識との連想で、「自己崇拝」の極みかと見えるまで立ち上がってくる。だが、遺書の文脈では、「俺がこれまでおまえに教えてきたことを信じて俺を神として祀れ」の意であろう。それならこれは、おおまかには近代の靖国思想と共通する「公共」化された「英霊」思想である。にもかかわらず、この切り出し方には、たしかに、そういう公定思想を超えて立ち上がってくる力がある。

「迷信を信ずるな」という第二項、「因循なる宗教道徳」という第四項と結んで推測すれば、「仏」ではなく「神」とせよ、との強い意志がこめられているのだろう。蓮田の実家は浄土真宗の末寺だったのだ。おそらくは周囲の仏教的習俗の中で生きるしかない妻を慮ってのことだろう。葬送を神式で行えとまで指示しているわけではないが、蓮田には習俗と一線を画した独自の宗教観があったと思われる。

第四項。

○俺はそれ故唯因循なる宗教道徳によるところの、お前の未亡人的な髪をきつたりするかと思ふと又、暇に任せて用ありげに世間的社交に世話焼き廻ることをお前が断じてやらないやう希望する。愛国婦人会なんかの町の幹事にまつり上げられたりして歩き廻るより、子どもをつれて自然の中に行け。その黙々の方がどれほどお前にとつても社会にとつても大切なことかもしれぬ。

第五項。

○花を植ゑ、花を愛し、花を分けよ。

満洲事変以後に活動を活発化した愛国婦人会は、皮肉なことに、日本の女性の初めての大規模な社会参加を実現したが、蓮田はそれを好まない。おそらくそれが女性の「男性化」にすぎないと見ていたからだろう。銃後の「たをやめ」の為すべきことは他にある、と「ますらを」蓮田善明は思うのだ。遺書六項目の後には「夜記」として「今日又切実にますらをと手弱女とのきびしい分けを知る」とも書いている。

第六項。

○思ひ出したからつけ加へておく。おれの墓石は小さくてたゞ「蓮田善明墓」と書け。お前の筆がい、。下手でも俺の名を書くに最もおまへの字がふさはしい。善明の横に敏子と名を並べておけ。それがお前の署名であり、碑文であり、わたし二人の墓になるのだ。他に何も書かなくてもよい。石は島崎石

ことさら戒名を拒むとまでは書いていない。だが、この指示は、たとえば遺言で菩提寺の墓とは別に墓所を指定し、墓碑図解に「本居宣長奥津城」と自署し、裏にも脇にも何も書くな、と指示した本居宣長を思い出させる。また、蓮田が敬愛していた森鷗外の遺言「森林太郎墓ノ外一字モホル可ラズ」を思い出させる。もちろん、宣長も鷗外も妻の名前を並び書かせはしなかった。対して、蓮田はこう書き添えた。「死はおまへと私を離すのではない。かへつておまへと私とを永遠に結ぶのだ。」

自分の墓については、戦地でもう一度書いている。

「私の墓」

私は、全く別なところに葬つてもらひたい。私の若い高い、私の中にあるすぐれた魂は、私が三十六歳にして戦地へ出立して後までも、世にも稀な家族苦をもつて苛まれたゝめに、私ははやくも老ひ《ママ》、低く、鈍くなつてゐる。しかし私は、再びあの愚劣な苦悩の中に戻りたくないばかりでなく、私はきびしく拒絶し（この気力も私には欠けがちだ）、純粋な美しく高い精神の家系を立てるために、私は父母の傍からさ

へ離れて（！）葬られなければならない。（以下略）（昭和十四年八月六日）

蓮田が「世にも稀なる家族苦」「あの愚劣な苦悩」とまでいう生家の事情は父親・慈善の気性の激しさが原因だったらしいが、詳細は小高根二郎の評伝を読んでもわからない。だが、詮索するに及ぶまい。ともかく蓮田は、妻とともに独立して営む家庭において、しかも自らの死後の遺志として、「純粋な美しく高い精神の家系」を創始しようとしている。このとき、「永遠」を契る蓮田の夫婦愛も、たんに近代的な（あえていえばキリスト教的な）結婚観にとどまるまい。蓮田善明は自ら（または妻とともに二柱の）「神」となって、新たな「家系」の始祖神たらんと欲しているのだ。

「人間」を超えるもの

ところで、蓮田の全集は「『人間肯定』の否定」という長文のエッセイを載せている。末尾に昭和十四年六月二十日という日付が記されているから、六月十七日に晏家大山の山上監視勤務を終えて下山した三日後、あの興奮の余熱の中で書かれた文章である。

私は第一章で、火野葦平と対比しつつ、教育者・蓮田善明の民衆に対する態度について次のように書いた。

教育者は民衆を愛護する。だがそれは、現にある民衆の「存在」をそのまま愛し肯定し保護することではない。蓮田の認識に即していえば、教育は、より高い理想に向かって現状を超え出ていくよう促し要求し指導することでなければならない。その意味において、教育とは、現にある「存在」の否定から始まる営みなのである。

しかし、蓮田に教育を主題にした文章があったわけではなく、実をいえば、「『人間肯定』の否定」で蓮田が述べていることを、出典を示さないまま、教育論風に書き換えてみたのだった。あらためてこの文章の趣旨をたどればおおむね以下のようになる。

　近代における人間肯定は「人間の全的肯定」だった。それは歴史的に意義ある理念だったが、「平凡な全人類」に基盤を置いた結果、人間の凡庸化と堕落をもたらした。現にあるがままの「存在」をそのまま肯定してしまったために、肉体的生命としての「存在」を超えた「宗教的他界の観念を喪ひ、道徳の権威に不信を唱へ、超人的なものや天才を白眼視し」（傍点井口）、より高きものになろうとする「生成」をないがしろにしてしまったのである。今やこの人間観の変革が求められている。真の「人間精神」というものは「存在的人間肯定を否定する精神である。否定することによつて人間を神と同じき光栄にまで高めることに於て人間を肯定するといへるのである。」「人間は、見えないもの、永遠なもの、普遍なものにつながつてゐるのである。このつながりによつて、始めて、人間が単なる存在的人間から、真に光栄ある人間的なものへ生成するのである。近代人の人間的な覚醒は、この、存在的人間が、永遠へつながることへの冒険にかゝつてゐる。」「人間が人間を超える」のだ。

「存在」に対して「生成」を主張し、「天才」どころか「超人」まで引き合いに出すこの文章の背後にも、ニーチェが透いて見える。しかし、ロマン派的な近代批判の衣裳を纏っているとはいえ、これだけなら、「ニイチエの弟子」を自称しつつ「人生の意義は人間が人間を超越するところに在る。人間が真正に人間になるにはその人間性を征服してしまはなければならない」と書いた阿部次郎の三太郎とほとんど選ぶところはない。「『人間肯定』の否定」というタイトルにもかかわらず、人間主義的であり倫理主義的なのだ。「超人」へのプロセスはあくまで「克己」による倫理的な自己変革のプロセスなのである。

しかし、蓮田のいう「『人間肯定』の否定」は、そんなに穏健かつ安全なものではなかった。戦地の蓮田はつねに死と対峙していたのだ。死の恐怖の克服は克己の最後の課題である。その意味で、この文章はやはり、「詩のための雑感」と併せ読むべきものだ。


「死ね」の声きく彼方こそ詩である。（「詩のための雑感」）


「詩」とは近代人が見失った「永遠なもの」のことにほかならない。死を恐れぬこと、いま・ここでの死を肯定できること、それこそ勇敢な兵士の条件であり、近代ヒューマニズムの「人間肯定」の究極の否定超克にほかなるまい。それはニーチェのいう「強者」の第一条件であり「超人」の必要条件であり、しかも「運命愛」にさえ裏打ちされている。だから蓮田は書く、「詩とは英雄のわざである」と。

そして私は付け加える。戦場で「死ね」の声きく時は「殺せ」の声きく時でもある。戦場こそは字義通り「善悪の彼岸」である。勇敢な兵士たちは「永劫回帰」など聞いたことがなくとも「七生報国」は知っている。戦場自体が、いわばニーチェ的なのだ。

もちろん、こんなアナロジーの列記は断章取義の濫用にすぎない。どんなアナロジーをつづけようと、それでもニーチェと蓮田には決定的な違いがある。くりかえすが、ニーチェは「神」を殺したが蓮田は「大いなるもの」を信じているからだ。日本の兵隊は、自己否定、自己超出の極みで死へと跳躍するとき、「超人」になるのではなく、「神＝英霊」となって、「大いなるもの」に嘉せられるのである。蓮田の信念は強力だが、その一切はこの「大いなるもの」への信によって支えられている。

蓮田の倨傲な自己意識のモデルがニーチェ、というよりツァラトゥストラだったことを私は疑わない。晏家大山の山上から「文化」を知らぬ眼下の「夷狄」どもを見下ろすとき、その像としての地形が、親炙したツァラトゥストラをよみがえらせなかったはずはないのだ。蓮田の国粋主義も聖戦イデオロギーも、思想としては「公定」のものだが、しかしそれをほかならぬこの倨傲な自己意識が選び取ったということを抜きにしては、あの激烈な最後の行為はありえなかったはずである。

第十一章　戦地（六）　詩と小説の弁または戦場のポスト・モダン

小説――自己告白と自己弁護

蓮田善明は昭和十四年九月に中尉に昇進したが、九月末には右腕に貫通銃創を負って野戦病院で一カ月ほど入院治療を受けた。

治療を終えて戦線に復帰したころだったろう、昭和十四年十一月、彼の二冊目の著書『鷗外の方法』が刊行された。一冊目は『現代語訳　古事記』（昭和九年十一月）だったので、初の評論集である。

収録されたのは「小説について――森鷗外の方法」「詩のための雑感」「本居宣長に於ける『おほやけ』の精神」の三篇。宣長論は雑誌「国文学試論」第五輯（昭和十三年六月）に発表済みのものだったが、鷗外を論じた長篇「小説について」と断章風に書きつづった短篇「詩のための雑感」は、両者一対で内務班勤務中に執筆された。

宣長論は、第二章で紹介したとおり、宣長に近世ルネッサンスの精髄を見る近代的な自由主義史観に立つ論文である。それが、応召後の内務班で書かれた「『死ね』の声きく彼方こそ詩である」「我々は『詩と真実』と言はない。『詩』とのみ言ふ」（「詩のための雑感」）といった断固たる決意表明と並んで一冊に収録されていたのである。蓮田は、客観的研究者の立場から「死＝詩」に向けての主体的実践者の立場へと、近代史観を捨て、学術用語を捨て、文体を変えて、一挙に跳躍したのだ。応召が蓮田の決定的な「転向」だったことがよくわかる一冊だ。

蓮田は応召前から「文藝文化」に『伊勢物語』論、大伴家持論、大津皇子論、志貴皇子論、と古典詩人論を書き継いでいたが、その一方で、応召後の内務班では、近現代を対象にして、詩と小説とのけじめを思いめぐらしていたのである。死を決した蓮田にとって、詩と小説との弁別は、とりもなおさず、死生の弁別にほかならなかったからである。こんな詩論、こんな小説論を書いたのは蓮田善明だけだ。

「小説について」の第一章は「自己弁護」と題され、鷗外『ヰタ・セクスアリス』（明治四十二年）から次の一節を引用している。

僕はどんな芸術品でも、自己弁護で無いものは無いやうに思ふ。それは人生が自己弁護であるからである。あらゆる生物の生活が自己弁護であるからである。木の葉に止まつてゐる雨蛙は青くて、壁に止まつてゐるのは土色をしてゐる。草むらを出没する蜥蜴は背に緑の筋を持つてゐる。砂漠の砂に住んでゐるのは砂の色をしてゐる。Mimicry は自己弁護である。文章の自己弁護であるのも、同じ道理である。

鷗外が作中人物・金井湛《しづか》に皮肉めかして語らせたこの一節を、蓮田は彼自身の近代文学批判のモチーフで積極的に受け止めた。

蓮田の論理はこうだ。――ここには「鷗外の文芸観の原形質」がある。小説は本質的に「自己表現」ではなく「自己弁護」であるし、むしろそうあるべきなのだ。ただし、「自己弁護」はただの自己保身でも自己防衛でもなく、生物の Mimicry（擬態）のような自己粉飾や自己韜晦でもない。生物の擬態が敵に対する身構えであるように、「自己弁護」はなんらかの「敵」を想定し、「敵」に強いられて行う行為である。それゆえ、「自己表現」のような自由などないし、「防備の方法は自己流でなく公共的でなければならない」。「此の自己に向いて而も自己を公共的に語るべく強ひられるのが自己弁護である。此の方法が小説である。」――「敵」という概念、自由を否定しての「強ひられる」という受動性もしくは必然性・宿命性の強調、さらに「公共性」という倫理性は、蓮田が独自に付加した解釈である。

特異でわかりにくい小説観だが、鷗外の小説観の根底をたしかに踏まえているし、小説原論としても十分成り立つ。

そもそも、個々のエピソードを鷗外の「仮面の告白」として読まれることもある『ヰタ・セクスアリス』は、人間の「性欲的生活」ばかりを描く自然主義に疑念を抱く金井が、自らの幼年期から成人するまでの「性欲的生活」を赤裸につづり、はたしてそれを公表できるものか、つまり「公共化」できるかどうか実験してみるという設定で、書き上げた金井は公開不可と判断して篋底に秘した、という構成になっている。あきらかに自然主義的小説観への批判である。金井は鷗外の分身とみなしてよいのだが、金井が公表不可としたその性的自叙伝を作者である鷗外は小説という形で発表したという意味では、この批判は皮肉なアイロニーの両義性をまとっている。

また、蓮田の論の範囲を超えることになるが、鷗外が文章の問題を生物のMimicry（擬態）にたとえているのも、模倣を意味するMimicryを文章における現実模写に置き換えれば、アリストテレスが詩学の根本原理とした「ミメーシス」（模倣、再現）の問題、すなわち小説を小説たらしめる必須の特性としての描写の問題へと接続できるだろう。蓮田の自決の翌年（一九四六年）には、その「ミメーシス」概念を基軸に据えてホメーロスの叙事詩からヴァージニア・ウルフまでの三千年にわたる西洋文学史を論じたアウエルバッハの労作『ミメーシス』も刊行されることになる。

なおも文学原論に徹するならば、ルソーの『告白』を思い出してもよい。『告白』は、鷗外自身が早くに（明治二十四年）その一部を「懺悔記」と題して初めて日本語訳し、その小児性欲に関わる逸話が『ヰタ・セクスアリス』の金井の性的自叙伝執筆契機の一つにもなり、その数年前には島崎藤村の『破戒』の重要モチーフとなって日本自然主義そのものの誕生に貢献し、さらに日本自然主義が作家自身の生活を素材とした告白的小説（いわゆる私小説）へと傾斜していく際の推進力の一つともなった。その冒頭で、ルソーはこう書いていた。

一、わたしはかつて例のなかった、そして今後も模倣するものはないと思う、仕事をくわだてる。自分とおなじ人間仲間に、ひとりの人間をその自然のままの真実において見せてやりたい。そして、その人間というのは、わたしである。

三、最後の審判のラッパはいつでも鳴るがいい。わたしはこの書物を手にして最高の審判者の前に出て行こう。高らかにこう言うつもりだ――これがわたしのしたこと、わたしの考えたこと、わたしのありのままの姿です。（中略）永遠の存在よ、わたしのまわりに、数かぎりないわたしと同じ人間を集めてください。わたしの告白を彼らが聞くがいいのです。わたしの下劣さに腹をたて、わたしのみじめさに顔を赤くするなら、それもいい。彼らのひとりひとりが、またあなたの足下にきて、おのれの心を、わたしとおなじ率直さをもって開いてみせるがよろしい。そして、「わたしはこの男よりもいい人間だった」といえるものなら、一人でもいってもらいたいのです。（桑原武夫訳）

「告白」こそは究極の「自己表現」である。しかし、キリスト教の告解＝懺悔の伝統を踏まえたルソーの「告白＝自己表現」は、そのまま、「最後の審判」において裁かれる人間が神の前でおこなう自己証明であり、自己証明はそのまま罪びととしての人間の「自己弁護」なのである。このとき、被告たる人間は、まぎれもなく、「自己弁護」を強いられるのだ。それなら、裁き手である神を「敵」と呼んでもよいだろう。むろん、神という「敵」の前ではいかなる自己粉飾も自己美化も無効である。

そしてまた、『告白』を書き出版するルソーは、同じ「人間仲間」にも「告白」を差し出している。彼はユニークな「個人」だが、しかし、あらゆる人間が神の前で同じ赤裸な自己開示を強いられる以上、「今後も模倣するものはないと思う」といいながら、この前例のない「方法」が「公共化」されることも確信していたはずだ。事実、ルソーの後には模倣者が陸続と列をなした。ルソーはたしかに「告白」を「公共化」することに成功したのである。こうして、「個人」としての自覚に目ざめた「人間仲間」の、神という「敵」に対する公然たる連帯の時代が始まった。近代が始まり、小説の時代が始まったのだ。

もちろん蓮田はルソーになど言及していない。鷗外にも蓮田にもルソーのような「最高の審判者」としての神はないし、彼らはむしろ、ルソーに始まる近代文学に異を立てようとしている。だから、鷗外に仮託して蓮田のいう「自己弁護」としての小説の「敵」は「神」ではない。「公共性」の問題は、「性欲的生活」の記録を公表してよいか、と金井が問うたような意味で社会的なモラルに関わるが、しかし、蓮田のいう「敵」は世間や社会を意味するのでもない。

蓮田はいう。

自己を「表現」しただけでは何らその「自己」は生活でなく、又その「表現」は芸術ではない。生活と言ふ時、それは自己を公化した生活、己を生かした生活を言ふのであつて、そのために恣意的な自然主義的な自己は冷酷に制せられ馴らされなければならない。（中略）これは決して単純にも「自己表現」などで

なく、却つて自己を否定して自己を峻烈な防護に任ぜしめるのである。（傍点原文）

自己否定と峻烈な自己防護――いかにも蓮田的なリゴリズムだ。「敵」はこのリゴリズムの相関項である。つまり、蓮田のリゴリスティックな思考が「敵」を要請するのだ。

詩――モラルの彼方へ誘うもの

では、「自己弁護」たる小説にとっての「敵」とはなにか。結論は第一章末尾にあらかじめ書かれている。

「此の『敵』は詩である。詩に対する自己弁護が小説である。」

以下、「小説について」は、この先取りされた結論を証明すべく、小説『青年』の分析に転じる。

『青年』は鷗外明治四十四年の作。上京した文学志望の青年・小泉純一が何人かの人物との交渉を経て成長していく過程を描いたいわゆる「教養小説《ビルドウングス・ロマン》」仕立ての作品である。純一は、まず都会の享楽に沈湎している同郷の友人・瀬戸のデカダンスから離れ、自然主義の人気作家・大石の文学観に疑念を抱き、医学生で文学や哲学への造詣も深い大村の議論に裨益され、誘惑的な若い未亡人・坂井夫人との愛情のない肉欲を経験し、最後に、漠たる「空虚」を感じながらも「この寂しさの中から作品が生まれないにも限らない」と思うにいたる、というのが小説の大まかな進行だ。

その純一が下宿でフランスの雑誌を手に取る場面がある。開けたページには「アルプスの画家」として知られるセガンティーニの死の場面が描かれている。

冰山を隣に持つた小屋のやうな田舎屋である。ろくな暖炉も無い。そこで画家は死に瀕してゐる。体のうちの臓器はもう運転を停《とど》めようとしてゐるのに、画家は窓を開けさせて、氷の山の嶺に棚引く雲を眺めてゐる。——純一は巻を掩うて考へた。芸術はかうしたものであらう。自分の画がくべきアルプの山は現社会である。国にゐたとき夢みてゐた大都会の渦巻は今自分を漂はせてゐるのである。（中略）セガンチニが一度も窓を開けず、戸の外へ出なかつたら、どうだらう。さうしたら、山の上に住まつてゐる甲斐はあるまい。（森鷗外『青年』）

この一節について、たしかに「芸術とはかうしたもの」だが、しかし純一の感想はまちがっている、と蓮田は述べる。

我々読者がこれに感ずる「芸術」とは、「生」の彼方に、死の彼方に初めて浮ぶ種類の芸術である。（中略）セガンチニの瀕死の眼に映ずる氷山の嶺の雲は、セガンチニが今迄「窓を開け」「戸の外へ」出て写さうとした題材としての風景でなく、さうした作為を超えて、今映ずる栄光そのものである。これは「小説」と言ふよりも「詩」と言ひたい。この風景は、生の終る所に初めて現はれるものであり、東洋人は高い意味で「自然」とか「造化」とかとも言つた。

セガンティーニの「瀕死の眼に映ずる」アルプスは「窓を開け」れば肉眼に映じるような形而下の自然ではない、それは「生の彼方」「死の彼方」にあらわれる「詩」というものだ、それを小説の題材として「現社会」と同列に並べる純一はまだ小説と「詩」のけじめを知らない、と蓮田はいうのである。

その「詩」としての風景を「東洋人は高い意味で『自然』とか『造化』とかとも言つた」と書くとき、もしかすると、蓮田の念頭を、昭和二年、高等師範を卒業した彼が入隊して幹部候補生の訓練を受けていた最中に自殺した芥川龍之介の遺書の一節がよぎっていたかもしれない。

自然はかう云ふ僕にはいつもよりも一層美しい。（中略）自然の美しいのは僕の末期の目に映るからである。

（芥川龍之介「或旧友へ送る手記」）

しかし、むしろここにも伊東静雄の詩との類縁を読み取るべきだろう。伊東静雄は昭和六年末ごろにセガンティーニの画集を入手し、強い感動を受けていた。「わが死せむ美しき日のために／連嶺の夢想よ！　汝が白雪を／消さずあれ」と始まる代表作「曠野の歌」について、小高根二郎（『詩人　伊東静雄』）はセガンティーニの絵「帰郷」に詩想を得たのだろうといい、杉本秀太郎（『伊東静雄』）は「帰郷」ではなく「アルプスの春」ではないかという。いずれにせよ、「コギト」昭和十年四月号に発表されたこの詩を媒介に、後に伊東がセガンティーニについて熱っぽく語るのを蓮田が聞いたということは大いにあり得る。そのとき、蓮田の胸中でも、アルプスの連嶺の白雪は「わが死せむ美しき日」の夢想と化したのである。

蓮田は詩と小説とを生の此岸と彼岸とに振り分けている。詩は彼岸への夢想であり、詩の言葉は言語を絶した彼岸の消息を言語によってとらえようとする背理で引き絞られる。一方、小説はあくまで此岸に踏みとどまって、現実と自我とを探究し、生き方を模索する。つまり小説は此岸のモラルを探究するが、詩はモラルの彼方にある。死を覚悟していた蓮田にあっては、文学論はそのまま死生の論と直結していた。詩と小説はすなわち死と生、詩と小説の弁はすなわち死生の弁にほかならないのである。

だが、この「詩＝死」の夢想が「『死ね』の声きく彼方こそ詩である」（「詩のための雑感」）という一行に定式化されるためには、もう一つの論理が加わらなければならない。死一般ではなく、死への、また「死の彼方」への、跳躍の仕方、つまりは死の思想と死に方が問われるからだ。生の思想と生き方がモラルなら死の思想と死に方もモラルである。

なるほど蓮田はこう書いていた。

詩人は敢てモラルを言はない。小説は花や月や言葉の代りにモラルを言ふのである。ここに皮膜の差がある。（「詩についての雑感」）

だが、蓮田が「敢て」といい、「皮膜の差」といっていることに注意しなければならない。それは暗に、詩もまたモラルを含み、詩と小説はモラルにおいてほとんど重なるが「皮膜の差」によって決定的に別れるのだ、ということを示している。

たとえば、『青年』の純一は坂井夫人の蠱惑的な「謎の目」に強く惹かれると同時に彼女に「敵」を感じるが、肉体関係を持った後ではその「謎」から解放される。なぜか。恋愛未経験な純一は、最初、坂井夫人に陶然たる美やエロスの誘惑を感じて惹かれたが、それは彼自身の内なる超越欲望の投影にすぎず、肉体によっては満たされないことを知ったから純一の熱は冷め、冷めることで内面に封じられたのだ、と蓮田は読む。

坂井夫人はたんに不道徳性によって純一の「敵」なのではない。美やエロスは生の昂揚であって死の反対物だが、その激しい昂揚において「生活」のモラルを踏み越え、彼方へ、破滅へも死へもいざなうのである。その意味で、清浄と耽美と、印象はまるで異なるが、坂井夫人の「謎の目」はセガンティーニのアルプスと重なる。つまり純一は「詩」としての彼女に魅惑されつつ「敵」を直感していたのである。だから、その「詩」への超越欲望を否定して内部に封じ込めたとき、「空虚」を感じながらも、彼は初めて小説執筆の機をつかんだのである。

「詩」は彼岸へと誘惑する。小説の「敵」としての「詩」には、ルソーのような裁く神はいないかもしれないが、誘惑する神はいる。破滅をも厭わぬほどの陶酔をもたらすその神をニーチェに倣ってディオニュソスと呼ぶなら、小説とは、生の深奥で蠢きやまぬディオニュソス的な欲望をアポロン的な明智によって否定し制しようとするリゴリスティックな営みのことにほかなるまい。いつも先に動くのはディオニュソス的なものであり、その蠢きに反応して、つまりは強いられて、アポロン的なものは遅れて発動し、あくまで此岸に踏みとどまることの「自己弁護」を強いられるのだ。

まさしく小説は「決して単純にも『自己表現』などでなく、却つて自己を否定して自己を峻烈な防護に任ぜしめるのである」。そして、生の自己防護は他者とともに営む公共化された「生活」の防護にほかならない。こうして、小説（＝散文）と「詩」とは決定的に対立する。――蓮田のいうのはそういうことだ。

利他的個人主義、あるいは死への「いそぎ」

一方、純一は大村との対話を通じて自然主義熱を冷まされ、新たな人間観・新たな文学観に到達することになる。大村の議論を要約すれば、以下のようになる。

自然主義が執着するのは利己的な自己にすぎず、行き着く果ては「人を滅ぼし、自己を滅ぼす無政府主義」しかない。「個」を「公」につなぐモラルが必要だ。そのためには「利他的個人主義」でなければならない。「利他的個人主義」はあくまで個人主義だから、「我と言ふ城廓を堅く守つて、一歩も仮借しないでゐて、人生のあらゆる事物を領略する。」しかし、「利他的」だから、「君には忠義を尽す」「親には孝行を尽す」。けれども近代以前の奴隷としてそうするのでなく自分の主体性においてそうするのだ。「忠義も孝行も、我の領略し得た人生の価値に過ぎない」のである。では、「我」というものを捨てられるか、犠牲にできるか。「それも慥《たしか》に出来る。恋愛生活の最大の肯定が情死になるやうに、忠義生活の最大の肯定が戦死にもなる。生が万有を領略してしまへば、個人は死ぬる。個人主義が万有主義になる。」（傍点原文）そのとき、「小我」としての個人は死んで「万有」と一体化した「大我」として永遠に生きるのだ。

あくまで作中人物たる大村の見解だが、大村は純一に対する教育者的役割なので、蓮田は作者・鷗外自身の見解とみなす。ここからは蓮田の論理は一直線である。

> 自己弁護とは、結局、彼の所謂万有主義的個人主義の方法そのものに他ならなかつた。（中略）個を死ないしめて而も飽くまで個を最大に肯定するところに、忠義、孝行、恋愛などを見出したモラルは、鷗外によれば、今新たに、芸術によつて再生せしめられたモラルであつた。（傍点原文）

此岸の「生き方」としてのモラル探究の結論が「利他的個人主義」もしくは「万有主義的個人主義」なら、それは彼岸への跳躍としての「死に方」をも規定する。このとき、詩と小説とはモラルにおいてほとんど一致する。ただ小説はあくまで此岸にとどまって人間の「生き方」を探究し、詩は「生の彼方」「死の彼方」の永遠へと憧れるのだ。両者の違いは「皮膜の差」にすぎない。

当然、蓮田はこう記す。

> 戦死――われわれは芸術を見なければならない。戦死が詩であることを、はつきり知らなければなら

ない。

小説という入り口から入って論理と分析による長い迂路をたどった蓮田は、とうとう「『死ね』の声きく彼方こそ詩である」(「詩のための雑感」)という断案と同じ地点にまでたどり着いたのである。「戦死」こそは個我を死なしめて「大いなるもの」に一体化する「利他的個人主義」「万有主義的個人主義」の極致にほかならないのだ、と。

このあたり、蓮田のペンは急いでいる。伊東静雄の第三詩集は『春のいそぎ』(昭和十八年九月)と題されることになるが、「いそぎ」という日本語には何事かに向けての準備、支度という古義がある。その古義も含めて蓮田は「いそいで」いる。仕方ない。彼はまもなく大陸の戦線へと進発するのだ。蓮田の書くものはすべて「死へのいそぎ」である。

その「いそぎ」ぶりは断章を連ねた「詩のための雑感」の方に顕著だが、そこにこんな一節がある。

○日本は小説の国ではない。詩歌の国である。小説に月や花が入り易い。これは啻に両者の混惑を招くのみならず夫々堕落に陥る。月花を言へば詩と心得、又小説が風流めく。詩が安つぽく作られ、小説が大成しない。小説の世界を区画して之を守らうとしたのは鷗外であつたやうに思ふ。「青年」を見よ。小説は日本人には肌寒い。それ故鷗外は何かつめたく手硬い。漱石は小説に小説を見ず、日本の風流を見た故、人気は得易かつたが黴《かび》くさい。

鷗外論としても、また日本文学論としても文化論としても、きわめて鋭い直覚だ。ここに走り書き風に書き留めた直覚を、蓮田は後に戦地でつづった「小説の所在」で文化論的に展開している。「小説の所在」の末尾には「二千六百年一月―二月」と記されている。神武紀元二千六百年は昭和十五年だから、「小説について」や「詩についての雑感」からほぼ一年後、晏家大山のノートからほぼ半年後の文章である。

小説の不可能性、あるいは物語という「近代の超克《ポスト・モダン》」

「小説の所在」で蓮田の述べるところを早口に整理するとこんなふうになる。

小説は「最も地上的な文学」であり、「決して人間や人生を超越しまいとする方法」である。しかし、小説は西欧のものである。日本人にはとても本格小説など書けそうもない。たとえば日本人は素材を寄せ集めたり構成したりする前に「素材に対して余りに早く文学を感じてしまふ」。和歌や俳句はいうまでもない、「私小説」や「心境小説」を見よ。日本人は日常の些末な事物に即座に感じて「文学する」能力には長けているが、観察したり総合したり構成したりする厳密な技術と持続力が欠けているのだ。平安朝の日記文学や歴史物語のように、私生活を書いても歴史を書いても、記録にならず物語になってしまうのが日本文学の伝統だ。西欧の精神は執拗に地上を「探究」するが日本の精神はたちまち天上的なものに「開眼」するのだ。「一木一草の上に、人生の上に天上の心を見てとつてしまふ心」を「風流」と呼ぶ。「風流」が支配する世界では詩と小説は敵対できないまま中途半端に野合して両方とも「堕落」する。

戦地の蓮田は身辺にほとんど資料もないまま書いているのだが、その分、日頃考えていた文化論を自在に展開しているようだ。早口の整理をつづける。

日本で小説（＝散文）が不可能なのは、詩と十分に分離せず、自らの領域を確定できなかったからである。無理に分離しようとすれば「つめたく手硬い」鷗外のようになる。そもそも、日本では形而上（天上）が形而下（地上）と分離しなかったのである。「西欧の知性は、もと〳〵彼《か》の、その智慧の故に天上の楽園を追はれた地上の人間のものであつた。」それゆえ神に罰せられた西欧の知性は神の意図を推測するために地上を「探究」するしかなかった。だが、日本では神々は人間を罰することなく逆に「地上へ天降《あも》りつく」。日本語の「しる」は西欧的な知識推究ではなく、「治《し》る」、すなわち神々の地上経営と一体化した知であった。「地上は神の経営そのままである。探究を要しない。犠牲を要しない。神に即いて開眼しさへすればよい」のだ。罰せられたことのない日本人は西欧の苦悩を知らない「楽天家」である。「『私小説』的な『己』とバルザック的な『己』とは（中略）全然別な二つの『己』であることに気づかねばならない。」

それでも明治以後の近代化された意識と生活を描く形式として小説はふさわしく思われたのだが、根本の相違はいかんともしがたい。ほんとうは「維新」は「復古新生」だったのに、知識人文学者たちは偽りの「新生」のみ謳歌して「復古」を忘れていたのだ。だが、この「事変」勃発を機に、いまや国民の意識と生活そのものが真の「維新」を遂げつつある。それを描く文学も「維新」を実践すべきときだ。

こうして蓮田の小説不可能論は「維新」すなわち「近代の超克」という同時代の思想的主題系に連なっていく。蓮田が提唱するのは小説という近代の超克、「物語」の復権である。

「物語」とは、「小説」的な探究的精神からぎりぎりに究追し情熱する散文精神のものでなく、形而上的方法である。「構成」するのでなく「あやなす」のである。「狂言綺語」とそれは言はれたのである。これも亦た一つの虚構である。

蓮田は折口信夫の説などを援用してつづける。――「もの」とは人間ならざる霊異である。その「かたり」

は一種の騙り《かた》（詐術）でもあって、人間が「話す」のでなく、「もの」が人間の魂に触れ、「非主観の世界へ招き感染させてそこに遊ばせる」のである。「物語の散文は探究する散文でなく、現世を夙《はや》くもしり、支配する精神（作者でさへない）が、秩序し、理想化して、綺《あや》なして、くりひろげた図式的なものである。実証的散文でなく正に狂言綺語である。」（傍点原文）物語こそ「真に人間的、現実的（神と理想とを自らにもつた）な文学」である。

蓮田における「近代の超克」はまさしく「ポスト・モダン」なのだった。一九八〇年代以来のリアリズム小説の衰退、村上春樹が代表する物語（ファンタジー）の制覇を思い起こせばよい。蓮田流にいえば、「物語」は詩と小説の対立を、というより、日本における詩と小説とのあいまいな野合状態を、止揚するための唯一の形式なのである。

私は第十章で、台湾で書かれた蓮田のノート（昭和十三年三月二十一日）から次の文章を引用しておいた。

自ら神となつて文学を新しくする伝統を日本にみる。

原初的に語部たち。己を神と信ずるまでになりきつた大いなる神の構想を伝承した語部たち。

もしかすると、蓮田はこの時すでに、近代小説を超克する方途として「物語」というものを構想していたのかもしれない。二年前の台湾では断片的な着想としてしか語れなかった思考を、いま戦地で自由に展開しているのかもしれない。

蓮田はさらにつづける。

民俗学が明らかにしたとおり、物語の伝統は脈々と民の心に生きているし、また民の風流は宮廷のみやびと直結している。この戦争をいかに描くかが文壇では議論になっているらしいが、兵隊は死に際して、「一言の声もなく殪れつつ、感動してゐる。『万歳』と叫ぶのである。『天皇陛下』にかけて『万歳』と叫ぶのである」。国民は「復古新生」した。「文学者自身『国民』である自覚、『国民』の心になりきれ！」、「この『国民』の心が定まれば、文学自体の転生も直ちに分る。又日本のすぐれた古典がすべて『国民』の心に導かれてゐることも容易に知られる。」「文学を国民に帰せ。それは国民の伝統に復古し新生する」だろう。——文学を語りながらこうまで声高に呼号せずにおれないのが、蓮田善明の「死へのいそぎ」というものだ。

ところで、「小説の所在」を書いた三カ月後の昭和十五年四月十六日、蓮田は今は廃砦となっている晏家大山を再訪した。その日の文章を全集は「無題」として収録している。

今日みんなと旧陣地の壕などを埋めに行つた。（中略）さて自分は昨年の秋以来はじめて行つてみると、度々の戦闘（その最後は所謂冬季攻勢の時だつた）で斃れた敵屍が壕の中に骨になつてくづ折れてゐる。もう真白くきれいになつて、匂ひもしない頭蓋骨などもある。屍体は大分片附けたが片附け残されてゐたのである。これももう誰のやら分らない。そのまま上から土や石をもつて壕に埋めておくことにした。これが彼らの最もふさはしい墓地かもしれない。自分も実はこの山この陣地には去年数ヶ月間の全くなつかしい思ひ出があり、山が気に入つて死ぬならここでと思つて、詩にも自分の詩神を献じてゐた山でもあり、今でもその心が失《う》せてもゐない位なので、ここに戦死してゐる支那兵に一寸羨ましい気が起らないでもなかつた。そんなことといふとへんだけれど、ほんとうの心持である。

しかしその骨の上に石や土をかけながら何かあはれを催した。置きすてられてゐる死体——収容させてくれと言つてくれれば、さうしてやりたいとさへ思ふなどいつてもそんなこと支那軍は信用もしまいけれど、もうこんなに、どこまで戦つても死体を打すてて恐らくは誰が戦死したかもそのままになつてしまふであらうやうな戦争はやめるといふことが正しい──こんな正しさこそ誰一人動かすことの出来ぬ人道ではあるまいか。自分は俗劣な私情をかばふために人道を言ふ類に対しては人道などといふことをさへ排斥するけれども、こんな昭々明々たる人道を踏みにじるやうなことには無関心ではゐられない。悲しまずにはゐられない。

（中略）頭蓋骨などは普通生きてゐる時の肉のついた顔の感じからするとへんに小さくて、而も頭蓋の部分がつるつるとまるくきれいで、きちやうめんに数枚の骨板で組合されてゐるのなどいかにも人間といふものの正直さを露してみせるやうで殆ど　不快な感じなど残らず、ああこれだけで、──これだけの正直さで、人間は生きてゐた、とあはれに人間をいたはる気持ちであつた。（傍点原文）

こういうしんみりした口調は公表された蓮田の「公」の文章にはないものだ。「征戦＝聖戦」の理想に身を投じ、公にはあくまで理念を語りつづけた蓮田である。「死＝詩」のヴィジョンを語るとき彼の観念は白熱し文章は昂揚してやまない。「善悪の彼岸」としての戦場の非倫理さえも、詩「戦と笑」（第九章参照）では、神武東征伝説に重ねて、敵を皆殺しにした「皇軍」の大哄笑を謳い上げたりもした彼だった。だが、「戦死」の現実は、それが敵兵の骸であっても、彼の心をかくも傷ましめたのである。蓮田善明の「公」と「私」とはひそかな分裂を孕むのだ。

この年十二月一日、蓮田は召集解除となり、年末の二十五日に植木町の妻子の下に帰着する。（その帰路、上海で総司令部付上海陸軍部に勤務する旧友・丸山学に会って戦場でのノート類に公印を捺してもらって検閲をまぬがれた。）

そして、蓮田は小説を書き始める。『有心』と題されたその小説は、「今ものがたり」と副題されているにもかかわらず、しかし、けっして「物語」ではなく、作者とほぼ等身大の戦地帰りの人物が帰還後の日常を精細に語るリアリズムの「小説」だった。

第十二章　文学（三）　表象の危機から小説『有心』へ

近代の超克――小林秀雄と保田與重郎の文学史論

蓮田善明がまだ熊本の兵舎にいたころ、保田與重郎が「文明開化の論理の終焉について」（「コギト」昭和十四年一月号）という文章を発表していた。

保田はそこで、日本近代文学の総体を「植民地文学」と規定し、「日本の植民地文学的性質は、大正末期に完成された」が、その大正文学を亡ぼしたマルクス主義文学は「日本の文明開化の最後段階」であり、さらにその後に出現した日本浪曼派は近代の「没落」を先取りした「意識過剰の文学運動」として「この段階の結論であり、それは次の曙への夜の橋であつた」、つまり文学新生のための先駆けであった、と述べていた。保田が過去形で語っているのは雑誌「日本浪曼派」がすでに昭和十三年に消滅していたからだが、それでもこれは、文学史的な図式を借りた旧世代への終末宣告であり新世代のへゲモニー奪取宣言である。

保田の論はマニフェストのためにする走り書き風の見取り図にすぎないが、文学史論の構図としては、四年ほど前の小林秀雄の「私小説論」（昭和十年）と大まかに対応している。小林の「私小説論」も、大正期に完成した「私小説」を近代と封建的前近代とのあいまいな妥協野合の産物、つまりは保田のいう「植民地文学」の完成とみなし、近代実証主義の「最後段階」ともいうべきマルクス主義がその「私小説」を滅ぼしたことを指摘し、その「没落」からの文学の新生の方向を予言するという、こちらは本格的な、文学史論だったからである。

しかし、自意識という厄介な病から出発した小林には、文学を根底で支えるのは万人が生存意識の基底に抱え込んでいるこの「私」という謎だ、という自覚があった。実証科学や政治権力がいかに個人をたたきのめしても、たたきのめされた自分を見つめ、自問し自答しつづける自意識のつぶやきは生き延びるのだ。

小林の文脈を離れて引いておくが、たとえば一兵卒として大陸に渡っていた武田泰淳は、戦地から送った手紙に、「火野氏〔火野葦平〕などの戦線文学は兵の血を沸かします。しかし文学なんてあんなものでないと思う。いくら兵士でも自己の根性はもっていて、自我がこの鉛の流れのような一年間のうちにも底に沈んだ水の藻のように生きているものです」(「戦地より」昭和十三年九月十六日付)と書いていた。自意識こそは戦場の兵隊にあっても死なない「私」の自由の最後の砦なのである。

だから、「私小説論」をルソーの『告白』の引用から始めた小林は、「自意識の実験室」に立て籠った『贋金造り』におけるアンドレ・ジイドのメタ・フィクショナルな「純粋小説」の試みに託して、たとえ「私小説」は滅びても、この「私」という謎が征服されない限り、「私小説は又新しい形で現れて来るだらう」と予言的に結んだのである。小林の思索には、容易に「超克」などできない近代というものの重みを引き受けた苦みがある。

「意識過剰の文学運動」と自称しながら、保田にはこの自意識の苦みがない。保田にいわせれば、自意識の文学など「内攻」するだけの「臆病」の文学にすぎない。満洲国建国と「事変」後の皇軍の進撃によって「日本の大衆は新しい皇国の現実を大陸にうちたて、一切の現実をそれに表現した」のだ。この新たな現実を描くためにはもう文明開化の論理では間に合わない。「日本の支配的『知性』はこの今日の日本の理念と現実をなほかつ文明開化の延長として見るのである。しかし文学の方ではもう明らかにその表現技術を失つたと告白してゐる。」なおも旧い論理にしがみつく論壇的知識人よりも、途方に暮れている文学者の方がよっぽど正直だということだ。

保田の議論は、広くとらえれば、この時期の表象システム全般の混乱と危機を踏まえている。表象とは現実を記号によって代理させることであり、記号を扱う生き物としての人間の文化活動の本質である。画布上に塗られた絵具も何かを表す表象であり、文学が言葉で描き出す世界も表象である。国民の意思を代議士に代行させる政治制度も、物の価値を貨幣で表現する経済活動も、根幹を支えているのは表象のシステムだ。

日本では大正末期から昭和初年にかけて、表象のシステムの大規模な混乱と変動が生じていた。「普通選挙」は実施されたが国民の意思を代行できない政党政治への不信は深まり、相次ぐ金融恐慌、世界恐慌は資本主義経済システムへの信頼を失墜させた。美術や音楽の芸術分野でも、第一次世界大戦後に西欧で始まった古典的芸術秩序を打破する運動が日本に波及した。詩ではダダイズムやシュールレアリズムの試みが始まり、小説では一方で新感覚派が都市の新現実を描くための新奇な文体を華々しく掲げ、他方でマルクス主義文学が「階級的真実」を描き出すために叛旗を翻したのだった。

そうした社会のほぼ全領域に及ぶ表象制度の混乱変動を背景にして、スターリニズムもファシズムもナチズムも、さらに日本の天皇制軍国主義も翼賛体制も、国民を再統合するための強権的制度として出現したのである。自明視され理想視されてもいた「近代」という秩序はまさしく大きく揺らぎ出し、「近代の超克」は早急の、また性急な、課題となりつつあった。小林秀雄が近代文学史の整理をしてみせたのも、保田與重郎が「文明開化の論理の終焉」を宣告するのも、そういう大きな文脈に属している。

美文と芸能と物語——保田與重郎と蓮田善明

では、近代文学の表象技術に「終焉」を宣告した保田は、具体的などんな提言をもっていたか。「文明開化の論理の終焉について」の半年後に発表されて同じ単行本『文学の立場』に収められた「現代美文論」では次のように述べる。

思想や文芸学規範を放念して、おのづからにしておほらかな文章をかく必要がある。もはや神経衰弱と邪推を近代心理文学の方法と考へることは揚棄せねばならぬのである。さらに極言すれば「近代小説」を書かうとする心持など返上して、まづ斬新の「美文」をかくことを考へるべきである。「思想」をかくまへに一大芸能を表現すべきである。

言文一致体は、認識主体としての個人が、外に現実を、内に心理を、対象化しつつ観察し記述し分析し批判することを可能にしたのであって、そういうものとして近代文学を支える表象技術の根幹となったのだった。その言文一致体を否定して「美文」を書けというこの主張は、文学における「近代の超克」として最も過激な提言だろう。

言文一致体による描写は、外物であれ内心であれ、描写主体と対象との距離を前提にする。距離には疎隔や異和が介入する。つまり否定性が介入する。保田のいう「美文」は、何よりその否定性を「揚棄」するのだ。小林秀雄は日中戦争が始まったころ、ドストエフスキーに託して、「人間は先づ何を措いても精神的な存在であり、精神は先づ何を置いても、現に在るものを受け納れまいとする或る邪悪な傾向性だ」（『悪霊』について」〉と書いていたが、否定性の根が世界に対して異和の声を挙げるこの「精神」としての個我の意識であるならば、「美文」はたんに世界を肯定的に讃美するだけでなく、その個我の意識そのものを「揚棄」するのである。

だから保田は、文学ともいわず芸術ともいわず、「芸能」という。「芸能」には民衆的なものとの連帯が暗に想定されている。いま偉大なる「皇国の現実」を大陸に「うちたて」、行動によって「表現」しているのはほかならぬ大衆である。文学者は「芸能」を書くことで大衆との、また現実との、疎隔を解消すべきなのだ。そのとき否定性の根源であった文学者の個我への執着も「揚棄」され、「一君万民」的全体へと溶融するだろう。保田はもちろん、政治によって主導された「おのづから」ならざる国策文学や従軍作家たちの書くリアリズムと検閲の双方に気兼ねした「おほらか」ならざる戦線ルポなど、歯牙にもかけていないのである。「事変」前にはなお自意識による文学新生に期待をかけていた小林秀雄も、「事変」が終結を見失って長期化していた昭和十五年の秋には次のように書くにいたる。

自意識の過剰といふ事を言ふが、自意識といふものが、そもそも余計な勿体ぶつた一種の気分なのである。他の色々な気分と同様、可愛がればつけ上るし、ほつとけば勝手にのさばるのだ。自意識の過剰に苦しむといふ事は、憂鬱な気分に悩むといふ事と全く同じ様子をしてゐる。何かが頭のなかでのさばるのを、その儘放つて置く苦痛なのだ。太陽や水や友人や、要するに手ごたへのある抵抗に出会へない苦痛なのである。たゞ苦痛のさういふ明らかな原因には、気が付くか付かないか二つに一つだ。だんだん気が付くといふ様な事は決してない。夢がだんだん覚めるといふ事はない。

（「自己について」）

自分はもう自意識という迷妄を征服した、と小林は言うのだが、しかし、「だんだん気が付くといふ様な事は決してない。夢がだんだん覚めるといふ事はない」という反復は、なおも心奥で鎮まりやまぬざわめきを無理やり鎮めようとする呪文のようにも聞こえるだろう。小林秀雄における自意識の捻じ伏せは「おのづから」とも「おほらか」ともほど遠い倫理的決断の実行なのだ。

戦地の蓮田善明が「小説の所在」で小説という近代の表象技術に対して「物語」を提唱したのも、保田と同じ文脈に属している。実際、蓮田のいう「物語」は個我としての主体が語るのでなく「もの」が語る「非主観の世界」なのだし、文体は「実証的散文でなく正に狂言綺語」である。また、「物語」の伝統における民衆と宮廷との一致を述べ、さらに「事変」以後の国民の「復古新生」を強調して「文学を国民に帰せ」と声高に叫ぶとき、それはそのまま保田のいう「美文」「芸能」とぴったり重なる。

蓮田善明は保田與重郎のほとんどノンシャランな踊るような足どりの後をすこし遅れて生真面目にたどっているように見える。だが、この遅れはたんに蓮田が戦地にいただけのせいではない。歩き出す前に、自らの内部で決着をつけておかねばならぬ問題が蓮田にあったからである。

蓮田は、まず詩と小説とを厳密に区別する森鷗外論「小説の方法」を書かねばならず、「小説の所在」でも最初に日本における近代小説の不可能という苦い認識から語り出さなければならなかった。近代小説の不可能とは、とりもなおさず日本における近代の不可能ということである。この敗北の自覚にも似た認識の苦さは、蓮田にあって保田にない。

この違いは二人の資質の違いにもよろうが、二人の年齢の違いにもよるだろう。一九〇四年生れの蓮田は一九一〇年生れの保田よりも一九〇二年生れの小林秀雄に近く、小林と同じく大正期に精神形成した世代だったのである。「植民地文学」などという時流に便乗したかのような一語で片付けられない重い実質として近代文学は蓮田自身を形成していたのであって、近代文学の否定とは、小林秀雄の場合がそうだったように、何よりも自己否定を意味していたのだ。そういう苦しい自己否定は、「満洲事変がその世界観的純潔さを以て心ゆさぶつた対象は、我々の同時代の青年たちの一部だつた」(「『満州国皇帝旗に捧ぐる曲』について」)と言えた保田與重郎のまるで知らないものだった。蓮田善明の「近代の超克」は、小林秀雄と同じく、生真面目な倫理的決断を必要としたのである。それが保田に対する蓮田の「遅れ」の真因である。

小説『有心』へ——物語と小説のあいだで

さて、昭和十五年の年末に帰還した蓮田善明は、一カ月ほど植木町で妻子とともに過ごしたのち、ひとりで阿蘇山中腹の温泉宿に湯治に出かけた。小説『有心』はそのときの体験を素材にしたものである。『有心』は蓮田の死後五年近く経って、保田與重郎が主宰していた雑誌「祖国」の昭和二十五年五月号と六月号に分載された。占領下日本が「単独講和」か「全面講和」かでもめていたころである。四百字詰めに換算して百八十枚ほど。清水文雄は五月号の解題風の文章「『有心』について」で、「この小説の大半は湯の宿で書かれ、それから下山後も書きつがれたらしく、その後長い間未完のままで篋底に蔵められてゐたものに、南方に渡る間際に終章を書き添へたのである」と述べている。

帰還後の蓮田が最初に本格的に取り組んだのが古典論でなく小説だったことは注目に値する。

小説執筆への意欲は、エッセイ「『女流日記』に関する一問題」(「文藝文化」昭和十五年十月号)で吐露されていた。これは帰還前に戦地から送った最後の文章で、タイトルどおり清水文雄の著書『女流日記』に触発された小文なのだが、清水の著書はほんのかこつけみたいなもので、蓮田はほとんど自分が構想中の小説のことしか語っていない。

この頃、ふと見た夢から小説を書かうといふ気を起した。といつてもその夢が何も小説的なものでも何でもなかつた。美しい一瞬間の断片にすぎず、それが目がさめたら、その時期せずして、叙事詩か小説を書かうといふ気が起きて、暗い寝床でプロットを考へつゞけ、夜が明けた後紙に書きとめたりした。その後それは段々発展して、今殆どプロットも出来上りかけてゐる。そしてそれが発展して行き、又発展させて行くのは大へん愉しみになつてゐる。原稿に書き始めるのはまだ少し早いので、ペンを下すのは怺へてゐる。

「叙事詩か小説」と呼んでいるのは、まだ叙法が決定していなかったからだろうが、「叙事詩」という一語は「小説の所在」で小説という近代を超克する方向に「物語」を想定していたことと符合する。夢に着想を得たというのは蓮田が愛した『更級日記』の少女におとずれた夢告にも似てロマン派的インスピレーションの体現だし、「美しい一瞬間の断片」というのもロマン的だ。

蓮田の抱負と決意には並々ならぬものがあったようだ。「これはもし書かれたら、私を『小説家』に変へるであらうか」と自問し、「先はどうなるか分らないが、たとひこの一つでも立派に小説家と言はれるやうな仕事をしようと思ふ」と自答し、さらに、国文学者である自分がなぜ小説を書くかということについても、そもそも「文学が分らない」国文学者などあってはならない、だから「国文学者自らは立派な小説なり詩なり歌なり書きえなければならない」、「余技的でなく作家、詩人でなければならない」、とまで言うのである。

蓮田の念頭には、真淵や宣長が古典に味到するための必須の営みとして歌を詠んだ事実があったろう。国学においては「まなぶ」ことは「まねぶ」ことであり、彼らは「まねぶ」ことで創作の機微にまで立ち入って、古典を内側から体得しようとしたのである。

近代に成立した「国文学」はそうした国学の伝統を切断して、「実証」だの「客観性」だのという名目を掲げてアカデミズムの中に地歩を獲得した。しかし、実証科学を模倣したその「研究」は文学を外から死物として扱うものであって、その結果、「文学が分らない」国文学者が幅をきかせ、文学というものの意味を見失った論文ばかりが横行している。だが、読むという行為は作品への自己投入なしに不可能である。いや、読むだけではなお足りない。文学への自己投入の究極は自ら創作することである。――蓮田の言わんとするところを敷衍すればそういうことになるだろう。

実際、アカデミズムの中で制度化してしまった「研究」に飽き足らぬ、という思いは「文藝文化」同人に共有されていたのであって、「国文学」批判が「文藝文化」創刊の主要動機だったといってよい。だから彼らは自己疎外した「論文」形式でなく、敢えて自己投入した批評的スタイルで書き始めたのだし、主体的な自己投入によって見いだされた意味の世界を「文化」と呼び「伝統」と呼んだのだった。

池田勉、清水文雄、栗山理一の三人はまだ学究的だったが、蓮田はひとり先頭を走った。「死ぬことが今日の自分の文化だ」という大津皇子論の断言は、まさしく自己投入の極みにおける蓮田の「発見」だったのである。小林秀雄ならそれを「作者の宿命の主調低音」と呼んだだろうし、「批評の対象が己れであると他人であるとは一つの事であつて二つの事でない」(「様々なる意匠」)とも言い添えただろう。そして蓮田は、小林が「私小説論」で引いたフローベールの「マダム・ボヴァリイは私だ」に倣って、「大津皇子は私だ」とも言えただろう。その意味で、国文学者は同時に文学の実作者でもなければならない、という蓮田の主張は彼の信じる国文学者としての立場を突き詰めたものにほかならない。

加えて、蓮田には弱年のころからの短歌や俳句や詩の長い実作体験があり、十数年前には小説を書いたこともあったというし、古典だけでなく同時代の文学状況にもずっと目を配っていた。だから彼はありきたりの小説を書くつもりはなかった。

私の書かうといふ小説は、寧ろ小説として非常に孤独なものだ。この「孤独」は、実際私が原稿を書き始めたら今考へてゐる程度どころではなくなる孤独だと信じてゐる。

蓮田は何か野心的な実験を試みようとしていたようである。「小説として非常に孤独」とは、世に流布する小説とはまるで似ていない、世の理解を得られないかもしれない作品の「孤独」、光栄ある孤立というのと同義のはずだ。

帰還した彼が最初に小説執筆にとりかかったのは、この壮んな意気込みが継続していたことを示すだろう。しかし、実際に書かれた小説『有心』は夢に着想を得たプランとはまるで異なったもののように見える。彼は構想の内容を語っていないので推測でしか言えないことながら、『有心』は帰還後の日常をなぞった細密なリアリズム小説であって、「叙事詩」の叙法に適するような要素はまったくないし、「美しい一瞬間」を思わせるものもない。もちろん文体も保田のいう「おのづからにしておほらかな文章」などではまるでない。

現に小高根二郎など、評伝『蓮田善明とその死』の第二部第十三章で「『有心』の謎を解く鍵として重要な文章」として「『女流日記』に関する一問題」を紹介しておきながら、第三部第一章ではそのことを忘れたかのごとく、『有心』の記述をそのまま現実の蓮田自身の体験として語っている。『有心』には一人称の主語の現れることが極端に少ない（それは蓮田が意図的に採用した叙述法だったはずだ）のに、小高根の評伝では、「蓮田は」「蓮田が」と蓮田の行動や心事としてパラフレーズされてしまうのである。小高根のこの書き方は評伝叙述のための方便というにとどまらず、『蓮田善明全集』の長文の解説でも踏襲されているから、小高根は結局、『有心』を戦地での構想とは無関係な、帰国後の体験をそのまま記述した「私小説」とみなしているのである。

たしかに『有心』の「自分」は昨十二月に戦地から帰還したばかりの陸軍中尉であることも含めて、ほぼ現実の蓮田善明と等身大の設定であり、全集の年譜にも昭和十六年一月「二十九日より一週間阿蘇中腹の垂玉温泉山口旅館に静養のため滞在、小説『有心』を執筆」とある。何よりその詳細な風景描写や心理描写は実体験を踏まえずには不可能だと思われる。

だが、小説はたとえ実体験に即したものであっても、あくまで構成された体験の記述であって体験そのものではないのだし、いわゆる「私小説」にも様々なレベルで虚構が混在していることは常識である。加えて、副題に「今ものがたり」と記した蓮田に、「小説の所在」で述べた「物語」の意識が、すなわち虚構性の意識がまったくなかったとは思えない。したがって小説をそのまま評伝の資料に還元してしまう小高根の読み方はまちがっている。だが、小高根にそのように読ませるだけの性質が『有心』に備わっていることも確かである。蓮田は評論で高く掲げた理念を自ら実作で裏切っているのだ。

小説『有心』の事実と虚構の問題は、とりわけこの小説の末尾の解釈に関わって重要になるのだが、それは最後に考察することとする。(なお、『有心』はいま、全集および「祖国」以外に、新学社の近代浪漫派文庫第三五巻『蓮田善明/伊東静雄』にも収録されている。)

歩く男——戦後文学としての『有心』

「有心」という表題も「今ものがたり」という副題も古典研究者らしい命名だ。「有心」は中世歌学での用法も含めて種々な意味で使われるが、この場合、「あはれ」を知らぬ「無心」に対して「あはれ」を知る心、さまざまにもの思う心、ぐらいに解しておけばよいだろう。「今ものがたり」は「昔ものがたり」に対して現代の物語（出来事の叙述）であることを意味する。
小説『有心』はまず、歩く男の異常感覚から書き出される。

道は間違ひはない筈であつた。もちろん初めてではあつたが、大体の見当はついてゐたし、斯う行きさへすればきつと駅の前に出るにちがひない、現にその鉄道がガードになつてゐる下をくゞり、そのガードの直ぐのところから左に入つた広く造られた直線路は明かに鉄道に沿つてゐた筈だし、何の疑ひも要しないのであつた、が、その駅がすぐ現はれないと、もう何だかその駅に行き当らないやうな不安に襲はれて、歩きながら落ちつかない。

まもなく歩く男は無事に駅に着いて一安心するが、異常感覚はなおつづく。「すぐ事実と自分とが離れて、隙間風がその間に吹き込む」ようで、「ひよつとすると、とんでもないところに坐つてゐるのではないか、この中に斯うしてゐるまゝに此の駅がどこかへんな所に飛び移つてゐてしまつたり」するのではないかなどと、「莫迦《ばか》げた妄念」だとは承知しているものの、「現実と自分との二枚の像が一寸ずれてゐてぴつたりと密着しない感じ」「世間と自分とが何としても密着しないずれ」（傍点原文）が付きまとう。
世界とのずれは自分自身とのずれでもある。「今日もこゝまで来る道で、道行く人々と並んで自分も歩きながら、実は自分が何か二三歩先きを歩いてゐたり二三歩後を歩いてゐるかのやうなずれを感じて、はつと立止まつたり、急いで追ひつかうとしたりする衝動のやうなものに自分が衝き動かされてゐるのを覚えて、足の絡むやうな思ひがしたりしたのであつた。」（傍点原文）

歩く男の自己分裂にまで至る異常感覚の原因は、いうまでもなく、帰還兵の身心に刻まれた戦場体験と銃後の日常との齟齬である。現に彼は妻から「戦地から帰つてからお父さん何だか怖くつて」と何度か言われもしたのだという。

目的の駅で降りた彼は、この頃は道路が悪くて自動車では行けないと言われて、再び二里半ほどの距離を歩き始める。

しかしさうやつて歩いてゐるうちに靴の裏に又新しい感覚を段々意識し始めた。この泥濘が意外にさらりとしてゐることを感じた。初めこの間までゐた支那で、一寸でも水気を含んだ道が執拗なばかりに粘りついて足を取り、油断するとつるりと靴を滑らせてそれこそ顚倒させる到るところの泥道を習慣的に感じ起してゐたので、知らず〳〵その構へで足を下ろしたり上げたりしてゐたのであつた。しかしこの努力の過剰は却つて足自身に反撥して足を疲れさせてゐることを次第に気付かされてきた。それは多かれ少かれ阿蘇の火山灰土を含んだ肥後一帯の土質に普通のことで、故郷にあつた日に経験してゐたものであつた。それを思ひ出して、この土だつたのだと、ひとり微笑まされた。これはこの道を一層深く親しみを以て眺めさせ、微妙な足の安心は、歩みを落ちつかせた。さうして深く轍の音を刻み、泥濘《ぬかる》んでゐるこの道路に一種の生気と美しさを覚えるやうになつてきた。その泥濘は悩ませはしたが、ちよつとも意地悪くはなかつた。

微妙な感覚を幾度も反芻するような、あくまで内省的で分析的な文体である。この文体はやがて宿での思索の記述にも適用されるのだが、ともあれ、彼の足は「執拗なばかりに粘りつい」た中国大陸の土と異なる「さらりとして」「ちよつとも意地悪く」ない故郷の土との違いをはっきりと区別し、ようやく今自分のいる場所を確認できたようである。こうして歩く男の異常感覚は一応の決着を見る。とはいえ、彼は末尾でまたしても、宿から阿蘇の火口に向かって道なき山腹を跋渉登攀することになるだろう。

『有心』は第一に、歩く男が異常感覚から癒えていく小説なのだった。

私はここで、『有心』が初めて日の目を見た昭和二十五年に発表された別な小説から、歩く男の異常感覚の記述を短く引用しておきたい。大岡昇平の『武蔵野夫人』の一節である。

たまに何か真面目な考えに耽りながら道を歩いているとする。突然彼は今見つめる地面の一点を中心に、ぱっとビルマの緑の原野が展けるような気がする。砲声が轟き人が呻く。彼はその幻想が事実と化するのを見るのが怖ろしく、目を挙げることができない。そして結局彼が正気に返って、自分が日本の首都の一角にいるにすぎないとたしかめても、幻想が彼のあらゆる思考を中断したことには変りない。

この「彼」も復員兵である。ビルマの山野をひとり彷徨したあげく捕虜となった「彼」は、いま戦争の終った故郷の地を歩きながら、しょっちゅうフラッシュバックする熱帯の原野のまぼろしにおびやかされているのだ。この「彼」がはたして戦場体験の傷から真に癒えることができるか、というのが『武蔵野夫人』の主題の一つの柱である。

そして、私は強調しておくが、小説読者がこういう記述に出会うのは戦後になってからなのである。もちろん、日常との齟齬に苦しむ帰還兵の異常感覚を描いた小説など戦時下には発表困難だったからだが、それは検閲の問題であるとともに社会の期待の問題でもあった。読者が期待していたのは戦地の現実の報告であって帰還兵の内地での苦悩などではなかったのだ。しかも蓮田善明がそれを書いていたのである。彼は検閲のことなど考えてもいなかったはずだ。『有心』は蓮田をよく知る「文藝文化」同人たちさえ予想もできない小説だったにちがいない。

執筆から十年近く経てやっと発表されたものの、『有心』は蓮田に関心を抱く人々以外からはほとんど黙殺されてしまったようだ。（「祖国」は昭和二十五年十一月号で『有心』評を特集して保田ら五人のエッセイを載せたが。）しかし、作品自体の可能性としては、昭和二十五年の「同時代小説」として、つまり「戦後文学」の一つとして読まれてもよかった、そういう読み方に耐えうる実質を具えていた、とさえ私は思う。それほどにも『有心』は、国策文学や従軍ルポが氾濫する昭和十六年の作品として異色であり、孤立していた。すなわち、「小説として非常に孤独な」姿をしていた。そして、ひとり山の温泉宿の昼も薄暗い一間でこれを書いていた蓮田善明の姿もまた、ひどく「孤独」なのである。

第十三章　文学（四）　小説『有心』と『鴨長明』、または詩と隠遁

読みかつ思索する小説——湯治と隠遁、二つの「養生」

歩く足の小説として始まった『有心』は、第二に、読みかつ思索する小説である。

彼は阿蘇行きの電車に乗る前に立ち寄った本屋で、『平家物語』とリルケの『ロダン』の訳本と金剛巌の『能と能面』を購入した。このうち、『平家物語』は帰国の途次に上海で買って船中で読みつづけていた『方丈記』との関わりで購入したもので、作中で読まれることはない。代わりに『方丈記』に基づく感慨が回想される。それはこの温泉行の動機そのものに関わっている。

彼は前夜唐突に温泉行を妻に告げたのだった。表向きの理由は戦地で負傷した右腕や長期の陣地生活で悪化した腰の神経痛を治療するための「湯治」である。それはまんざら嘘ではない。だが、内心では「隠遁」の試みに近いものだったという。「自分は隠遁するのだと言へば足りた」のだが、「もつともらしく湯治《ゆたうぢ》に行つて来る、としかこの時代の言葉では言へなかつた」。この「隠遁」という観念を教えたのが『方丈記』だった。「湯治」なら銃後の日常に復帰するための身体の養生である。だが、「隠遁」は日常からの退避であり、日常の拒絶である。相反する二つの志向がないまぜに絡み合っているところに、帰還後の彼の精神の微妙な位相があった。

彼は歩きつつ思う。——戦地では「説明なしに生きることが出来た。一言もなしに死んでよかつたし、さういふ死方で死ぬことのみが今日ではほんたうの文化であると信じてゐた」。しかし、帰還後の内地を見れば、

すべての「技術」が「金《かね》」のために費やされている。「唯物論でも個人主義でもない、唯『金』だけが生活の前景にも後景にも中景にもあつて、人は『金』の中で呼吸して、技術といふやうなものも、『金』に媚びる技巧の一つにすぎなくなつてしまつてゐた。」

「技術」というのは、後述する「形式」とともに、この小説独特の用語なのだが、おおよそのところ、科学技術や職能技術や芸術活動における技巧をも念頭に置きながら、日常的な社交術や処世術まで――いわば「テクノロジー」から「テクネー」まで――含んで、事物や状況に対処するための方法、つまりは人間が生きるための方法、という意味で用いられる。内地では功利主義に支配されて「あらゆる技術が穢れてゐる」のだ。それが彼を不機嫌にする。

人間を人間らしく向上させる文化の精神の墜ち崩れた時代の空気に堪へ難い苦しさ厭はしさを覚えさせ、不機嫌にさせてゐる唯それだけのことが自分を詩人たらしめてゐると考へてゐた。そして戦場の覚悟もこの詩人としての覚悟であつた。

彼の肉体は家族のもとに帰還したが、「詩＝死」に憑かれた精神はいまだ帰還しきれていないのである。銃後の日常にあっては、彼の「詩＝死」への志向は能動的な発露を封鎖されて内向し、ただ周囲の現実に対する不機嫌として受動的な反応を強いられるばかりだ。

帰還途中、上海でフランス映画「罪と罰」を観た彼は、「ラスコーリニコフが殺人して苦悶してゐるのを見てゐるうち、何気なしに不意にくすりと笑つてしまつた」（傍点原文）という。「現代の文化生活といふやうなものへ、復讐したやうな気持を、次の瞬間その笑ひは起させた。」非情な戦場体験がヒューマニズムのうぶな苦悩ぶりを笑わせたのである。だが、それは彼自身が非情な怪物になりかかっていることをも示す。だから、笑いはただちに彼自身に反射して黒々とした影を落とす。彼は「悪寒のやうなものを覚えて」映画館を出る。すると今度は「喚《わめ》き泣きたいやうな気がしてきた」。「しかももし泣き喚くとすれば、その泣き声までが、ざく〳〵と砂を嚙んででもゐるかのやうに感ぜられる気がしてくるのであつた。」

そういうなかで、「行く河の流れは、絶えずして、……」という『方丈記』の冒頭が「小さな沫泡《みなわ》のやうに」浮んでくる。「この『方丈記』が他に実は内容とて何もなく唯歎きに歎いてゐるといふだけの本だつたといふことに、新しい稀《めづ》らしさで目を瞠《みは》らされるのであつた。」

無常観といった流布する通念においてではなく、ただ戦乱の世に身を処することのどうにもならぬ「歎き」の一点で、『方丈記』冒頭は彼の心をわしづかみにしたのである。そして彼は、この一点から見通した『方丈記』の全体を、乱世における「詩人」の生き方として、次のように語る。

「方丈記」は、先づ初めに唯歎きだけで書かれたといふ稀有の詩を、次に言葉でなくて寧ろ行動でした詩であり、次に厳しく詩人の住処《すみか》を、詩人の位置を意志し、占められてそれによつてのみ詩が書かれ（文字でなしに）てゐることを教へた。そして隠遁といふのが詩人の詩の烈しい形式でしかなかつた秘密が、否、権勢と利慾とだけが（その代表者は平清盛であつた）すべてであつて、文化が頽廃し喪失した時代に於ける詩人の、恐ろしいばかりの純粋な生の技術そのものを、示してくれてゐた。これは何ら現代の意味での厭世（これも現代の頽廃の一種にほかならなかつた）などでなくて、厭世といふことが、無類の強さで生を護らうとした唯一人の美しい行動であつた。詩人は歎き、恨み、悲しみ、憤り、軽蔑し、嘲笑し、哀れみ、歌ひ、弾じ、批評し、誇り、疑ひ、信じ、拗ね、不遑くされてゐるが、すべて清らかな言葉にみちて

ゐた。（傍点井口）

括弧による補足挿入をくりかえす文章は、小説の文体になりきれないエッセイの（それも未整理な）文体のままという印象をぬぐえないが、ここで「詩人の詩の烈しい形式」と使われる「形式」は、「技術」と一対の『有心』用語である。生き方の方法的側面が「技術」であり、実現した生活や行為の姿が「形式」である、と思っておけばよい。この一対の概念は、おそらく、「芸術家＝詩人」の生と創作の双方を、作中の読書でいえば『方丈記』と『ロダン』と『能と能面』を、統一的に語るために工夫されたのだろう。彼は『方丈記』がつづる鴨長明の隠遁に、詩人の生の「純粋な技術」と「烈しい形式」を見出したのである。乱世にあっては、隠遁はただの逃避などではなく、世俗の中での生の摩耗と頽落を拒んで「詩」を護るための積極的な「行動」であり、「厭世」も「無類の強さで生を護らうとした唯一人の美しい行動」なのだ。

蓮田はここでいう「生を護」る行動のことを、『有心』未完擱筆後ただちに書き出された『鴨長明』では、『方丈記』の言葉を借りて「養生」と呼んでいる。

> それでは彼がこの方丈の閑居に於て為してゐる所は何か。（中略）結論的に言へば、世にも仏教にも身の置く所なき程に押し詰めたその一点地に於て、彼はその庵を「いま身のためにむすべり、人のために作らず」といひ、又「糸竹花月を友と」して「情あると直《すなほ》なる」純真な生を、「ひとり」「養ふばかり」の、「養生」と言つてゐる。即ち奇抜な言葉のやうだが正しく詩人の「養生」説であるといふことができる。（傍点原文）

実のところ、『方丈記』本文では、閑居の暮しを語りつつ、身の回りのことを従者に任せず自ら行うのは身体に良いことだ、というようなありふれた文脈で使われる「養生」である。「つねに歩《あり》き、つねにはたらくは、養生なるべし。なんぞいたづらに休みをらん。」（『方丈記』）つまりは老年の日常的な健康法である。だが、蓮田にとってそれは、たんに身体的生命の健康法などではなく、あくまで「詩人」の養生説、世俗に抗して「詩人」の「純真な生」を護るための「行動」でなければならないのだ。通常の意味での「養生」の底に真の「養生」を見出すというこの意味論的な二重性の操作は、小説『有心』における主人公の「湯治」と「隠遁」の二重性に対応している。

『鴨長明』――宗教的実存と審美的実存

ここでしばらく『有心』を離れて『鴨長明』について述べておきたい。

『鴨長明』は「文藝文化」の昭和十六年四月号から十二月号まで連載され、加筆されて蓮田の二度目の応召前の昭和十八年九月に単行本化された。帰還中の蓮田の代表作である。

蓮田はそこで、まず、若き日の鴨長明を、世になじまぬ孤立した「みなしご」意識を抱えながら、恋愛に和歌に管弦（琵琶）に、つまりは「好き」というものにうかうかと「誘はれ」がちな、軽薄ともエキセントリックとも見える若者として描き出す。だが、この若者は、自己の内実をもたぬ空疎な軽薄さにおいて王朝末期という時代そのものを体現しており、「好き」への執心の過激さにおいてデカダンスの極みを生きる詩人的素質の所有者である。そういう若者が、晩年、ついに閑居隠棲によって乱世の「詩人」のあるべき生の形を実現するに至る。そして、以後、古典文化の「かたち」がとめどなく失われていく中世に新たな「かたち」を創り護りつづけた隠者たち（能の世阿弥、茶の利休等々）の系譜の先駆者となった。――蓮田が描いたのは、おおまかにいえば、そういう鴨長明像だった。
これは文学史論としては、「日本文学の源流と伝統」と副題し、西行や芭蕉をも視野におさめて、「古典時代以後の文芸と隠遁詩人が、生命の原理根源として奉祀してきた、後鳥羽院の伝統」（「増補新版の初めに」）と記す保田與重郎の『後鳥羽院』（昭和十四年十月）と構想を共有している。事実、『鴨長明』には保田の『後鳥羽院』への言及もある。ただし、あくまで後鳥羽院という「至尊の丈夫ぶり」を中心に語った保田の文学史構想に対して、蓮田は世を拗ねた隠遁詩人に即して語るのだ。

だから蓮田は、保田の所説を意識してのことだろう、『鴨長明』の終章において、「みなしご」と自称した長明の心を一人で「現実を負ふ」覚悟とみなし、「上御一人」として歴史を負う後鳥羽院の自覚と向き合わせて、「畏多くも後鳥羽院又御一人《いちにん》として負ひ給うた。そこから回天の歴史はきざしたのである。長明又一人《いちにん》の人であつた。院の御詩心に底深く通じて『一人』に切々たる、これ詩人の正しき節操でなくて何であらう」と記すのである。（なお、私はここで全集に収録された単行本『鴨長明』をテクストとしているが、単行本化の際に削られた雑誌連載の初回が序論または総論になっていて、そこに既に、後鳥羽院と長明の「黙契」というヴィジョンは記されている。）

またこれを、時代に強いられた若者のデカダンスからの「信念更生」の物語として読めば、これも先立って保田與重郎が幾度も語った物語（第四章参照）とも、あるいは自意識過剰から「伝統」の発見へと歩んだ小林秀雄の物語とも、さらにはマルクス主義から「民族」へと目覚める左翼転向青年たちの物語とも、共通する。現に蓮田はこう記している。「この消極の『しづか』の底に詩人の秘密がひそんでゐる。そこにひそかに生の更生が準備されつつあるのである。」「『何ぞいたづらに休みをらん』とは初々しいばかりの更生であらう。」「生を養ふとは衰へたる生を新生せし

めると共に之を豊かに花栄えしめねばならない。」（以上、傍点井口）

では、長明が「更生」「新生」において体現している生の形とは何か。

いうまでもなく鴨長明は出家遁世者である。彼は発心遁世した人々の説話を集めた『発心集』も著している。

だが、『発心集』についての蓮田の断案は以下のごとくだ。

> 即ちこの説話集の特色とする所は、仏教的な教理や有難い法話や往生極楽の話などのやうに何か一種の内容といふやうなもののある話でなく、唯一つの決心のみを語つた、それ以外の愛嬌の乏しいものである。長明が座右に置いてゐた恵心僧都の往生要集などは地獄極楽を人間の空想の極限まで豊かに絢爛と描ききつてゐるが、発心集はあまりに貧しいばかりのリアルの清らかさで、時々そのリアルは矢張かの方丈記の場合のやうに自然主義的対象主義的描写のリアリズムでなく唯切なる歎きをする者のみの見る跡形としての不思議な美しさを描き出してゐる。私は余り注意されてゐないこの発心集がもつと人に読まれることを希望する。これは決して仏教説話集などと思つて読むべきでなく、これだけで見事な恐らく随一の詩学書である。（傍点原文）

『発心集』は「随一の詩学書」なのだと蓮田はいう。蓮田にとっての「詩」とは、絢爛たる言葉の修辞的運用のことなどではもちろんない。『往生要集』は地獄極楽を、つまりは死の彼方を、暗黒陰惨にまた華麗荘厳に描き出したが、『発心集』はそのようには彼岸を描かなかった。彼岸の表象性において『発心集』は能う限り「貧しい」。だが、その「内容」を欠いた貧しさこそ、彼岸というものの表象不可能性に対する「詩人」の誠実さを示しているのであって、『発心集』は倫理的に正しい。彼岸を言葉で表象しない代わりに、『発心集』はただ、彼岸に誘われた者たちの「唯一つの決心のみを語つた」。つまり「誘はるる清らかさ」（伊東静雄「わがひとに与ふる哀歌」）だけを語ったのであり、しかも彼らは決心をただちに行動によって表現した。それこそが蓮田の信じる「詩」の根幹なのだ。『発心集』が「随一の詩学書」であるとはそういう意味にほかならない。

むろん『発心集』の主人公たちは死を見据えた宗教的実存者たちである。たとえば、比叡山で高僧としてあがめられながら、便所の中で突然無常を悟ってそのまま出奔し、伊予の国で乞食暮らしをつづけ、ついには深山の清水のほとりで西に向かって合掌したまま死んでいたという平等供奉《ぐぶ》。また、殺生をもっぱらにしていた大悪人が、たまたま僧の説法を聴いてその場で剃髪し、ひたすら阿弥陀仏の名を呼びながら西へと歩み、ついに海際の岩上で仏の応える声を聞いてそこに座しつづけて往生し、死後には舌の先に蓮の花が生えていたという讃岐の源太夫。

だが、こうした逸話の「清厳さ」に感嘆しつつも、蓮田はこんな評言を加える。

> 讃州の源太夫に答へた仏の声はあまりにかすかである。それは唯発心の声を呼びつゞける源太夫の声自らのこだまにすぎないか、錯覚のやうなものである。

しかし、近代人たる蓮田自身の不信を投影してこう評するのではない。作者である長明自身の心に即して蓮田は評するのだ。長明には世俗への烈しい嫌悪がある、つまり厭離穢土がある、けれども長明には欣求すべき浄土の像がはっきり見えていない、彼方から「かく誘ふもの」の正体が見えていない、というよりむしろ、往生の願いを逡巡しているふしさえある、しかし、逸話の人物たちの、また書いている長明自身の、この世を出離しようとする「決心＝発心」の一途な志向の強度だけは疑い得ない、というのである。

『発心集』はジャンル分類すれば仏教説話集だが、宗教的実存者たちの過激な発心の数々を語りながら、芸術に入れあげた「すき人」たちの逸話をまじえている。彼ら「すき人」たち、いわば審美的実存者たちも、世俗に対しては無欲恬淡、芸術のみに執心して俗界を超越しようとする心のベクトルは宗教的実存者たちとほとんど同じ強度で同じ方向を向いている。長明にとって、両者はほとんど等価だったのだ。実際、長明自身、方丈の閑居には遁世者らしく阿弥陀の絵像を安置し『法華経』や『往生要集』を置くが、歌書や楽書もともに置き、琴と琵琶各一張も置いていたのだった。

第四章で私は、蓮田善明の自己改造の階梯をキルケゴールのいう審美的段階、倫理的段階、宗教的段階の三段階になぞらえた上で、日本では美と倫理と宗教の総覧者である天皇への帰順においてこの三段階は三位一体的に統合されるのだ、と書いた。同じことが隠遁者鴨長明についてもいえるだろう。長明の閑居の日々において、宗教的実存と審美的実存は、つまり「死」と「詩」は、共存しているのである。宗教的実存は高められた倫理的実存にほかならないから、方丈の一室は、乱世において宗教と倫理と審美との三位一体的な共存が可能になる稀有な空間なのである。

ただし、キルケゴールの場合でも本来の出家遁世者の場合でも、三段階は宗教的実存の優位性によって統合されねばならぬはずだが、蓮田が読み取る鴨長明はあくまで「詩人」、すなわち審美的実存が優位性を保持している。「長明は名利の世を厭離するためには已むを得ず仏教の教説理法を借りて以て説くより外に方法を知らないのだけれども、その底には教理説法等は信じない魂をもつて」（傍点原文）いたというのが蓮田の観測である

さらに蓮田は、『方丈記』の末尾、自分はなぜ仏道修行に徹底できないのか、と自問しながら、「その時、心更に答ふる事なし。唯傍に舌根をやとひて、不請の阿弥陀仏、両三遍申して、やみぬ」と結んだ一節を引用し

て、「彼は仏教的往生によつて己のいのちが真に救はれるとは信じてゐない」（傍点原文）とあらためて断言してもいる。

こうして往生信仰という「内容」を空無化された長明の隠遁は、世俗からの離脱と彼方へ誘われる超越志向というロマン派的な生の「形式」へと接近するのだ。つまり、長明の隠遁が体現しているのは乱世における「詩人」の生の形である。

『鴨長明』——非情非心の神

『鴨長明』について、こだわっておきたいことがもう一つある。

周知のとおり、『方丈記』は相次ぐ天災、疫病、飢饉等々の惨状を記している。蓮田は長明が平家の没落について一筆も書かず、こうした民衆の悲惨を詳細に記録したことに注目して、長明にとっての「世」とは政治権力などではなく、あくまで「もつと深く、もつと大いなる『世』、或は直接な『世』であつた」と述べ、世を厭い世を遁れた厭世遁世者であったはずの長明が「民の愁ひ」を我が歎きとしていることを重視する。「世」を思い「民の愁ひ」を歎くその心において、市井の一隠者の志は「奥山のおどろが下も踏み分けて道ある世ぞと人に知らせん」と詠んだ後鳥羽院の志と照応し、後世の江戸の国学者たちの志へと引き継がれる、という論理だ。だが、私がこだわりたいのは保田の『後鳥羽院』への応答唱和とも読めるそのヴィジョンではない。

世の惨状を記した『方丈記』にはとりわけ有名な一節がある。（ここは蓮田の『鴨長明』からの孫引きでなく、手元の「新潮日本古典集成」から直接引く。）

仁和寺に隆暁《りゆうげう》法印といふ人、かくしつつ数も知らず死ぬる事を悲しみて、その首《かうべ》の見ゆるごとに、額に阿字を書きて、縁を結ばしむるわざをなんせられける。人数を知らむとて、四・五両月を数へたりければ、京のうち、一条よりは南、九条より北、京極よりは西、朱雀よりは東の、路のほとりなる頭《かしら》、すべて四万二千三百余りなんありける。いはむや、その前後に死ぬるもの多く、又、河原・白河・西の京、もろもろの辺地などを加へて云はば、際限もあるべからず。いかにいはむや、七道諸国をや。

死者の数を数えたのは長明自身だと蓮田は解しているが、今日では、それは隆暁法印だというのが定説になっている。助動詞「けり」が自分の直接体験でなく伝聞等に基づく間接体験を叙すものだからである。しかし、私がこだわりたいのは蓮田のその誤解のことでもない。死者の数を数えたのが隆暁法印であっても、長明もまた自らあちこちに出向いて惨状をその目で確かめ、その耳で情報を収集していたことはたしかだからである。

私がこだわりたいのは、この一節に触れた直後から、蓮田の文中にしきりに「神」という言葉が現れることだ。以下、前後の文脈を省略して引用する。

「この倫理は言葉に拘つて言へば倫理などではない。人情でさへない。たまたま人としてそれは人情とかいふことにもなり倫理といふことにもなるが、到底人間の名義のものでなくて神のものであるといふに近い。」

「人情家にも盗賊にもなれない、神を見てしまつてゐる（不幸な）人間のやり場のない生活としてである。」

「そのやうに住むべく求めた『世』が、そこもなくきはもなくなつて、一挙に唯その奥処の神にぶつかつてしまへば、人間の世は末である。」

このように記される「神」は行路に斃れた「四万二千三百余り」の死者たちとともにある。というより、終末図絵さながらに「四万二千三百余り」の死者たちをそこに斃し腐乱させ鳥獣の餌に供したのが「神」である。「神にぶつかつてしまへば、人間の世は末」なのだ。「人情」も「倫理」も無力である。「神を見てしまつて」呆然と立ち尽くすしかない人間は「不幸」である。まことに「神」は善悪の彼岸である。しばらく置き去りにしてきた小説『有心』のタイトルと結んで一言するなら、「神」は「あはれ」知る人間の心など有たぬ非情非心の何ものかである。こんな「神」は、蓮田の全文業中、ここにしか出現しない。

なお私は公正を期すために、上記三カ所の後でもう一度、屈原の場合と対比しながら蓮田が「神」と記した一節を引用しておかなければならない。

長明は放逐されたのではない。自ら放逐を己に課して御所を辞し、「住処無さ」の中に身を置いたのは、王朝の衰へをそのままに身自らに描いたのであつて、併し自ら放つたその孤独は、寧ろ「民」の心の中にあつての神の、明神《あきつかみ》の光りを仰がむと渇してゐる。さういふ、渇して、神の光りをあまりにあらはに見る者の羞らひ、つつしめるものの激越として、「狂へるに似たり」と自らいふのである。

『鴨長明』一篇の結語としてもよいような一節だが、しかし私には、あきらかに後鳥羽院または「天皇」を指す救済者としての「明神《あきつかみ》」の唐突な出現は、「神」を非情非心のものとして善悪の彼方に遠ざけて来た自分の筆の仕業に対するつぐない、補償作用のように思われる。そしてまた、非情非心の「神」が君臨する善悪の彼岸に放逐されて「明神《あきつかみ》の光り」を「狂へる」ごとく渇仰したのは、戦場での蓮田自身であったかもしれない、とも思う。非情非心の「神」は人間の言葉では「自然」とでも呼ぶしかない何ものかだが、蓮田が渇仰する「明神《あきつかみ》」は人格神にして救済神なのである。

第十四章　文学（五）　小説『有心』——生の方へ、温かいものの方へ

ロダンと能面——「かたち」の東西

『有心』に戻ろう。

大まかにいえば、『有心』は昭和十六年の春までに書かれ、その後で、『鴨長明』は春から年末までに書かれた。だが、『有心』には、冒頭近く、次のような一節がある。阿蘇の温泉に向かう朝、駅近くの本屋に入って本棚を物色している場面である。

「ロダン」と見た瞬間、それだけで、ふと今自分が心さぐりしてゐるものに近づいたやうな気はひを感じた。それは文化なき世に対して鴨長明がこの世のものはもはや形や跡もあり得ないとして、その荒廃そのまゝを諷するかのやうに隠棲閑居するといふことでその日の文化であり得るとした底に匿《かく》されてゐるものであつた。それは実に又「かたち」への切々たる憧憬にほかならなかつた。頽廃し果てた形式の穢はしさ、不純さに対してこの上ない潔癖を以て厳しく拒絶の姿勢を示しながら、それは清らかな純粋な形式を想ひ描かうとする詩人のとつたその時代の最も高い技術であつた。否、既にこの閑居自身が彼が高く誇つてゐる詩の形式であつたとも言へる。しかしこの一詩人の持つた形式は全く孤独で断絶してゐるやうでありながら、いつの間にかこのやうな詩人達の間に非常な確実さと責任とを以て受けつがれたり集約されたりして仄暗い中世の渓谷の岩間を貫いて行つて驚くべき「形式」を仕出でてゐるのであつた。

王朝的秩序が壊れて文化の「かたち」が失われた時代に、長明はいわば自ら形代《かたしろ》となって、戦乱の世の文化の「かたち」を示そうとしたのであり、それは中世隠遁詩人たちによって継承されたのだ、というのである。これは蓮田の鴨長明論の骨子にほかならない。『有心』起筆時に『鴨長明』の見通しはほぼ出来上っていたとみなしてよいだろう。

帰還船中における『方丈記』体験は、「湯治＝隠遁」の動機を与えただけでなく、「『かたち』への切々たる憧憬」によって書店の本棚からまずリルケの『ロダン』を選ばせ、さらに、その伸ばした手のすぐ近くにあった金剛巌著『能と能面』も「『ロダン』と一緒に自分の手に躍り込むのを覚えた」とつづくのだから、読みかつ思索する小説としての『有心』の書物選択も『方丈記』に発しているのである。『方丈記』体験と鴨長明論の展望は『有心』の構想の中心を形成しているのだ。

さて、駅の腰掛に腰を下ろすや、彼はすぐに『ロダン』を開く。口絵写真に目を通してから本文を開ける。冒頭の一文が目に入る。「ロダンは自己の名声を得る前に孤独であつた。」

『有心』が引用していない次の一文を手元の高安国世訳から引いておけば、「だがやがて得た名声は彼を恐らく一層孤独にした」とつづく。名声を得る前も、名声を得て称賛者たちが寄ってきた後も、芸術創造の源泉たる「孤独」を毅然としてつらぬいたロダンへの讃嘆から、リルケは書き出しているのである。

駅に汽車が入ってくる。彼の苛立つ神経は、「一匹のながい胴体をした虫けらがむく〳〵と汚らしく身をうちふるはして来たやうな気がした。そこらの空気を暴力的に脅かしながらとても凄い大きな音響をはためかして走るこの機械には憎悪さへ感じた」。彼の現実嫌悪の根は深い。汽車に空席はなかったが、「席を占領しようとしたり、割り込まうとしたりしてゐる人々の充満してゐる車室にも何の興味もなかった」。腰掛の凭れに背を寄せると、彼はふたたび『ロダン』をポケットから出して読み始める。「そこには、うつて変つて救ひがあつた。」彼の神経はようやく静まり、造形芸術家の創作の秘密に迫ろうとした書物の世界に没入していく。芸術は孤独の営みである。読書も排他的で孤独な営みである。彼が読書に没入するとき、満席の乗客たちの雑多なうごめきは意識の外に排除されるのだ。

　宿に着いても彼は、宿の女中とも湯治客たちともほとんど口をきくことがないまま、寒い小さな一室で『ロダン』を読み『能と能面』を読み、思索にふける。その思索のエッセンスは、たとえば次のような一節にある。

　芸術家は「かたち＝形式」を創る。だが、「その形式とは何だ。みんな亡びるものではないか」。さっき浴場で見かけたあの若い健康そうな娘も亡び、壮麗な建築も亡び、ロダンの作品も亡びる。「永遠なものはない。又現実の一つだつて形式でないものはない。しかもどうしてあんなに美しく、あんなに生き生きしてゐるのだ。そしてどうしてこんなに亡びるものに生や美をこんなに切なく人間は求めさせられるのだらう。それはまるで人間へのまどはしだ。しかしどうしてそんな亡びるもの、仮のものが生き〱と美しいのだらう。まるで、仮のものである故にこそ美しく、生き生きさせてまどはしめずには居られないやうに。」（傍点原文）『ロダン』に触発されながら、根底には『方丈記』の無常感が流れている。形あるものはすべて亡びるのだ。いっさいは仮の世の仮象にすぎない。だが、仮象にすぎないものがなにゆえこれほどにも心を魅惑するのか。彼は仮の世における美とは何かを考えているのである。それは狭くは芸術と芸術家の制作の問題だが、広くは仮と承知しつつ「かたち」を作り出さずにおれない人間のあらゆる文化的営みの問題にほかならない。

　彼は火鉢の傍から『ロダン』を取り上げてその言葉を読む。「すべてのものは自らを変形し、けれども彼等は生命を些《すこ》しも失つてゐなかつた。反対に、彼等は一層強く、はげしく生きてゐた」（傍点原文）。そうして彼は『ロダン』の言葉を目を瞑って反芻しつつ、「それを何かの具現に於て捉へて置かうと非情な苦しさで探索」

するために、目を開けて障子を見る。

——障子の四角——素材を脱し、（木は、そしてすべて自然なものは円みを帯びる）変形した、細い、角材、薄い紙、書くための紙の、飛んでもない変形、直線と平面との幾何学的空間的な構造、一つも自然をとゞめた部分がない、純粋な形式、その形式の美しさ、甘えがない、きびしい。——厳として存在してゐる。しかし殆ど現実を侵略してゐない。謙虚そのもの、しかし大胆だ。強い。誰も之に抗ふことが出来ない。それで静かだ。堅い犯し難さ、それでゐて鋭敏。これは内であり同時に外である。即ち世界である。しかし小さい。ほんの一部分、それも薄く。人はその存在を気づかない位。しかし住家を限りなく深く豊かに美しく見せてゐる。外界のすべてを鋭敏に感受して、それを選択し、濫《みだ》りに内部を騒がせたり迎合して一時的に喜憂に苦しめない。が一つも捨てはしない。（傍点原文）

障子の現象学的ないし存在論的記述の試み、とでもいおうか。この文体は蓮田の他の文章に類を見ない。おそらく、目に見え指で触れ得る可感なもの、時のなかではかなく移ろうものの存在に迫ろうとしたリルケの文体に触発されたのだろう。そして、ここでの思念もまた、彫刻の根源的要素として「面」を発見した時からロダンの独自の制作が始まった、というリルケの所説に触発されたのにちがいない。

ロダンにおける「面」の意味を自らの思索において「具現」する手がかりとして障子を選んだのは、たまたま他に見るものとてない閉め切った殺風景な宿の一室に彼がいたからである。だが、この偶然の選択には興味深いものがある。彼は意図せずして、ロダンの彫刻とはまるで反対の性質の「具現」を選んでしまったのだ。ブロンズや石を加工して創り出すリアルな人物像の硬質で分厚い不透過な「面」に対して、直線状に交錯する細い木枠の抽象図形で囲われた薄い紙のやわらかく半透過的な「面」を。石と青銅の西洋に対する紙と樹木の日本――実際、外界と内界を遮断しつつ遮断しない障子という不可思議な界面についてのこの記述を、先に引用した仮の世における「かたち」の魅惑についての記述と結んでみれば、『ロダン』に誘い出されたはずの彼の思弁は、西洋とは異質のあえかな日本文化論を志向しているようにさえ思われてくる。

　同じことは『能と能面』についてもいえる。『能と能面』を読んだ彼は、湯治客たちの顔が「老人」は「老人」として「青年」は「青年」として「母」は「母」として「祖母」は「祖母」として、つまりはタイプとして現れるのを実感するが、能面はロダンが彫刻の根源的要素として発見したあの「面」ではなく、またロダンがリアルに造形した個別の人物たちのあの固有の「顔」でさえなく、「不思議な抽象」を経て様式化された面《おもて》なのである。

スノビズム――美しき仮象

　語り手に担われた蓮田の思弁をもう少し先までたどってみる。

「障子は、障子ばかりではない、見よ、火鉢も、きゆう子《す》も、茶碗も、盆も、何も彼も、変形して、形式となつて無限の用を足してゐる。彼等がこの形式に純粋であればあるだけ有用で美しい。」（傍点原文）日常雑器の美を語るのは柳宗悦の民芸論を思い起こさせもして興味深い。

　だが、たちまち「しかし、人間は」と転じてこうつづける。「人間は自ら斯ういふ形式を渇望し創造しながら、出来上ると粗末にする。形式を粗末にするだけでなく、さういふ形式を渇望し創造しようとする自分自身を粗末にする。そして形式に物質だけを、生々しい外界だけを見ようとする。そして障子は忘れられ、彼の生は硬化し、外から犯されたり、内から過剰に氾濫して徒らに装飾したり衒《てら》つたりしようとする。」内と外とのあやうい均衡を障子のような薄くやわらかい界面によって保持することは難しいのである。

なぜ人は、仮の形式によって秩序付けられた仮の世におだやかに住まうことができないのか。「それは人間自らが又破れ易い仮のものだからである。人間自ら仮のものである故に、人間は自分を何ものにもまして大切にし有用にし美しくしようとする。」しかし自らを「神といひたい位に」高めもした人間の向上心は、限度を知らない。「恐らくそのために自分を亡ぼす瀬戸際まで行く。そして形式を、人間を、うち壊す。頽廃。」

人間が、また人間の築いた文化が、自分自身を亡ぼしてしまうのは、「出来上つた形や物に甘えて」仮のものを「現実」だと錯覚し、信じてしまうからである。そこに傲慢が生じる。「仮りの身、仮りの形式としてあることをきびしく思ひ出し、仮りの身に住しなければならない。」『方丈記』に寄り添った倫理である。

だが、仏教は仮ということに捉われてしまっている。捉われた結果、「無」なるものへとさらわれてしまったり、「無用の思弁」を堆積させたりして、「生の腐敗」をもたらす。仏教だけではない。「儒教の『礼』の煩瑣。基督教《キリストけう》の絶望的な祈り。そして現代の『科学』の呈し初めた意味深い、恐ろしい病状。」すべてこの世が仮であることに捉われすぎたあげくの過剰反応にほかならない。では、「誰がこの『仮』の真理を嗅ぎ分けるか。詩人。詩人だけ。清貧の詩人――」。

詩人とは「仮りの身、仮りの形式としてあることをきびしく思ひ出し、仮りの身に住し」、この仮の世に美しい仮の「かたち＝形式」を創り出す存在なのである。むろんこう書きながら蓮田は鴨長明を思い浮かべていたはずだ。だから蓮田は『鴨長明』で、長明の本質は宗教的実存者ではなく、美的実存者、すなわち「詩人」なのだと述べることになる。

「かたち＝形式」をめぐってここに展開された思弁は、アレクサンドル・コジェーヴや佐々木孝次に倣って私が使用してきた言葉（『批評の誕生／批評の死』の保田與重郎論など）でいえば、スノビズムの美学にほかならない。スノビズムとは、人間世界の根底的な空虚を、一神教世界のように超越的絶対者による「意味」で充填するのでなく、空虚の表層をただ「かたち＝形式」によってうすく蔽い、それが「まどはし」のごとくはかない仮象であることをわきまえつつ、ひたすらその魅惑的な「かたち＝形式」の洗練につとめる文化のことである。蓮田が戦地で発見した『古今和歌集』こそはそうしたスノビズム空間の美の典範にほかならない。

私はたとえば、保田與重郎の「日本の橋」をスノビズム文化論の白眉だと考えているが、保田はそこで、石造のローマの橋と対比して、「哀れ」で「貧しい」日本の橋を語って、「人工さへもほのかにし、努めて自然の相たらしめようとした」と書いていた。西洋の橋は人工の技術によって自然を制覇する建築物だが、「日本の橋は道の延長であつた。極めて静かに心細く、道のはてに、水の上を超え、流れの上を渡るのである」と。「水」とは世界の根底を浸す空虚のことだと思えばよい。保田はまた、「日本の歌はあらゆる意味を捨て去り、雲雨のゆききを語る相聞かりそめの私語に似てゐた」とも、「意味や内容の物語の代りに、それらを殆ど零にまで透明化し、意味や内容や思想のもつ美しさの暗示のみに信頼した」とも書いている。

一方、蓮田善明がこれほどまでにスノビズムの核心に接近したことは他にない。『有心』を擱筆し『鴨長明』の連載を終えた蓮田は、折も折、「大東亜戦争」開戦後の時勢のなかで、需《もと》められてさかんに古典を論じることになるのだが、そういう一種声高な古典論の中にもない。おそらく、保田の「日本の橋」が西洋の橋との対比によって見出された日本だったのと同様、このとき蓮田もリルケの『ロダン』を経由したまなざしによって日本の「かたち＝形式」を考えているからである。つまり、それと知らぬまま、内面化された「オリエンタリズム」（サイード）のまなざしによって日本を「発見」しているからである。そしてまた、ともすれば観念的に急ぎがちな彼の思惟が、いま粗末な宿の一室で、障子だの火鉢だのといった日常卑近の小さなものに即して考えているからである。

——だが、急ぎ過ぎてしまったのは私の方である。『有心』本文は、「仮」の真理を嗅ぎ分けるのは詩人だけだ、「清貧の詩人」だけだ、とやや高揚して断定したその場で立ち止まっていた。

非常な愉しさで、こゝまで考へて来た。自分の全身が高潮して熱くなるのを覚えた。そして非常に敏感に再び自分に警戒した。（傍点井口）

彼自身は自分の熱しがちな思弁癖を知って自戒しているのである。そしてこうつづける。

——油断すると又やれ仏教だの儒教だの何だのと言ひ出す。今日そんなことは浮かれたインテリが直ぐ思ひ出す形式だ。自分は暫くそんな言葉から絶縁しなければならない。そしてもつと小さなことを考へよう。自分のこと（さつきと違つて何と愉しく和やかに自分のことが考へられることだらう）、家族（同様）、こゝの浴場の人達。これ位に限つて置かう。身親《みぢか》といふことの何といふ優しさであらう、親しさであらう。仮の身などと考へると、一寸へんに硬く考へられるが、そんなことも忘れるところに、のどかな「仮」の意味があるのだ。そして「仮」とは、絶えず形式を、美しく、有用で、単純の中に最大を含むものを覓《もと》めてゐることだ。

家庭にあってもなじめず、汽車の中でも宿に着いても周囲の人々を無視してきた彼が、自己の「インテリ」性を警戒しつつ、いま「身親《みぢか》」な人々の存在のいとおしさへと立ち返ろうとしているのだ。彼の孤独な観念は、ここに、日常への治癒の第一歩を踏み出したのだといってよい。戦地の記憶のよみがえりに苦しんだ彼の足がしだいに郷里の土の感触になじんでいったように、芸術家の超然たる孤独から出発した彼の思惟は、いま仮の世のささやかな日常を肯定する地点にたどりついたのである。

湯に浸かる小説——「すき」と好色とエロス

さて、第一に歩く足の小説として始まり、第二に読書し思索する小説として展開した『有心』は、いうまでもなく、第三に湯に浸かる小説である。

宿は湯治客でいっぱいだった。大半は近隣の百姓たちである。自炊しながら長期滞在する客たちもいる。ちょうど寒《かん》のころ、冷え込みも厳しく雪荒れの日もつづいた。

彼は客と女中のじゃれ合う声が聞こえたりする寒い部屋で、火鉢で暖を取りながら本を読み、湯に入る。女湯が狭いので女客が男湯に入っていることもある。

このあたゝかさは（この温さよりほかに体もない位だ）何だ。自分に少しの手向ひもしないこの過剰なあたゝかさは何だ。否そんな反問したりする自分こそ過剰だ。このあたゝかさは、あの人達をあんなに悦ばせてゐるものだ。山の地下から流れ出してくる自然の温度で、誰がそれ以上熱くしてゐるのでもない。雪風ではあんなに自然に又冷える。この温い湯をあの人達はあんなにのどかに享受して浸つてゐる。

彼は「湯治」に来ていながら、湯の温かさにまで苛立っている。というより、湯の温かさに自足してしまう自分が許せないのである。湯治客らがのどかに享受しているおだやかな世界からはみ出してしまうのだ。彼を「過剰」にしているのは、いうまでもなく戦場の記憶であり、また彼の「詩＝死」であり、「湯治」を口実にして「隠遁」へと傾く彼の観念である。とはいえ、彼がその「過剰」を削ぎ落としたい、と願っていることもまた事実である。

あの体はどうであらう。決して大きな体でも高い体でもない。又はたらいた跡をしつかり残してゐる固さを骨にも筋肉にも表はしてゐる。その労苦の跡は皮膚や、あの太い恐ろしいばかり不恰好な指を見ただけでも知られる。彼等は何ら隠す所がない。衣服の下に隠れてゐた身体のどの部分にも些《すこ》しの偽りをとゞめてゐない。（中略）彼等の体は愉しんでゐる。つまらない気がねで隠し立てしてゐない。彼等の体は露骨である。あらはに好色でさへある。しかし厭らしさはない。一緒に異性が一つの湯槽に浸ってゐる時、その年齢々々であらはに好色に見える。あつかましいばかりに好色である時もある。（中略）しかし悪どさがない。（傍点原文）

『能と能面』を読んだまなざしで湯治客たちの顔を観察したのと同じく、ロダンの裸体像についてのリルケの記述を読んだまなざしで彼らの裸体を観察しているのだろうが、ここには蓮田自身の判断がよりくっきりと現れている。日々の労働によって作られた彼らの身体には「隠し立て」がなく「偽り」がない。彼らの身体は正直であり率直なのである。その「好色」もまた「あらは」であって屈折がなく厭らしくも悪どくもない。すなわち彼らの身体は自然であって、いわば倫理的にも正しいのだ。

ところで、「好色」はいわゆる「すき＝数寄」の原意の一つであり、中世の美学用語だった「すき＝数寄」は長明の「詩」そのものでもあった。

唐木順三の「鴨長明」（昭和三十年刊『中世の文学』所収）は長明の「好き＝数寄」を論じつつ、『大言海』の説を紹介して、「すき」「すく」の意味を次のようにまとめている。

「すく」がもともとは過剰、多情、辟愛、執着を意味し、その具体的、普遍的なものとして、食事（「すく」には「食」の意があり、好きて食ふ意、進みて食ふ、くらふ、はむの意をもつことが同じく『大言海』に載つてゐる。）色事を意味し、好色が殊に「すき」と呼ばれたわけである。それが転じて好事になり、風流風雅に結びついた。和歌、管弦、絵画を特に愛したしなむものが、「すきもの」であつたが、やがてそれが茶の湯を好むひとに限定され、「すきしや」（数寄者）といへば直に茶人を指すやうになりわびずきの語を生むにいたつた。

つづけて唐木は、「もともと過剰、多情を意味した「すく」が、遂には「わびずき」に至る日本の趣味論に特に留意したい。過剰、多情、好色の直接性がいつのまにか間接的なものになってゆく。直接性への否定の契機、無の契機がおのづからに入りこんで、いぶされ、わび、枯れ、冷え、さびたものに変つてゆく」と述べていて、さすがに西田幾多郎に学んだ認識の明哲さを示している。

ちなみに、唐木順三は「文藝文化」に二回寄稿している。唐木は蓮田と同じ明治三十七（一九〇四）年生れ。京都帝大哲学科卒業後の昭和二年から三年間上諏訪の実業補習学校の教員を務めていたので、昭和四年に諏訪中学校に赴任した蓮田とは一年間極めて近い場所で学校教師をしていたことになる。その唐木の「鴨長明」は、旧い「かたち」が亡び新しい「かたち」はいまだ興らぬ転形期における詩人のあり方を長明が先駆的に示した、というヴィジョンにおいて、蓮田の『鴨長明』を継ぐものだ。実際唐木は、長明論末尾の「附記」に、「負ふところが多い」書物三冊の一冊として蓮田の『鴨長明』を挙げている。

だが、いま阿蘇中腹の湯の宿で『有心』の主人公が出会った庶民の裸体ににおう「好色」は、「無」の契機など含まぬのはもちろん、「過剰、多情、辟愛、執着」でもない。それは湯に温められた健康な身体が自ずとただよわせる生命のにおいにほかならない。性的存在としての人間の身体に自然にそなわった生命感としてのエロスのあらわれなのだ。そして、彼らの身体のおのずからな「好色」に感応するとき、「死＝詩」への欲動たるタナトスに憑かれた彼自身の身体もまた、おのずからな生命へのうごめきとしての自身のエロスを肯定し始めているのである。

この浴場の、静かな、狭い世界の中で、そこに浸る単純な人々の上に、まことにリルケの謂ふ「各一分間の中に千倍の人生が」あることを感じ、限りなく落ちて来ては浴槽を満し、一杯に満ちては溢れ去つて、常に新しく満ち、休《や》まず流れ溢れる湯とひとしい「生」の湧躍と流動と作用とを、まざ〳〵と見せられ、次第に自分の身体にぢかに享け取らうと乗り出さうとするものを自分の中に感じて来つゝ、あつたのであつた。唯ひどく鈍く硬化し生気なくなつてゐる自分の皮膚を自覚せざるを得なかつた。そのために言ひしれぬ寂しさを覚えると共に、唯心素直にこの湯に浸り静かにこの人々の中に交つてゐることによつて、幾らかの生気の復活を待たうといふ心でゐた。それによつて一つの皮膚――「仮面」が徐《おもむ》ろに生れて来つゝ、あることをも、ひとり感じてゐた。（傍点原文）

こうして、足の感覚が快癒し、思惟と観念が快癒したのにつづいて、湯に浸かる彼の身体もまた、生に向けて、おだやかな銃後の日常に向けて、温められ、徐々に回復していく。

だが、事件はここで生じる。

第十五章　文学（六）『有心』の三層構造
――冷たいもの／温かいもの／熱いもの

温かいもの――労働と健康としての生＝モラル

湯治客とは浴場で挨拶を交わす程度だったが、中に一人、会えば時々向こうから話しかけてくる五十がらみの立派な顔立ちの老人があった。とりとめもない話題の中で、老人は、「阿蘇の噴火口のことを、いつも擬人的に神様らしく話した。例へば火口が今西の方のが一番活潑であるのを、『あちらへ移らした』と敬語つきで話した。その話によると、昔は『阿蘇さんは』緑川の上《かみ》に居られたが、谷の数が百に一つ足りないといふので今の中岳に来てしまはれたが、このあたりもこんなに湯が出たりするのを見ると、こゝらにも『居らしたか知れんなア』といつた工合であつた」。（傍点原文）

老人は娘と二人で来ていた。娘はもう嫁入り先が決まっているが、婿になる男が召集されて南支の方へ出征しているのだという。彼はその娘とも浴場で会ったことがあった。顔立ちは父親に似て「体の太《ふと》か」若々しく健康そうな娘だった。

その娘も含めて、若い娘たちの肉体はみな健康的な美しさに充実していた。彼女らは湯を上がれば素早く着物をまとって「節度ある早乙女姿」になって出ていくありふれた農山村の娘たちである。

「彼女達の美しさは天性の女の若さと働ききつた労働の発揮したものであつた。」（傍点原文）「彼女等の誰もが、その周囲に清らかな山地の空気と太陽とがあつて、それが何ものにも増して彼女等の栄養を養つてきてゐることを示してゐた。」「彼女等は未だ幼い時から薬品的化粧といふことによつて自然の皮膚をいためることを知らなかつた」し、「彼女達の目も無用なものに余り煩はしく注がれたことがなく、常に限られた少数の必要な目的物に親しんできた」のだった。

若い娘たちへの彼の讃美はほとんど手ばなしである。そして倫理的である。彼女たちの肉体の美は、都会的な享楽に触れることなく、ただ自然と労働とによって育まれたのだ。しかもその労働も「代償となる賃金などを殆ど全く考へることなしにはたらいたもの」だった。むろんそれは彼女らの労働が資本主義社会においてスポイルされた労働であることを意味している。だが、だからこそ彼女らは健康で美しいのだ、と彼は言いたい。

これは人生の最も美しいものであり、愉しいものであつた。それは末梢的な感覚を、不快に刺戟する何ものもなく、唯人間がこの世に願つてゐる最大の願ひの美しさが余りに手親《てぢか》に単純に仕出されてゐる、技術であり、仮りなるものの渇仰が、最高最極にはたらいた、悲しいばかりの創造であつた。到底、その創造の中に「物」として手を出したりするものの摑み得ない、又自ら「物」としてこしらへようとする技巧の及び難い、天の作品であり、最も生きてゐるものであつた。

この理想化された審美基準＝倫理基準は男たちの裸体に対しても適用される。「はたらく貧しい人達」の肉体こそ、自然を相手にした長年の厳しい労働によって形成された肉体であって、それに比べれば、「軍隊に入つただけの」「自分の体は初めからみじめであつた」。だから彼は「唯この浴場の中で、この恵まれた温湯と共に、この一団の人々の閲歴の中に交はり浸ることによつて、その精気を享けたい、そこに生のいたはりを倣ひたいと願ふのであつた」。

またある夜、町場から大挙して押しかけ、女湯に侵入したり猥雑な歌を高唱したりする一団があった。「彼等の目や顔や身体に表はれてゐる頽廃と卑しさは目を蔽ひたい位であつた。」彼は忍耐したが、翌朝、隣室の男が彼らを一喝するのが聞こえてくる。「俺だつて唯の贅沢で来てゐるのではない、後備で戦争に行つて負傷のあとが悪くて療養に来てゐる、そんなことは誰にも言つたことはないが、さういふわけだから手荒なことはお互にやめようと一度断つたのである。一体貴方は何だ、時勢のことなども町方《まちかた》では金の上ばかりで考へてゐるのか――」（傍点原文）もちろん隣室の男は彼自身の代弁者なのである。

都会の資本主義的な享楽と遊惰を嫌悪し、農山村の非（前）資本主義的な労働と質朴を讃美する彼の思念は、「生命」と「肉体」と「造形」について語るリルケの『ロダン』に側面支援されながらも、国民精神総動員運動が掲げた「ぜいたくは敵だ」式の「公定思想」の枠内にある。だが、彼の場合は、それが生（エロス）の回復願望と結びついているのだ。

だから、男たちに対してさえ同じ湯に浸かってその「精気」を享けたいと願う彼が、たとえばある日の深夜、隣の女湯に入った例の老人の娘のただならぬ湯の音に耳を澄ませ、ついには仕切り壁から半身を乗り出してまぼろしのような白い裸体を覗いたとしても、それもまた自らの内からのエロスの回復の兆しのあらわれ、おのずからなる「好色」の行為である。

と、すぐ目の前から白いものが躍るやうに湯の中に突き入つたかと思ふと、一寸妙な恰好の抜手を切つて深い湯気のこめた中を向うの方へ鮮かに消えて行くのであつた。

だが、ここにとどまるならば、この小説は文字通りの「湯《ゆ》湯治《たうぢ》」による通常の意味での「養生」、一帰還兵が戦場の傷を癒して「健康な」日常的生の肯定へと至る記述にとどまったろう。だが、「湯湯治」の背後に社会的日常への拒絶としての「隠遁」を潜ませ、肉体的生を養う「養生」の背後に詩人としての精神の生（＝死）の形式を純化する「養生」を潜ませている彼の思念は、さらに一転しなければならない。

冷たいものと熱いもの――『有心』の三層構造

彼は浴場で中年の「奇妙な女」を見る。「つ、しみのない姿勢」のその女は、六十過ぎらしい田舎じみた小男の老人の連れらしかったが、顔色に「生気」がなく、初めて見る「病人らしい女」だった。「この女は、何か冷たく、底の冷えたやうな、或はぢつと息をとめてゐるやうな静けさをもつてゐた。」（傍点井口）「それは放縦に荒んだ肉体であつた。何か前身があり、あだなところがあつた。それは子供を生まない体であつた。」「その複雑な体の中に、彼女自身の意識せぬ怨恨と悲しみと怒りと執拗な生の慾望とが、燐光のやうに燃えてゐるといつたやうな凄じさが、ちらりと漾ふのが感じられた。彼女の肉体はもう力なく屈しつゝ、しかし案外にまだ若い、まどひやすい男の体を欲してゐる」ように見えた。この女はきっと小金を貯めた連れの老人の「最後の強い希望が押しきって連れ込んだ後妻にちがひない」とまで彼は思う。

彼が女の裸体に読み取ったのは、数日前から読んでいた『能と能面』にちなんでいえば、般若面が象徴するような救われぬ女の底深い情念である。それはあの健康な若い娘たちの対極にある頽廃した肉体、労働もせず子供も生まない、ただ情欲の「幽鬼」のような肉体だ。その意味でそれは、倫理と一体化した彼の感性にとって嫌悪と抵抗の対象にほかならない。しかし、たとえ嫌悪と抵抗からにせよ、彼の目はこれまでにないほど女の裸体に引き寄せられて過度に見てしまっているのだし、彼の思念は女の素性について過度に思いめぐらしてしまっている。そのように執拗に見、執拗に思いめぐらすことにおいて、すでに彼の「好色」は動き出している。というより、この女は、いつのまにか、彼の倫理意識が「健康」を守るために画した抵抗線をすり抜けて、彼の「好色」の内奥にまで踏み込んできている。

だから彼は寒い部屋に戻ってもこの女のことを考えつづける。自分は今日まで生の流動そのもののような温かい湯に浸って人々の生気を享け、自らの生の復活を期してきたのだが、しかしそれでも「何か硬ばつて遮つてゐるもの」があった。「しかるに今日、あの中年女に対して無意識に持つた抵抗が、あの女の強い不正常な踏み過ぎた『生』といったやうな気はひに踏み込まれて抵抗が破れ、みだらなあやかしに拘《かゝは》り、息苦しい喘ぎをまでひとり感ずることを否み難くなつた時、初めて心素直に心解けてまざ〳〵と他の人々の『生』にも触れ得たやうな気持がしてきたのであつた。」「硬ばつて遮ってゐるもの」とは、帰還後の彼の生を規制するあの「公定思想」と結びついた倫理主義のことにほかなるまい。彼の思念はいま、その「公定思想」の殻を踏み破ったのである。

> 「生」はそれを整へたり纏めたりしようとしてゐるだけでは手にも負へないし、又全部的でなかつた。「生」の「好き」す、みすぎ、そのために「生」が己自らを悔いと怨みとで喰ひ入つて、狂ふほかないほどにまで働いてこそ、生は最も純粋であり又はたらき充ちてゐるにちがひなかつた。
>
> あの中年女のあやかしが、今は無用の抵抗なしに自分に作用してくると共に、又抵抗なしに静かに他の人々の列の中に帰つて行きするのを見まもり、それが、ひた〳〵と自分の中にあることを感じて、それをかへりみつゝ、己の中に「生」が沁みるやうに熱く覚えられてくるのであつた。

「あやかし」の傍点は原文だが、「熱く」に傍点を振ったのは引用している私である。浴客の中で唯一「冷たく」「冷えた」印象を受けたこの中年女の肉体の印象を反芻することで、とりもなおさず己れの生（エロス）の源泉としての「好色」の内奥を省察することで、彼は初めて、わが身の内なる「生」の流れを「熱く」実感したのである。この頽廃した女の肉体は、冷たいものと熱いものとを反転一致させるのだ。

ようやく熱を帯び始めた彼の思念はさらにつづく。というより、むしろ一気に加熱する。

「神は常にある。なくなりやうがないものだ」何といふことなしに、さう呟いたりもしてみた。そしてその言葉によつて満足させる何かがあつた。否、今は何と言つてみてもい丶といふ気もした。「男」といつても、「女」といつてみても、「老」といつてみても、「若」といつてみても、それらはそれ〴〵に異つてゐたが、少しも混乱しなかつた。それらの生は、或る時はまどひ、或る時はあくがれ、求め、はたらき、舞ひ、狂ひ、怨じ、かけり、くどき、したが、どれも見事であつた。どれも己の中にあつたし、どこにもついて行けた。

「神」という一語の出現は唐突である。だが、彼が「神」を口にするのは彼の思念がひときわ高潮している証拠である。そしてここが、読書し思索する小説としての『有心』のクライマックスである。

この「神」は、あらゆる「生」にエネルギーを与えるもの、湯に浸かる小説としての『有心』の論理に即していえば、「生の熱源」とでもいうべきものにほかならない。それは神格化された天皇信仰などとは何の関係もない。無数の生が演じる無数の様相の一切を根底から突き動かす大いなる熱源である。

そして、彼の連想が、中年女の「悔いや怨みや執念深い慾望」から、対比的にではなく、むしろ類縁によって、「深夜の浴場で一人溢れるほどに健康な体を湯に打たせたり、つ丶しみも忘れて酔ふやうに泳ぎ廻つたり」

していたあの老人の娘へと及ぼうとしていたちょうどその時、若い女の悲痛な泣き声が聞こえてくる。女中に聞くと、ほかでもない、あの老人の娘がむせび泣いているのであった。老人は先に家に帰って娘一人が逗留していたのだが、そこに先ほど叔父が宮崎の方から山越えをしてやって来て、娘の婿になるはずの若者が戦死したという報せをもたらしたのだという。――それが「事件」だった。

彼は激しく動揺する。

蒲団を頭からかぶって泣き、歯がきりきりと鳴り、涙がぽとぽと音立てて落ち、全身が火のように熱くなり、意識を失ったような激しい嗚咽の中で娘の悲痛な泣き声を幻聴のように聴き、深夜の浴場を泳ぐ白い裸身のまぼろしを思い出し、妻子の顔が浮かび、空を切って飛来する砲弾の音が聞こえ、炸裂の爆風をまざまざと感じ、「いのちのきり〳〵軋めく苦しさと切なさとに顫へやまず、そのためかのやうに声をあげて泣き体をもだえた」（傍点原文）のだった。ほとんど口をきいたこともない娘の身の上に対して、これは異常なまでの動揺だ。

さうして泣いてゐるうちにやがて何もなく己もなく唯荒涼と激越し、もはや何も求めもしないし思ひもしない、悲しみだつてしない、恨みだつてするものか、ひとり体をふるはせて涙を拭つた。断絶した、と心に叫んだ。そんな言葉がどういふ意味なのか考へようともしなかつた。しかし何か大きな軽さをふと覚えた。しかし気づくとまだ頬を涙だらけにしてゐた。

彼の思索はこれまで、読書と観察だけによって彼自身の内部で展開し、内部で昂揚し、内部で完結しようとしていたのだった。いま現実世界に生じた「事件」は、自らの論理だけで完結しかかっていた彼の内的思索を外から一撃し、切断したのである。

だが、それは彼の内的論理においてはいかなる「断絶」だったのか。

内的論理の到達点としての「神は常にある」は、頽廃もすさみも狂いも含めて、生の諸々の様相をすべて肯定するはずの観念だった。それは生の全肯定、生の讃歌である。しかし、いま戦場での死の報知によってあの娘を見舞った悲劇は、彼に戦場の記憶をフラッシュバックさせ、死の遍在をあらためて思い出させたのである。その意味で、生の讃歌はいま「断絶した」。

しかし、生の熱を与えるのが「神」であるなら、熱を奪って死を与えるのも「神」にほかなるまい。ならば、根源的な熱源としての「神」は、そもそも、通常の道徳の埒をはるかに超えた「善悪の彼岸」としての一面も含んでいたはずなのだ。戦場にあった彼が日々苦しみながらも耐え抜いてきた観念が再来する。それは、生への復帰、銃後の日常への復帰という自らに課した倫理的な枷《かせ》を取り外し、モラルの彼方の「死＝詩」へと、彼の精神を解き放つ。「何か大きな軽さをふと覚えた。」だが、自ら選んだ「隠遁」の孤独においてひたすらに生の肯定へとにじり寄って来た彼の思念はいま、その頂点で受けたこの打撃に耐えられないのだ。長い惑乱の果てに、流れつづける涙とともに訪れた「大きな軽さ」は、たとえ一種の解放であるにもせよ、しかし絶望とも虚無とも接した荒涼たる解放であるだろう。

小説『有心』はここまで「寒い（冷たい）／温かい」の二層構造で展開してきた。「寒い（冷たい）」のは銃後の現実である。現に阿蘇中腹の宿は雪が降りつづいて冷え込むのだし、そもそも利己的な功利主義がはびこる銃後の社会そのものが戦地帰りの彼にはひどく寒々しく感じられたのだった。対して、「温かい」のは温泉の湯であり、同じ湯に浸かる純朴な農山村の老若男女たちの生のぬくみだった。その温かさにぬくめられて彼は穏やかな日常の生へと復活しつつあったのである。

だが、中年女のエピソードは、この二層構造に隠れた深い第三層、熱源としての「熱い」ものの存在を明かしたのである。この世界は「寒い（冷たい）／温かい／熱い」という三層構造でできている。熱源は隠されているが、熱源としての地底のマグマなしには阿蘇の温泉が存在できないのと同じく、生のエネルギーも備給できない。熱いものは人の生を狂奔惑乱させもするが、その危険と接することなしに穏やかで温かいだけの生などというものもあり得ないのだ。

このとき、「生」の熱源を意味する「熱い」に対応して、「寒い（冷たい）」の意味も変容する。もはや世相の寒々しさなどではなく、「冷たい」を前面に出したそれは「生」に対する「死」の暗喩を孕むに至る。だから「冷たい（寒い）」と「熱い」は三層の対極に位置するのだが、しかし、奇妙なことに、生と死とのこの両極は、中年女の頽廃した「冷たい」肉体こそが「熱い」生の流れを宿していたように、ひそかに反転して通底しあうのだ。――いや、それはすこしも奇妙なことなどではない。私はすでに第十一章で、鷗外の『青年』における坂井夫人の過剰な美＝エロスという生の熱源が、蓮田の論理では、日常＝倫理の彼岸として、セガンティーニの描いたアルプスの雪嶺という死の世界と反転して一致することを指摘しておいた。

そもそも戦地帰りの彼は、戦場が冷え切った死地だったから日常に馴染めなかったのでなく、死地において真の充溢を味わったからこそぬるい日常に馴染めなかったのである。つまり、死地としての戦場は、彼にとって、「冷たい（寒い）」の極みであることにおいて生の充溢した「熱い」極みでもあったのだ。それが彼の「死＝詩」ということである。そして、熱源でもあり熱を奪いもする「神」は、生をもたらし死をもたらすその全能の二面性において「死＝詩」の唯一の源泉なのである。

火口へ、熱源へ

したがって、蒲団をかぶって泣いた翌朝、なぜか彼が阿蘇の火口へ上ろうと思い立ったのも、この小説の構造からすれば当然のことだった。

> 苦しい眠りから覚めた。そして夜が明けかけてゐるのを知ると今日火口へ上らうと思つた。とてもいつものやうにこの崖下の温浴などに浸って居れない気がした。

火口とは現実世界に具現した大いなる熱源の露頭にほかならない。読者はここで、悲報を受け取った娘の父親である老人が「阿蘇の噴火口のことを、いつも神様らしく話した」ことを思い出すべきである。火口は「神」の露頭である。

女中に大まかな道順を聞いただけで噴煙を目当てに歩き出した彼の脳裏を、「幾度も死を決せねばならない――一度きり死を覚悟して征《い》で立てばいゝ、といふものではない」といった想念がよぎりもする。それは、前夜の泣き切ったあとに感じた「大きな軽さ」が、おだやかな日常へ復帰せねばならぬという（彼にとっては皮肉にもおだやかならざる強迫めいた）課題からの解放であったことを示しているだろう。やがて道を失った彼は、大陸での行軍や索敵行を思い出しつつ「すさまじい気ほひで」歩き、川床を渡り崖を攀じ登り、渇いては火山灰まじりの雪を口にふくんだりして、とうとう上り切る。

彼の眼下に開けた光景を小説は次のように描写する。第十六章の末尾である。この描写が、実質的に、この小説の末尾である。

> 突然何か音ともつかず、空気の震動ともつかず、大地そのものの唸りともつかず、或る大きな響きのやうなものを空と地とから感じた。続いてそれははつきり途方もない大地洞から大地がほつと息を吐い

たやうな音として耳にも聞きとれた。目を上げた。丘陵の果てを湧いて吹き流れて行く雲からそれは起つてゐるものであることが分つた。胸がかつとなつてくるものを感じ、急いで石ころの多い窪道をその方へ進んで行くと、両側の荒々しくとがつた枯草の中に交つてゐる低く地に匐つた河柳に似た木が物寂しく枯れ〳〵て群つてゐるその枝に、うす紅らんだ芽が角のやうに並んでついてゐるのが目にしみた。

突陵帯を越えきると、左手に皿の底のやうに浅く凹んだ平つたい美しい草原がずつと拡がつてゐるのが見渡されてくると共に、正面に又も続く凸凹の起伏の彼方に、草原が伸びて迫《せ》り上つて来て、うち見たところ草もなく唯雪の点々とした灰黒色の、盛り上げたやうな傾斜面が、ざつくりと向うへ落ち込んでゐるその中から、うす気味悪いほどゆつくりと何気なげに雲のやうな煙のかたまりが後から〳〵湧き上つては風に崩れて東手の山を蔽うて流れてゐるのであつた。それは一見ひどくゆつくりとのどかに却つて静止してゐるかと思はせる位に動きながら、見つめてゐると一瞬にして動いてゐる速度と変化は何か激しいものがあつた。（傍点原文）

後に理由を述べるが、小説『有心』はこの描写で完結してよかった、むしろ完結すべきだった、と私は考える。だが、作者の意識ではこれは未完だった。彼は昭和十六年の春にここまで書いて、以後発表することのないまま筐底に秘していたらしい。そして、昭和十八年十月末、再度召集されて出征する汽車の中で第十七章を走り書きのように書き添えた。さらに『蓮田善明とその死』によれば、このとき蓮田は、「形式（小説）」としていたタイトル（なんとも奇怪な、ほとんど類例のない、思弁小説にふさわしい抽象的なタイトルだ）を朱鉛筆で抹消して、初めて『有心――今ものがたり』と書き込み、「野中一次郎」としていた主人公名と代名詞「彼」を「自分」に書き換えたという。

十七章の全文も引用しておく。

むすび。作者はこゝまで書いて、もう数年筆を止めてゐた。これから先きは書けなかつた。筆の拙さもある。しかし作者の目と直身《ぢきしん》には最もあざやかにのこつてゐることが、むしろ今は書かせようとせぬ。あるひはなほ十年経ち、数十年の上も経て、昔ものがたりとして書ける日が来ようか。それは自らたづねて、答へぬところである。しかしその時には、もつとうるはしいなずらへごとか何かで、あらぬ神さびた筆でしるすといふ、本当の「ものがたり」のものともなるのではないか。たゞ作者の此の「いまは」に似た登攀の道に、ふと口にうかんできた「世のつねのけむりならぬとはのけむり」といふ片歌みたいな一句が、今もすゞかぜのやうに唇頭をかすめるのを覚つた。さて作者は今再びの御召しをうけ、漸くこの「むすび」を書く時を得た。すべての便りらしいものは絶つて行くあとにこれが、作者の消息を語るであらう。幸ひさる任務を与へられて貨車に投じ一人それこそ停車する駅では三十分以上づゝもいろ〳〵してゆく貨車の穴倉めく車掌室で、一日これをよみ返し、このむすびをしたゝめることができたのは、なかなかにたのしいことであつた。もう自ら書く文字も見えぬ。

第十六章　文学（七）謎解き『有心』――再び「死＝詩」の方へ

『有心』終章の謎

私はもう五章つづけて小説『有心』について書いている。未完未発表の小説に対して異例の紙幅である。現に松本健一『蓮田善明　日本伝説』などはほとんど『有心』を無視している。だが、蓮田善明を論じる際に、『有心』は極めて重要なのである。

一般論として言っても、評論が通常は単一の声で語られるのに対して、小説は語り手の語りや作中人物の言動を同居させることで多数の声を輻輳できるジャンルである。ことに意志の人である蓮田の場合、評論やエッセイでは疑問や逡巡による揺らぎは剛直に切除されがちなので、声の統制力は極めて強靭だ。事実、帰還後の蓮田は大東亜戦争開戦後の時流にも乗って多くの「啓蒙的」古典論やエッセイを公表するが、大半は戦時下の「公定思想」の域を出ない。一方、一人称による心理小説的形式で書かれた小説『有心』には、統制される以前の声の多様な揺らぎが記されているのだ。

その意味で、小説『有心』からは蓮田善明の「私的な」声が聞こえてくる。しかしそれは、あくまで小説という形式の中で変換された「私的な」声である。

松本健一と違って小高根二郎は『有心』を重視し、評伝『蓮田善明とその死』でも『蓮田善明全集』の長文の解説でも、多くの紙幅をこの小説のために割いている。しかし、以前に述べたように、小高根はこの小説を事実そのままの「私小説」として読んで、作中の一人称をすべて「蓮田」に置き換えて蓮田の実体験として記述している。それは小説の読み方として根本的に間違っている。

なるほど出征する汽車の中で「彼」を「自分」に書き換えたのは、主人公＝語り手を蓮田自身に引き寄せる効果をもつし、十七章はあたかもすべてが「作者」の体験だったかのように記している。しかし、それは本当だろうか。

十七章の「書けなかった」「なほ十年経ち、数十年の上も経て」を戦時下検閲への配慮だとみなす小高根は、「作者の目と直身《ぢきしん》には最もあざやかにのこつてゐること」を、作中のあの娘が火口に投身自殺した姿だったのだ、と推理しているのだ。大胆な、また魅力的な仮説である。

たしかに、作中の語り手が火口に上ることを告げたとき、宿の女中は決まりだからと言って宿代の精算を彼に求めている。火口への投身自殺者が多いからである。また、上る途中で彼が、自分と同じころに宿を発ったであろう娘のことを思い浮かべる場面もある。加えて小高根は阿蘇の地形にも言及して、宮崎方面に向かったはずの娘は（どうやってかわからぬが叔父と別れて一人になって）蓮田が道に迷っている間に先に火口に到着したのだ、と細部を補強もする。さらに、終章での「作者の此の『いまは』に似た登攀の道」という「いまは（今際）」を根拠にしてだろう、作中人物を蓮田と同一視したままその蓮田の一人称になり切って、次のようにも記すのだ。

もしも、俺の眼と直身にいきなり彼女の自殺体が焼きつかなかったとしたら、俺もひらり！　とここから身を投げていたかもしれない。そう……善明は思うと、背に氷柱が貫き通った。

（『蓮田善明とその死』）

推理の説得力の有無とは別に、ひどくあられもない感情移入に辟易する一節だが、小高根にとって、「作者」の体験はとりもなおさず蓮田善明自身の体験なのである。いってみれば、小高根にとって蓮田善明は、決して嘘をつかない（虚構を書かない）男、なのだ。だが、くりかえすが、『有心』は小説である。彼が終章で「作者は」と記していても、それもまた「十七」とナンバリングされた小説中の記述なのであって、この「作者」は現実の蓮田自身とは存在位相を異にする作中の語り手の自称である。そもそも十七章は「むすび」であって「あとがき」ではない。厳密に区別すれば、「あとがき」は小説の外部だが「むすび」はなおも小説の内部である。

なるほど小高根のいうように、婿になる男の戦死の報に絶望した娘の自殺体を見たのであれば、当時書くことははばかられたであろう。だが、私は先ず素朴な疑問を呈しておくが、それが阿蘇での蓮田自身の実体験であったとしたら、その衝撃的な体験を、しょっちゅう顔を合わせていた「文藝文化」の仲間たちに蓮田が一度も話さなかったとは思えない。しかし、管見の限りそういう証言はない。（ことに、上京後の蓮田は池田勉の下宿で『有心』を書き継いだそうだが、その蓮田から阿蘇の話を聞いたという池田も、娘の自殺体についての話を聞いたとは書いていない。）

さらに、文学論としていえば、太宰治を高く評価していた――たとえばタイトルも『有心』のテーマとかかわる「養生の文学」（昭和十六年十月）など――蓮田の文学観が、「私小説」を作者自身の実体験の忠実な再現とみなす小高根のような素朴なものだったはずがない。

太宰治とは、自己の切実な体験（心中事件や縊死未遂）を素材にした小説に『道化の華』『虚構の春』『狂言の神』といった嘘（虚構）くさいタイトルを与え、「あ！　作家はみんなこういうものであろうか。告白するのにも言葉を飾る。僕はひとでなしでなかろうか。ほんとうの人間らしい生活が、僕にできるかしら。こう書きつつも僕は僕の文章を気にしている。（中略）ああ、もう僕を信ずるな。僕の言うことをひとことも信ずるな」（『道化の華』）と書いた男である。つまり、いかなる体験も言葉の秩序に移調した瞬間に「虚構」に変じるという言語表現の本質を踏まえて、告白というものの不可能性の認識から新たなレベルのフィクションの可能性を、さらにはフィクション自体の根拠を問うという意味でメタ・フィクションの可能性を、身をもって切り開いた男である。そこではいっさいが虚実不分明に絡み合って、真偽が決定不能に陥る。つまり太宰治は、世俗的には自覚した嘘つき、文学的には骨がらみのイロニーの作家である。

太宰治の認識に倣うなら、小説とはもともと真実らしく見せかけた嘘の世界なのであって、なかんずく、これは正真正銘の真実（実体験）の証言だと主張する「私小説」こそが、真実（事実）の中にさりげなく嘘（虚構）をちりばめる最も巧妙で悪質な嘘つきの形式にほかならない。その意味で、小説とは、その本質において、真偽不分明なイロニーなのである。

たしかに、蓮田善明は、評論やエッセイにおいては、イロニーとは無縁の剛直な書き手としてふるまった。だが、第十二章で紹介しておいたとおり、小説執筆の意欲を語った「『女流日記』に関する一問題」では、自分の小説は世のありふれた小説とはまったく異質の「非常に孤独なもの」になるだろう、と語っていたのである。小説方法への十分な自覚なしに書けない言葉だ。

そもそも、十六年の春までに書かれていた十六章までと十八年十月末の再度の応召に際して慌ただしく記された終章との間には、蓮田が筆を止めていた「数年」の時差がある。この間に十六年十二月八日には「大東亜戦争」が勃発し、緒戦の大戦果による熱狂的な興奮がつづき、しかし昭和十八年に入ると五月には山本五十六連合艦隊司令長官の戦死が公表され、アッツ島の「玉砕」があり、蓮田の出征直前には学徒出陣も始まっていた。

たしかに、終章「むすび」には、蓮田らしくもない思わせぶりと蓮田らしくもない未練の思いがにじんでいる。そもそも「形式」（付された（小説）はジャンルを示す添え書きだろう）という抽象的で渇いたタイトルに対して「有心」というタイトル自体が湿っている。中世歌学用語に発する「有心」は、コノテーションとして、「あはれ」やもの思い、さらには出征時の蓮田自身の心残りや未練さえ含意してしまうのだ。たしかに出征時の蓮田のこころは揺れていたようだ。しかしそれは、小説に対する思いに限定するかぎり、根本的には、現に書かれた小説『有心』が当初の構想からひどくずれたものになってしまったための未練であって、蓮田は、もう手遅れと知りながら、微妙な方向修正を図っているのだ、と私は読む。

たとえば彼は「たゞ作者の此の『いまは』に似た登攀の道に、ふと口にうかんできた『世のつねのけむりならぬとはのけむり』といふ片歌みたいな一句」と記す。しかし、「幾度も死を決せねばならない――一度きり死を覚悟して征《い》で立てばい丶といふものではない」という登攀中の想念は、死の常在への覚悟であって、その意味で「いまは」の決死行に似もするが、そこに彼の火口への投身願望だけを読み取るのは一面的に過ぎるし、「世のつねの……」の一句に至っては十六章までに書かれてもいなかったのである。（小高根の評伝の筆致には、悪名高い蓮田善明を時代の被害者として弁護したいというモチーフがちらつくということは、第一章で指摘しておいた。）

私はむしろ、小高根が無視した終章の「あるひはなほ十年経ち、数十年の上も経て、昔ものがたりとして書ける日が来ようか。（中略）その時には、もつとうるはしいなずらへごとか何かで、あらぬ神さびた筆でしるすといふ、本当の『ものがたり』のものともなるのではないか」という一節の方を重視したい。

ここでいう「昔ものがたり」は『有心』副題の「今ものがたり」と対応し、「神さびた筆で記すといふ、本当の『ものがたり』」は、戦地の夢で着想を得た小説構想の叙法の選択肢の一つとして「叙事詩」（『女流日記』に関する一問題」）を考えていたことを思い出させる。つまり、初案タイトル「形式」の思弁小説性は抹消されて、物語（叙事）性を表示する副題が加えられたのだ。これも当初の構想への復帰を意味する。思弁小説が当初からの構想だったとすれば「叙事詩」という選択肢などあり得まい。

そして、終章で初めて言及された「『世のつねのけむりならぬとはのけむり』といふ片歌みたいな一句」も、当初の小説構想が含むロマン的な雰囲気にこそふさわしかろう。阿蘇の噴煙を「とは〔永遠〕のけむり」に見立てるのは、たとえば蓮田がロマン的な古典として愛した『竹取物語』の末尾、かぐや姫から帝に贈られた手紙と不死の薬を山頂で焼いて以来、その山は不二（不死）の山と名づけられて今も山頂から不死の、すなわち「とはの」煙が立ち上りつづけている、という富士山伝説を思い出させるからだ。それはまた、小説の着想を夢で得たという蓮田の体験が、やはり蓮田の愛した古典『更級日記』におけるロマン的で夢想的な少女のエピソードを連想させることとも対応しているのである。つまり、十七章の「むすび」は、検閲への配慮とではなく、当初の小説構想と照応させて読むべきなのだ。

謎解き『有心』

私は第十二章で、『有心』についての論述の最初に、エッセイ「『女流日記』に関する一問題」で披瀝された非リアリズム的な小説構想と実現したリアリズム小説『有心』との背馳に注意を喚起しておいたが、そのことも含めて、いまようやく、小説『有心』の成り立ちについての私の見解を述べる地点にたどりついた。

「むすび」における方向修正は、一面においては、暗雲蔽いつつある時局と自身の死を決した再度の応召という現在（昭和十八年十月末）の心境に向けての方向修正でありながら、また同時に、戦地の夢で得た着想を膨らませていた当初の小説構想への立ち返りでもあった、と私は考える。両者は「数年」の時差を超えて、遍在する「死」への応接、という課題において一致するのだ。

夢で得た着想は捨てられたのでなくあの娘の悲劇として『有心』に組み込まれたのである。つまり私は、小高根二郎と逆に、あの娘の悲劇を事実でなくまったき虚構、しかも蓮田の小説執筆モチーフの最初にあった虚構だと考える。そして、語り手が火口で目撃したのが娘の自殺体だったとしても、それは小高根がほのめかすような厭戦的なヒューマニズムとはまったく異なる意味づけをされた投身自殺だったはずだ、と考える。寒いもの（銃後の世相）と温かいもの（温泉、純朴な庶民）の対立を経てついに「死＝詩」という冷たいものと熱いものとの反転一致に覚醒した小説の論理構造が、そう示唆している。

娘は許婚者の若者の戦死を知って自殺した。しかし、それは絶望や小高根のいう「無常」の思いによる死ではない。むしろ恋人への殉死、愛への殉教である。しかもこの愛は、おそらくいまだ肉体の交わりをもたなかった娘の純粋に精神的でプラトニックな愛でなければならない。純朴な田舎の娘にこの精神的愛の殉教を遂行させることこそ、夢で見た「美しい一瞬間の断片」にふさわしい展開だろう。

またそれは、状況は違うが、愛による純情な処女の投身自殺という意味で、二人の若者に同時に愛されてどちらをも傷つけたくなくて入水自殺したという『万葉集』の長歌が歌った菟原処女《うなひをとめ》伝説とも照応し、「叙事詩」で語るにふさわしい主題でもあるだろう。実際、高橋虫麻呂の長歌によれば、彼女は、この世では不可能な愛の両立ゆえに「黄泉に待たむ」と遺言して、すなわち現世の無常を超えた来世での愛の永遠を信じて入水したのだった。長歌とは、叙事詩形式が十全には成立しなかった日本においてかろうじて成立した叙事詩の古代的形態にほかならない。

さらに私は、蓮田の当初のモチーフの背後に、昭和十三年に発表され、蓮田も書評を書いたことのある中河与一の『天の夕顔』をも想定している。「片歌」ならぬ和泉式部の短歌「つれづれと空ぞ見らるる思ふ人天くだり来むものならなくに」をエピグラフに引いて始まるこの小説は、二十年余にわたるプラトニックな男女の愛を描いたものだ。プラトニックな愛は肉体に対する精神の勝利の証であって、ロマン主義精神の精髄にほかならず、とりわけ、愛を「肉欲」に還元する「自然主義」的人間観に対する究極の批判でもある。それはまた、代償を求めぬ愛の無償性において功利主義の否定であり、肉体的生を超えた精神の直結を信じることにおいて、天皇への「恋闕《れんけつ》」の心とも通じるだろう。

つまり、村娘の投身自殺は、小高根の強調したがっているヒューマニズムの嘆きなどではなく、むしろ反ヒューマニズム、蓮田のいう「『人間肯定』の否定」としての自殺だったろう、と私は読むのである。それは生に対する「死の勝利」であり、死の勝利であることにおいて「詩の勝利」でもあるような死、「自分」を「死＝詩」に向けてあらためて鼓舞する性質の死でなければならないのだ。

現に書かれた小説でも、語り手はすでに前夜、「断絶した」と心に叫んでいたのである。温泉の湯のような穏やかな日常が、日常への復帰の志向が、さらには生の全的讃歌の可能性までも、「断絶した」のである。このとき、彼の「湯治」は、たんに日常への復帰準備としての「養生」でも、遁世というスタイルにおける『鴨長明』的な意味での「養生」でもなく、再びあの「死＝詩」に向けてのロマン派的信念の更生＝復活を志向せずにいられないはずである。それは銃後の日常においても臨在する死の自覚だから、阿蘇山頂への彼の登高は「『いまは』に似た登攀」になるのだが、しかし、火口の「とはのけむり」は、死こそ永遠であることの証明として、彼の「信念更生」を成就させるはずなのだ。

当初の題「形式」は、芸術論も含めた作中の思弁の中心テーマだったが、それは最終的には、一方の極で鴨長明が身をもって示した乱世の詩人の「隠遁」という生の形式に、他方の極で臨在する死に向き合って「死＝詩」へと身を投じる乱世の戦士の「生＝死」の形式に、収斂されていくのであって、小説の論理的進行からして、最終的な選択が当初から提示されていた「隠遁」にもどることなどあり得ないのである。

同じ論理構成は第十二章で述べた「歩く男」のテーマについてもいえる。大陸の戦場と銃後の内地のずれにつまずいていた男の足は、しだいに故郷の日常の土になじんでいくのだが、最後には、戦地を思い出しながら、「すさまじい気ほひで」火口へと登攀するのだ。

そうであるならば、たとえ「作者の目と直身には最もあざやかにのこつてゐること」が娘の自殺体を暗示していたとしても、蓮田は時局下の検閲を意に介する必要などなかったはずである。たとえ意に介したとしても書くことだけはできたはずである。

では、蓮田はなぜ『有心』を完結できなかったのか。

おそらく、戦地で見た夢に触発されて「叙事詩か小説を書かう」としていた当初の蓮田は、詳細は不明ながら、物語と小説とのあいだを狙っていたのではないかと推測する。「小説の所在」（第十一章参照）でいう「形而上的方法」「『構成』するのでなく『あやなす』方法」「狂言綺語」、人間ならざる霊異としての「もの」が「かたる」叙法である。ただしそれは、素朴な「物語」への復帰ではなく、小説という近代の毒を骨身に味わった二十世紀人ならではの叙法による作品、その意味で「小説として非常に孤独な」実験小説になるはずだったのだろう。（その構想段階での「小説」がすでに思弁小説的性質を含んでいた可能性はある。）

しかし、叙法にくるいが生じたのだ。帰国の船中で読んだ『方丈記』に発する隠遁のモチーフが新たに前面に出たために、一人称リアリズムの叙法（当初の三人称でも視点は主人公に限定されている）を採用し、心理と思弁が過度に膨れ上がってしまったからである。彼のペンが彼の意識的統制を逸脱して自走したのだ、と言ってもよい。「叙事詩」なら娘の心内にも自在に入って彼女の自殺の意味を語れるが、脱衣所で数回挨拶を交わした程度の「自分」では、主観的な解釈は述べられても、彼女自身にとってのその意味を鮮明にできないのだ。鮮明にできなければ絶望による投身と読者に誤解もされよう。そこを蓮田は処理できなかったのである。十分に処理するためには、長明論や宣長論や諸々のエッセイの執筆に追われて書き直す時間が作れなかったのである。

エッセイや評論なら、彼は平然と、「死＝詩の勝利」という観念についていくらでも書けただろうし、実際に幾度も書いた。しかし小説は、その観念を阿蘇山麓に生きる一人の田舎娘の身の上に即して、しかも彼自身が採用した一人称リアリズムの叙法によって造形しなければならない。彼は自由主義的な「知識人」の発言をしきりに批判したが、その意味では、自由主義の対極に位置する彼自身の「死＝詩」の観念もまた「知識人」のものにほかならない。大衆とは、現に生き延び、常に生き延びつづける人々を指す集合名詞なのだから。

蓮田はその「死＝詩」というロマン派的観念を現実の庶民の、それも銃後の若い田舎娘の、像において具象化しようとして挫折したのである。「死＝詩」による生の超越を阿蘇山麓の田舎娘さえもが実践すること、作者として実践させること――それこそ蓮田の「聖戦」思想の究極の理想であったろうに出来なかった。それが蓮田の未練である。もしも出征後の蓮田がこの未練の原因をじっくり嚙み締めたなら、彼は民衆なるものとの別な思想的関係を心内に構築できたのではないか、とさえ私は思う。

私自身は、前述したように、『有心』は十六章で終ってかまわなかった、終章は不要だった、と思っている。現に私の前に提出されている『有心』というテクストの論理に即してそう思うのだ。

小説の論理構造である「冷たいもの／温かいもの／熱いもの」の三層を自覚し、「温かいもの」への復帰の意志が「断絶した」からには、彼が生の熱源にして死と通底する「熱いもの」へと向かうのは当然なのであり、熱源の露頭としての火口は、生の充溢の極みとしての「詩」の絶巓であると同時に彼方の「死」への入り口でもある。その意味で、阿蘇は「詩の山」なのである。だから、この小説は火口の自然描写で締めくくられてかまわないのだ。（十六章末尾の彼は、もう少し歩を進めれば火口を覗ける地点にいる。）

第十一章で引いた「小説について――森鷗外の方法」の一節をもう一度引いておこう。

セガンチニの瀕死の眼に映ずる氷山の嶺の雲は、セガンチニが今迄「窓を開け」「戸の外へ」出て写さうとした題材としての風景でなく、さうした作為を超えて、今映ずる栄光そのものである。これは「小説」と言ふよりも「詩」と言ひたい。この風景は、生の終る所に初めて現はれるものであり、東洋人は高い意味で「自然」とか「造化」とかとも言つた。

それは氷雪に蔽われたアルプスの山、これは煙を噴き上げる日本の火山、しかし「冷たいもの」は「熱いもの」と通底し合っているのであって、両者は同じ「詩の山」である。だから蓮田は、たしかにそこが「詩の山」であることをまざまざと読者に実感させるように、せめて暗示するように、「とはのけむり」を吐く阿蘇の火口を描写すればよかったのである。そうすれば、娘の自殺体などなくとも、少なくとも、「幾度も死を決せねばならない」という主人公の決意だけは、明瞭に描き切れたはずなのだ。

しかし蓮田は、自分自身が自覚的に作品にしつらえたはずの論理構造であるにもかかわらず、そうすることができなかった。描写力の不足のせいなどではない。自然描写による暗示では満足できないほどに、また、気の弱った帰還兵士の「死＝詩」に向けての再びの「信念更生」だけでは満足できないほどに、村娘の愛の殉教という初発のモチーフへの未練が強かったからである。

なお、蓮田の再度の出征後、「文藝文化」昭和十九年一月号は巻末に蓮田を含む同人の既刊著書と並べて『有心』の近刊予告を載せたが、出版されることはなかった。

第十七章　文学（八）「文藝文化」と危機の国学

付・三島由紀夫と保田與重郎

三島由紀夫のデビュー

阿蘇の温泉から帰った蓮田は、東京に出て、成城学園に復職し、教師としての勤務と「文藝文化」の編集発行と執筆で多忙の日々を送ることになる。蓮田への執筆依頼は急速に増えるが、活動の拠点はあくまで「文藝文化」である。（ちなみに、「文藝文化」の奥付が記す「発行兼編集人」は、昭和十三年七月の創刊号から十九年八月の終刊号まで、蓮田の中国戦線従軍中も、十八年末の再度の応召後も、一貫して「蓮田善明」である。）「文藝文化」が同人・清水文雄の学習院の教え子、当時十六歳の三島由紀夫の処女作「花ざかりの森」の第一回を載せたのは十六年九月号だった。（十二月号まで四回にわたって分載される。）蓮田は九月号の後記にこう書いた。

「花ざかりの森」の作者は全くの年少者である。どういふ人であるかといふことは暫く秘しておきたい。それが最もいいと信ずるからである。若し強ひて知りたい人があつたら、われわれ自身の年少者といふやうなものであるとだけ答へておく。日本にもこんな年少者が生れて来つつあることは何とも言葉に言ひやうのないよろこびであるし、日本の文学に自信のない人たちには、この事実は信じられない位の驚きともなるであらう。

この年少の作者は、併し悠久な日本の歴史の請《まを》し子である。我々より歳は遥に少いがすでに成熟したものの誕生である。（傍点原文）

清水文雄の薫陶を得たこの驚嘆すべき俊秀のデビュー作は、いまだ思想や人間ドラマの当体に踏み込めぬもどかしさを擬古的朦朧体につつんでおぼめかしながらも、近代において「貴族」が「ブルジョア」になり下がり、「厳しいもの（＝武）」と「美しいもの（＝文）」とが分離して「みやび」が頽落し果てたという時代認識を骨格とし、それゆえ真の「血統」意識を保持する者はただ「追憶」に生きるしかなく、頽落の時代にあっては清純な「追憶」は永遠なるものへの「憧憬」と同じものなのだ、という美意識で貫かれている。それを「文藝文化」的といってもよいし、「みやびのやつし」としてのイロニー観において「日本浪曼派」的、あるいは初期保田與重郎的（第四章参照）といってもよい。いずれにせよ、「われわれ自身の年少者」「悠久な日本の歴史の請《まを》し子」とは、蓮田善明最大級の讃辞であり満腔の愛情の表明である。

「花ざかりの森」連載終了後も、三島は頻繁に詩やエッセイや小説を寄稿する。破格の準同人扱いである。そして、たとえば「美は秀麗な奔馬である」（傍点井口）というような「花ざかりの森」第一回の一節を、十八年一月号のエッセイ「寿」に「梁塵口伝集」よりとして引く今様の一節「松が枝かざしにさしつれば／春の雪こそ降りかゝれ」（傍点井口）と結んでみれば、三島最後の『豊饒の海』四部作とは弱年の日の「文藝文化」時代への回帰であったか、という感慨もいまさらながら浮かびもする。むろん、「春の雪」と「奔馬」は『豊饒の海』第一部第二部の表題であり、「松枝《まつがえ》」は第一部『春の雪』の主人公の姓である。

（付言しておけば、『梁塵秘抄口伝集』の原典では、賀茂参詣時の奇瑞に際して歌われた今様の歌詞は「松が枝」ではなく「梅が枝」のはずである。三島本人の誤写か印刷所の誤植かは知らない。しかし、ふとした言いまちがいにこそ人の心を支配する無意識の欲望が露呈する、というフロイトの説を拡張濫用して、あれほどにも「無意識」という概念を嫌った三島だが、十八歳の三島の意識が関知しなかったこの「松が枝」という誤記または誤植が、皮肉にも、三島晩年までの「運命」を美学的に支配していたのだ、などとも言ってみたくなる。）

「真理」の匿名性と同志たちの「縁」

ところで、「花ざかりの森」の第一回が載った十六年九月号から蓮田は一風変わった試みを始めた。目次および論文本体に同人執筆者の名前を載せなくなったのである。だから、九月号の場合、冒頭二篇「哭泣の倫理」と「鴨長明」の筆者名がない。「鴨長明」はむろん蓮田の連載である。では「哭泣の倫理」の筆者はだれか。

記紀神話は、亡母イザナミを慕ってスサノヲが烈しく泣きいさちった（哭泣した）ために、青山は枯れ災い起こり人民は多く夭折した、と語っている。しかし、記紀神話の語りは原因と結果を転倒したもので、ほんとうは国土の荒廃と人民の枉死が先にあり、その甚大な惨禍を嘆いてスサノヲは泣いたのだ。つまり、スサノヲの哭泣が人民に災禍をもたらしたのでなく、逆に民の困苦を己が責任と受け止めてスサノヲは哭泣したのであって、それはとりもなおさず王者たるスサノヲにおける「政治の倫理の自覚」を意味していた。そして、そのスサノヲの深い「鬱情」は出雲で八岐大蛇を屠って剣を得たときにはじめて晴れ、憂悶の浄化された喜びが「八雲立つ」の神詠となった。かくしてスサノヲは剣（武）と歌（文）を一身に具えた民族の英雄神である。

——「哭泣の倫理」はそのように述べる。

実は私は以前、「花ざかりの森」の掲載誌を確認するために九月号を開き、題名に惹かれて何心なく「哭泣の倫理」を読み始めたとき、これも蓮田の文章ではないか、と疑ったことがあった。文体はやや若々しすぎる感があったものの蓮田好みの語彙を用い、とりわけ記紀神話を無理にも倫理主義的に読み変えるその強引さが蓮田のものであっても不思議はないと思い、「発行兼編集人」でありながら「鴨長明」と「哭泣の倫理」と自作二篇を巻頭に並べることへの含羞から名前を隠したのだろう、などと推測したのである。

しかし、「哭泣の倫理」の筆者は池田勉だった。同じ内容を池田は前号にスサノヲのモノローグとして小説風に書いた「建速須佐之男命」を発表しており、「哭泣の倫理」がそのエッセイ版であることは「文藝文化」の継続読者にはすぐわかることだし、前号を読んでいなくても九月号の後記を見ればわかる仕組みになっている。

三島由紀夫の紹介から始めた九月号の異例に長い後記で、蓮田は次のように述べている。

私達が此頃益々信ずるやうになつたのは、謂はば『縁』（エンと訓んでも、ゆかり・えにし・ちなみと訓んでもいい）といふことである。『縁』などが学問の根本になるなどといふと世の学者は笑ふかもしれないが、例へば私達同人の言ひ出したり書いたりするものは、予知なくして屢々一致する。（中略）私達はそれを個人々々の思考や技倆や先入主といふやうな方からは到底考へ得ないところまで経験した。そしてこの一致といふことは全く別なところから生ずることを知つた。私達は、本当の事といふものの一線には人が皆足を揃へてしまふのだといふことを感じた。

「縁」という言葉には、ゆくりなくも地方の大学で邂逅した四人が同志的紐帯を深めてきたこれまでの歳月をふしぎな「運命」と感ずるような思いが託されているだろう。それはまた、学界の権威に対する反抗も辞さぬ決意で始めた少数者の雑誌が、ついに国運（国難）を担うほどの思想的位置にまでせり出すことになったという晴れがましくも昂揚した時代意識も含んでいたろう。たしかに「文藝文化」は、それが文学運動ならぬ文学研究者の運動だったことを思えば、まことに稀有な同志的結合の実践だった。

その彼ら四人、同人の会合にも招かれて出席した三島由紀夫の後年の回想を借りれば、「清水氏の純粋、蓮田善明氏の烈火の如き談論風発ぶり、池田勉氏の温和、栗山理一氏の大人のシニシズム」（『文芸文化』のころ」）という個性の違いはありながら、いまや発想や思考においてしばしば神秘的ともいえる冥合一致を呈するまでになったのだという。その理由を蓮田は、自分たちが「本当の事」、すなわち日本文学の歴史を貫く「真理」を摑んだからだ、と誇らかに揚言するのだ。

「真理」において彼らは一心同体である。ならば、「真理」の開陳において個々の執筆者名は不要である。それゆえ「同人の執筆署名を、その文章の傍から消すことを申合せた」。「『よみ人しらず』といふことは、昔あつたことである。」

これが同人執筆者名を消した理由である。ただし後記に執筆者名だけは掲げる、として、九月号の後記末尾には「〇本号同人執筆、池田勉・蓮田善明」と一行記されている。「鴨長明」が蓮田の連載だから、「哭泣の倫理」はおのずと池田勉と知れるわけだ。

（なお、「哭泣の倫理」は『蓮田善明全集』に収録されている。編者・小高根二郎の重大な誤りである。「文藝文化」昭和十六年十二月号巻末の「文藝文化第四巻総攬」にはちゃんと「哭泣の倫理　池田勉」とあるにもかかわらずの誤りだ。しかし、小高根にして誤るほどにも「哭泣の倫理」は蓮田的だったのだ、と思えば、初読時の私の勘違いも宜なるかなというものだ。）

彼らはこの「よみ人しらず」の試みを年末十二月号まで四号つづけたが、さすがに読者から混乱迷惑の苦情も入ったらしく、昭和十七年一月号からは署名を復活させることになる。蓮田は一月号の後記に「本号から再び署名する。しかしこれは唯元に復るのではない。名のある所を新しく又覚悟する上のことである」と記した。本来無名の「真理」を各固有名において担うことの意味を新たに覚悟する、という意味である。

「大東亜戦争」開戦と急進化する蓮田善明

ちなみに、十七年一月号の後記は池田と蓮田の二人が書いていて、これが「文藝文化」が「大東亜戦争」開戦に応じた最初の声となった。

池田は「昭和十六年十二月八日、わが歴史の志大いに展くる日の深更、この神国に生れあはせたことの欣びに胸を打轟かせつつ筆をとる」と書き出し、「わが民族に於てのみ、戦争は聖戦とよばれうる由縁を私は深く解するのである。か丶る聖戦を行ふ日本の民族を私は今日に生けるしるしありと自信するのである」と結んだ。『万葉集』の「み民われ生ける験《しるし》あり天地のさかゆる時にあへらく念《おも》へば」を引いての「み民われ」の感激である。

蓮田の方は、十二月七日に文化奉公会の月例参拝で靖国神社を訪れた際の印象から書き出し、同人執筆者署名復活の断りを記し、最後にこう書いた。

＊十二月八日。感動の日、恐らくは悠久三千年の日本の歴史の中にもこれと同じ感動を数へ得ることは多くはない。一切の鬱情は此の日より大和の国から掃ひ去られた。此日に生れ合せた、而も、いまだ壮年にして此日に会つたよろこび、涙が出てしかたがない。「天《あめ》の石位《いはくら》をはなち天の八重棚雲を押し分けて」と

いふ感じ、「六合を兼ねて都を開く」といふ感動である。雄大な創業の日――。

奇しくもこの昭和十七年一月号は「新しい国学について」を特集していた。

西洋の文芸学をモデルに形成された近代的学問たる「国文学」に「国学」の精神を導入しようというのは「文藝文化」創刊の主旨だったが、柳田国男がその民俗学を「新国学」と名乗り始めたことなどを含めて、当時「新しい国学」の動きはあちこちで生じていた。（保田與重郎も親交のあった影山正治の大東塾が「新国学協会」を結成するのも昭和十六年のことだ。）

むろん、昭和十年の天皇機関説排撃に伴う政府の「国体明徴声明」や十二年の文部省による『国体の本義』編纂以来、戦争を遂行する国家そのものが、国民統合イデオロギーを整備するために「国体」の学としての「国学」を必要としていたのである。しかしそれは、「肇国の精神」といった復古的・古代的な観念によって近代帝国主義戦争の現実を粉飾することでもあった。十二月八日の米英に対する宣戦の詔書も、末尾近く、「皇祖皇宗の神霊上に在り」の一節を含んでいた。したがって、民衆文化という基底部に照準する柳田民俗学などは戦争遂行権力の思惑から最も遠く、古代神話の強引な倫理主義的読み替えも辞さない「文藝文化」同人などは「道義的世界建設」（『臣民の道』）を掲げる「公定思想」に最も近かったといえるだろう。寄稿者たちの論文は開戦以前に提出されていたらしいのだが、時宜を得た企画となったのはたしかである。

寄稿されたエッセイを大まかに分類すれば、誰もが「新しい国学」の必要を肯定しながら、蓮田（このとき三十七歳）より十歳ほどの年長者たち（久松潜一、斎藤清衛など）は総じて穏健冷静で「学問的」であり、蓮田と同年配の三十代の書き手（浅野晃、藤田徳太郎、保田與重郎など）は急進過激で「国粋主義的」である。

たとえば久松潜一「国学と『民間伝承論』」は柳田の「新国学」の文学研究上の意義を肯定したものだが、

浅野晃「みくにの文章――久松博士『国学』を読む――」は、その久松の著書『国学』を、たんに従来の「国文学」であって「国学」でも「文学」でもない、と一蹴し、対して、国学の使命は日本の絶対的優越性に立脚すべしとする藤田徳太郎の著書『新国学論』を称揚するのである。

また、「文藝文化」同人中最年少の栗山理一よりさらに一歳若い保田與重郎（このとき三十一歳）の「国学と詩人の伝統」は、紙幅の大半を、古代文化の終焉を体現した後鳥羽院の志が中世隠遁詩人たちにひそかに継承され、やがて江戸の国学者たちの手で開花するに至った、という彼の従来からの文学史観の開陳に費やしながら、「我々もけふの最後の生き方の規範を、古事記と万葉集に限定し得る時にきた」という、ほとんど説明抜きの一行を結論としている。敏感な時局意識による、おそらくは校正時の事後記入だろう。一見悠々たる文章の中に「西戎の文芸学」（傍点井口）などという一語をさりげなく紛れ込ませるのも保田らしいやり口だ。

なかでは、広島時代に同人四人をゆくりなく引き合わせることになった共通の師・斎藤清衛「新国学観――歴史認識の根本に就て――」が、あくまで学問としての「客観性」を重視して、国粋主義的傾向に対して最も冷静かつ率直に批判的であることが目を引く。「日本の特質性から、皇道を樹て、神ながらの教を強化することもとより必要である。しかも選民の名に於て、自国民族を特殊扱ひするなどは、却て、民族の将来を危険に導くものと評することも出来る。」「新国学は、いかにわが国粋発揮を目的とする学問と雖も、それは客観性を有つに堪へるものでなければならぬ。そのためには、世界の文化、現代世界の学問の段階に於て、理会をうる合理を有つことが大切である。」斎藤はあきらかに、あまりに性急なかつての「弟子」たちをたしなめようとしているのである。（斎藤はこのとき北京師範大学の教授だった。）

おそらくは斎藤清衛がその過激急進性において最も危惧していたであろう蓮田自身は「国学入門」という文章を載せている。たしかに、蓮田の論は最も激烈だった。

蓮田はまず、いま真に国学に志す人々は「国の意気の信頼と而も尚ほ孤独である思ひとに熱く顫へ立つてゐるのである」(傍点原文)と立言する。この信頼と孤独の思いなき者は、いかに粉飾しようと、「己れの学問が国の意気などとは縁遠くユダヤ人風のたゞ国学を対象とする一人の『学者』といふきたならしい職業にほかならない」。真の国学は「わが国の神の道」への絶対の「信頼」であり、その信仰にも似た姿勢において一人白熱しつつ、「真理」を我が固有名一個で担う「孤独」の覚悟を要する、というのである。

蓮田のこの口汚いまでの罵倒は、保田の「西戎」以上に激越でおぞましい。ナチス・ドイツとの同盟に乗じた反ユダヤ主義の言辞は保田も記したことがある。それはいわば「資本主義の精神」の代名詞みたいなものである。一切の価値を物質と金銭に還元するその「精神」は、当然にも、唯物主義も実証主義も功利主義も含むのだ。とはいえ、蓮田の口調の激しさは保田の比ではない。これはもう、時流への挨拶でも便乗でもなく、腹からの痛罵である。だが、中国戦線での蓮田のノートを読み、小説『有心』を読んできた今日の私には、この激烈な言辞はむしろ痛ましくさえある。

幸か不幸か時勢がようやく彼らに追いつき始めたかに見えるこの時期、蓮田はむしろいっそうの危機意識に苛立っているようだ。追いついてきたのは便乗的言説ばかりである。倫理的厳格主義者である蓮田にはその姑息な便乗主義こそが我慢ならない。便乗主義がはびこればはびこるほど、蓮田は、そうした贋物どもを排撃しつづけることによって、自分(たち)だけが本物であると言い募らなければならなくなる。こうして蓮田の言説はますます過激化し、ますます急進化する。

科学・技術という急所

本物と贋物を区別するのは何か。「からごころ(漢心、漢意)」の有無である。「からごころ」は知識や思想や感性までも汚染している心内の敵である。純正日本の「古の道」を明らめるために「からごころ」を祓い「やまとだましひ」を清めよ、と本居宣長は教えた。宣長の時代には儒教と仏教が最大の「からごころ」だったが、現代の最大の「からごころ」は、むろん西洋近代の文物百般である。あらゆる学問芸術が西洋近代という「からごころ」の産物であり、実証的文芸学もその一つだ。では、打ち攘《はら》うに最も難い西洋近代は何か。「科学」である。実証主義から物理学まで、「科学」こそが最大の敵である。

蓮田によれば、科学とは「ギリシヤ以来アダムとイヴやプロメシウスの子孫の宿命としてきたものである」。つまり、西洋人が彼らの神を裏切り神に反抗して獲得したものである。それは「神ながら」を実践する「日本の道」ではない。「今日私達が国学を覚悟するのは、日本精神と科学とを適当に調剤するやうなことでなく「我が日本の道にあらざれば世界の正大となり得ない、絶対正大を信じ」ることである。そう述べつつ彼は、「(科学もそこまであらためて、神の智に回帰する)」と丸カッコに括って挿入している。

「国学入門」はほとんど「科学」と「わが国の神の道」の問題だけに終始している。私は第二章で、この時期の公定思想書たる『臣民の道』が、西洋文化の摂取醇化の必要性を説いていた『国体の本義』のゆとりを失って、「欧米の科学・技術」に対してほんの数行の言及で済ませていることを指摘しておいた。要するに、『臣民の道』は科学・技術という難題を回避したのである。対して、蓮田は科学・技術の問題にこそ焦点を当てている。それは蓮田が、他に先駆けて、近代における国学という問題をぎりぎりまで突き詰めていた証拠である。彼はいわば、最後の難問だけを考えているのだ。

そしてこのとき、戦争イデオロギーに最も翼賛的であるはずの蓮田の国学思想は、皮肉にも、その過激さにおいて国策イデオロギーと本質的な確執を生じることになる。「皇祖皇宗の神霊」を信じることと科学の実証精神とは根底において背馳するからだ。それは宗教的原理主義と科学との関係に似ている。しかも、西洋において敬虔なキリスト教徒が科学者でもあり得ることと違って、日本人にとっての科学は本来打ち攘うべき「からごころ」の産物なのである。

「日本精神と科学とを適当に調剤するやうなこと」とは、たんに便乗主義的な「学者」やにわか民族主義者のみならず、さかのぼっては佐久間象山の「東洋道徳、西洋芸術」から「文明開化」のスローガンたる「和魂洋才」までを批判の射程に含み、つまりは日本の近代総体を射程に含み、何より、その照準は近代戦の実態を粉飾隠蔽するためにのみ国学を利用する権力に対して向けられることになるだろう。そんな「調剤」が可能だと思っている者たちは、「和魂」というもの、「やまとだましひ」というものの純粋なありかたを一度も突き詰めて考えたことがないのである。

蓮田はほとんど国策イデオロギーの底を踏み破る寸前にいる。だが、寸前でまだ躊躇している。「(科学もそこまであらためて、神の智に回帰する)」という挿入は、彼の暫定的であいまいな願望の記入であって、なんら問題の解決ではない。

蓮田は、宣長文献学の実証性は顕揚しても形而上的歴史哲学たる「直毘霊《なほびのたま》」は敬遠するといったにわか国学論者の「科学信奉」を批判する。ただし、第二章で書いたとおり、「科学信奉」は応召以前の蓮田自身の宣長論の立場でもあったのだが、蓮田は自分の過去などおくびにも出さない。過去の自分の赤彦崇拝を隠して「アララギ」を痛罵した(第三章参照)のと同じである。いったん死に向けて自己を決定《けつじょう》したからには、知行合一の人・蓮田善明にはいまさら回顧しての自己批判などないのである。彼はただ、決定した信念を実践するだけだ。

そして、末尾にもう一度、こう記す。

私は日本人の本心のまなびといふものがあると思つてゐる。そしてそれは科学などに世話をかけるやうな類ひのものではないと思つてゐる。科学をわれ〲のいのちの絶対をかけるもののやうに奨励する指導の仕方には私は悲憤に堪へない。今日科学のことは国のいのちの死生を決する鍵たるを失はぬ。併しそれをしも日本の死生の絶対的叡智に比しては小なりと考へてゐる。

「からごころ」の産物たる科学なしには軍艦の建造も飛行機の増産もできない。むろん、蓮田中尉が戦場に携行する銃一丁造れない。戦争遂行権力が科学を「奨励」するのはそのためだ。そして、「悲憤に堪へない」蓮田も、さすがに国民こぞって死のう、とまでは説けず、「今日科学のことは国のいのちの死生を決する鍵たるを失はぬ」と認めざるを得ない。科学は「日本の死生の絶対的叡智に比しては小なり」かもしれないが、その彼にして、文学研究における実証主義は罵倒できても、実証主義精神の産物たる科学を打ち攘うことはできないのだ。ここが、急進主義者・蓮田善明の国学の急所である。

なるほど王殺しならぬ王（天皇）の復位に始まった明治維新はまぎれもない「復古」革命だったが、「からごころ」たる「仏」を打ち攘う廃仏毀釈も完遂できず、神道国教化のための神祇省も一年足らずで廃止されたのだった。国学の原理主義的理想は「文明開化」に敗北したのである。以後、国学は天皇神格化にまつわるイデオロギー的機能に限定されて近代帝国に許容されることになった。

蓮田は後に、森本忠の著書『神風連のこころ』の書評（「文藝文化」昭和十七年十一月号）を書く。そこで彼は、熊本神風連の中堅幹部だった石原運四郎の遺子であり濟々黌中学の教師だった石原醜男が授業の合間に、「文明開化」を嫌った神風連が、「電線の下ば通る時や、かう扇ばぱつと頭の上に広げて――」と身振りつきで語るのを聞いた思い出を懐かしげに記し、その逸話が「非常に清らかな、そして絶対動かせない或るものを、今日まで私に指し示すものとなつてゐる」と述懐した。神風連は、「唯だたましひの事だけを純粋に、非常に熱心に思ひつゞけた」のであり、その蹶起は「清純な『攘夷』」であって、それはまた「国学者達が次々と伝承してきた根本思想」なのであった。「敬神党」と名乗った彼らが神前の「うけひ」によって蹶起し、刀槍だけの武装で圧倒的な兵力と火器を有する熊本鎮台を襲撃したのも、彼らの真の「敵」が「文明開化」そのものだったからにほかならない。その意味で彼らの行為は「言はば空な討ち方」だった。「そしてその刃は又彼等自ら討つべきものを討つたことに殉じて死ななければならないことも、彼等は知つてゐた。」

神風連の蹶起は、「文明開化」という敵に対する必敗覚悟の蹶起、必敗することによって精神を後世に残そうとする類の蹶起だった。それは知行合一を旨とする蓮田の国学思想の究極の理想であったかもしれない。ことに「自ら討つべきものを討つたことに殉じて死ななければならない」という一節を蓮田自身の最期の自己処断と照らすとき、その感は深い。

だが、彼は神風連のようにいさぎよく近代武装を捨てることができない。「今日科学のことは国のいのちの死生を決する鍵たるを失はぬ」という国家の危機意識が彼にあるからである。(蓮田のまったく与り知らなかったこととはいえ、大日本帝国の近代武装は、やがて細菌兵器や原子爆弾の開発実験へと「進歩」する。)蓮田の国学思想を誰よりも過激に急迫させたのも時代の危機意識だが、その思想を神風連ほどに徹底させ得なかったのも同じ危機意識である。その二重の意味において、蓮田善明の国学は「危機の国学」だった。

戦う国学——宣長から真淵へ、「たをやめぶり」から「ますらをぶり」へ

蓮田は「新しい国学について」を特集した翌月、昭和十七年二月号から「文藝文化」に本居宣長論「鈴の屋の翁のまなびごと」を連載する。「鈴の屋の翁」は本居宣長のことである。「伝へ」「回天のいきどほり」「から

ごころ」「やまとだましひ」とつづいたところで単行本化が決まったので中断し、連載部分を中核にして大幅に加筆し、翌十八年四月『本居宣長』を刊行した。蓮田にとってはこれが二度目のまとまった宣長論である。近世ルネッサンスの可能性を宣長に読み取った一度目の「本居宣長に於ける『おほやけ』の精神」から宣長の国粋主義を讃仰する二度目の『本居宣長』への百八十度の転回については、第二章で述べたのでくりかえさない。

しかし、その『本居宣長』刊行直前の「文藝文化」十八年三月号の後記に、意外にも、彼は「国学者では本居宣長よりも賀茂真淵」と書いたのである。

> 憤りつつ「からごころ」をはらふことを言挙げしたのは正に去年であつた。本年は「やまとたましひをかたむる」上に何としても神ながらの古伝のこころことばを振るひおこし言霊のさきはひをさながらに招《を》ぎ致すべき年である。この尊い最要の一事を明らむることは国文学に心をおいてきたもののみのしる事でもある。私はさう信ずる上で本年は古事記一途に考へるやうになつた。古事記の絶大さが今まで知らないほどの光耀を発して仰がれてくるのを感ずる。国学者では本居宣長よりも賀茂真淵。

「古事記の絶大さ」を明らかにしたのは宣長であって真淵ではない。にもかかわらずのこの末尾一文。後記の行文にあっても唐突であり、蓮田の仕事の流れにおいても唐突である。

彼は補うように翌四月号の後記でこう記す。

> 本居宣長は神は善神もあり悪神もあるといつて儒仏意の神・聖の観念を打ちやぶつたが、宣長の見た

神は尚ほせいぜい平安時代風のもののあはれの心くらゐしか映つてゐない。今日我々は全くあの古事記の神々の荒ぶるばかりのさかんさを想ひ、全く神はかくの如くいさみ荒ぶりたまふのだと信じる。善とか悪とか正とか邪とかと神の御いきほひを事分けて解釈づけ初めたところから、実は神のおもかげを見喪つて来だしてゐるのである。

「神はかくの如くいさみ荒ぶりたまふ」と書くとき、蓮田はもう、一年半前の池田勉の「哭泣の倫理」の倫理主義的なスサノヲ解釈などはるかに飛び越えてしまっている。

荒れすさぶ神の本性においてスサノヲはただ大いに泣きいさちっただけである。青山が枯山になろうと人民が夭死しようと知ったことではない。それほどにも非倫理極まりないスサノヲだからこそ八岐大蛇を屠ることもできたのだ。神の行為は人間の尺度による善悪正邪など超えている。——おそらく蓮田は、荒ぶる神々が跳梁したあの戦場を回想しているのである。あるいは、再度の召集によって赴くことになるであろう新たな戦場を予想しているのである。

保田與重郎は「戴冠詩人の御一人者」で、ヤマトタケルが友誼を結んだイヅモタケルの刀を木刀にすり替えて騙し討ちした後で「八雲刺《やつめさ》す、出雲建が佩ける剣、黒葛多纏《つゞらさはま》き、真身《さみ》無しにあはれ」と詠んだという伝説に触れてこう書いた。

敵将の首級をさかなにすることは、勝利の祭である。あらゆる敵への憎悪も軽蔑も、その限界の一線に到り、勝利にいたつてまことに祭られる。真身なしにあはれ、とこの高らかな晴れがましい調べの中では自他は境を撤して祭られてゐる。（中略）敗れたる強敵には熟れた茘子《れいし》をさくやうな残忍な死を与へよ。勝利の眼のまへにあるものは敗北である。真身なしにあはれと歌ふべきである。英雄と詩人とは日常な同情の念を去る、彼の敗れた敵の光栄を熟知する。従つて思ひやりを真に知るゆゑに卑劣な憐憫の情を棄てるのである。

単行本『戴冠詩人の御一人者』が刊行されたのは昭和十三年だが、この本文は日中戦争（支那事変）勃発以前、早くも昭和十一年（「コギト」七月号）に発表されたものだ。蓮田が詩「戦と笑」に神武東征伝説を謳って「八十梟師《やそたける》ども皆がらに殺し給ひて、大御饗《みあへ》をば／悉《ことごと》に御軍《みいくさ》どもに賜ひて、大いに笑ひぬ」と書いたのは、やっと昭和十四年、晏家大山守備中のことだった（第九章参照）。遅れた蓮田の詩の背後には戦場体験があるが、先立つ保田の文章の背後には戦場を知らぬ（知ろうともせぬ）若き文人の美的享楽だけがある。

ともあれ、蓮田は同じ十八年三月号巻頭言を「勇進の古道」と題して、『古事記』から「神風の　伊勢の海の　大石《おいし》に　這ひ廻《もとほ》ろふ細螺《しただみ》の　い這ひ廻《もとほ》り　うちてし止まむ」など、いずれも「うちてし止まむ」と結ぶ三首を引いて、「今年の戦ひに於て、いくさびともうたよみ文つくる者も、さやかに定めねばならぬことが、少くとも三つある。戦ひ討ち貫く雄《を》ごころ、妙な人道主義を清くはらひ去つて、あたを余すことなくゆるさず討つ鋭《と》心、そして（中略）神韻の発想を受けて言立つること」と書いていた。「うちてし止まむ」の三首は神武東征において抵抗する異族（先住民）を討滅すべく神武自身が歌ったとされる歌である。（実際は軍事部族たる久米部の歌だと思われる。）

背景にはガダルカナル撤退の報に接した衝撃があったのではないか、と私は推測している。大本営がガダルカナル島からの「転進」を発表したのは十八年二月九日だった。蓮田は「転進」の意味するところを十分了知できたはずである。おそらく蓮田は、その悲報に接して、三月号の校了間際、急遽、「うちてし止まむ」三首を引いて巻頭言を書き（書き直し）、巻末の後記に一行だけ、「国学者では本居宣長よりも賀茂真淵」と加筆したのである。

しかし、蓮田に独立した真淵論があるわけではない。それどころか、真淵批判は二つの宣長論で一貫していた。

たとえば「本居宣長に於ける『おほやけ』の精神について」では、ひたすら万葉ぶりの歌を詠めという真淵に対して宣長が『古今集』『新古今集』や南北朝期の頓阿の『草庵集』あたりでよしとしたことについて、後世が古代をじかに模倣すれば「実情」に不自然な歪みやこわばりが生じるからであって、「絶対古風主義の真淵の単純素朴な理論は、歴史に逆ふといふより、歴史性といふ文化性を否定してゐるものであつた。さういふ知性にひどく欠けたものであつた」（傍点原文）と書いた。そもそも「真淵の『ますらをぶり』は自然に反してゐる」のである。

単行本『本居宣長』でも、宣長の「あはれ」が日本人のおのずからなる生命の「感動」に深く即しているのに対して、師の真淵は実際には『伊勢物語』や『源氏物語』を愛読していたにもかかわらず、「次第にその尚古の頑なさにすゝんだ心から、平安時代以降の、所謂『手弱女《たわやめ》ぶり』を劣《おと》し、万葉以前の『丈夫《ますらを》ぶり』を固くとつて」固執することになった、と真淵の自己欺瞞を含む頑なさを批判していた。真淵には、初期国学以来の「日本文化といふものを、単に他と区別してその特質を考へ独自性を考へるといふ傾き」（傍点原文）、つまり他を意識するがゆえに己れを不自然に強く主張する対他的傾向がまだ残っていたために頑なさを免れなかったが、宣長はもはやそういう他への顧慮を必要としない、おのずからにしておおらかな、即自にして充足した、真の絶対の道を明らかにしたのだ、というのである。これは決定的な真淵批判である。

だから蓮田は、真淵批判から真淵肯定へ、宣長全肯定から宣長全否定へ、学問的に転換したのではない。蓮田はただ、もう宣長の「手弱女ぶり」では戦えない、戦うためには真淵の「丈夫ぶり」でなければならない、と言っているのである。蓮田はそれを銃後の研究者として言うのではない。いずれ再び銃をとる帝国陸軍将校の覚悟として言うのである。蓮田にとって学問の「真理」はそのまま自らの死生の「真理」でなければならなかったからだ。その意味で、蓮田の国学は戦時における究極の実践的倫理主義であり、そういうものとして、いわば「戦う国学」だった。

ところで、四月号後記にいう「善神」「悪神」とは、直毘神《なおびのかみ》と禍津日神《まがつびのかみ》のことである。宣長は、疫病や戦乱のみならず、皇室の衰微も「からごころ」の浸透も、すべてこの世に禍いをもたらすのは禍津日神のしわざ、それを正常に直すのは直毘神のしわざ、と考えた。直毘神も禍津日神も神話に名のみ現れて具体的な逸話をもたないし、その名自体が観念的で思弁的である。宣長はその神名に託して、一種の思弁的歴史哲学を語ったのである。

そもそも「からごころ」排撃論には強迫神経症的性質が伴う。心の汚れは目に見えないからだ。洗っても洗ってもまだ洗い足りないと感じる病的潔癖症のような症状だといってもよい。

朝鮮半島や中国大陸の文化文明に汚染されていない「純粋日本」などというものは、文字（漢字）そのものが「からごころ」の産物である以上、文字記録の彼岸に、文献実証主義を超えて、仮想するしかないのである。『古事記』も『万葉集』もすでに唐制を模した律令国家整備期の作品である。「純粋日本」が悠遠の過去に想い描かれた仮想なら、十六歳の三島由紀夫が書いたとおり、仮想された過去への「追憶」ははるかな未来への「憧憬」と同じものであって、両者は互いに虚像の合せ鏡みたいなものだ。そして、かつてないいまだない二つの虚像の中間で、現実の日本は常になにがしかの頽落状態であることをまぬがれず、「やまとだましひ」はつねになにがしかの汚染をまぬがれないことになる。汚染は祓っても祓ってもきりがないのだ。宣長自身は、「からごころ」を完全に祓おうとするこだわりがかえって不自然な歪みやこわばりを招きかねないことを承知していた。万葉ぶりで詠えという師説を拒んだのもそのためだった。それゆえ宣長は、頽落した世俗への一定の妥協を辞さなかった。

たとえ宣長の歴史哲学のモチーフの根底に、歴史はなぜ頽落するのか、という悲憤に似た問いがあったとしても、歴史哲学は歴史の変化を事後的に合理化するための思弁である。変化するには変化する理由と意味（神のはからい）がある、ということだ。こうして宣長は「歴史性といふ文化性」を発見し、承認することになる。しかも、神の心は最終的には推しはかられぬのだから、宣長の歴史哲学は、結局のところ、なぜかわからぬが歴史はこのように禍津日の優勢下にある、それも総じて不可測な神のはからいだから仕方ない、という現実追認に帰着せざるを得ないのである。宣長は徳川氏の治世さえも承認した。

それは蓮田自身、すでに「本居宣長と『おほやけ』の精神」を書いた時点で分かっていたことである。それを隠して、「大東亜戦争」下の蓮田は宣長の国粋主義的側面にのみ焦点を当てて『本居宣長』を書いた。だが、文字どおりの国難迫る今、国粋主義的であると同時に現実妥協的でもある宣長の一種泰然たる二枚腰三枚腰が、蓮田にはもはや堪え難かったのである。「国学者では本居宣長よりも賀茂真淵」は、蓮田の切迫した危機意識が記させた一行だった。

再度の応召と「文藝文化」の終刊、その後の保田與重郎と三島由紀夫

蓮田は十八年十月二十五日に再度の召集令状を受けた。「文藝文化」読者への報告は十二月号後記に栗山理一が書いた。出発前夜、「慌しい身支度の中を雨をついて集つた数人の友と壮行の小宴を開いたが、蓮田は軒

昂と郷党神風連の歌を高吟し、はては醜夷を憤つて熱涙を流してゐた。私は長い交友の間に、はじめて蓮田が男泣きに泣くのを見た」。（このとき蓮田が高吟したのは神風連盟主太田黒伴雄の歌「天照す神をいはいて現身の世の長人と吾れは成りなむ」だったろうと小高根二郎は推測している。）

今度は南方戦線である。十一月一日出帆。シンガポール、スラバヤ島などを経て、十九年一月二日、小スンダ列島のスンバ島に上陸、任務に就いた。

途中、スラバヤ島で邂逅した佐藤春夫に手帖一冊を託した。再度の応召以後に書かれた長歌・短歌・詩などを鉛筆書きした手帖で、扉には「をらびうた」と記されていた。（第三章末尾に注記したとおり、仮名遣いは「おらびうた」が正しい。）

おびただしい作品数だが、詩はほんの数篇、あとは短歌と長歌である。短歌は若き日の「アララギ」風の写生歌ではなく基本的に述志・述懐の歌。長歌はむろん真淵に倣った万葉ぶりである。蓮田の「古代還り」はここまで徹底していた。その出立に際して詠んだ短歌と長歌各一首を引いておく。（引用は「文藝文化」終刊号から。）

剣太刀身にとりはきてみいくさのいよいよさかれといで立つ今日ぞ

剣太刀身にとりはけば　異《こと》だちて　心潔《さや》けく　きほひする　ししむらをどり　あやなあやな　剣の霊《みたま》　古
へゆ　言伝て来にし　ふることに　まさやかにしる　おらびて泣かな

「文藝文化」は蓮田出征後も用紙統制のためにページ数を削減しながらなんとか月刊を維持してきたが、昭和十九年三月号を最後に途絶え、五カ月後、政府の雑誌統合の要請を機に、八月一日発行号を「終刊号」とした。「文藝文化」ゆかりの執筆者十人の寄稿が並び、その後に同人四人の稿が並んで末尾を出征中の蓮田の「をらびうた」が締めくくっている。

保田與重郎は寄稿した「文人の道」で、「天職」ということの重要性を説いている。

文人学者が、時勢に頓着せず、何ものにも動じないといふ生活ぶりは、明治御一新以後なくなつたやうである。その原因の一は天職といふ意識とその生活を失つたからである。天職といふことは、職とは高天原以来の世職だといふ意識である。

「文明開化」は日本人の「天職」意識を根こぎにした。ことにも文人学者は根なし草となり、その結果「政治化」して近来は「便乗」的言説が氾濫したが、いまは「時局の切迫」に伴って「不安」を口にし始めた。「土着と生産をもたない生活が、露骨に政治工作的存在となることは当然」である。すべては「天職」意識を失ったことから生じているのだ。文人学者に限らず、人心は動揺している。「人心に逐次天職意識を恢弘する道を示してゆくことが文学のゆき方であり、使命であると自分は考へてゐる。」

このエッセイ自体は短いものだが、背後には戦時下の保田の重要な思想的転回がある。保田は、昭和十八年の秋ごろ、ちょうど蓮田善明が南方戦線へと出征する直前から、後に『鳥見《とみ》のひかり』としてまとめられるエッセイを執筆し始めていたのだ。

その思想的転回において保田が主として依拠した古典は、『古事記』でも『万葉集』でもなく、『古語拾遺』と祝詞である。『古語拾遺』は中臣（藤原）氏によって宮廷祭祀を逐われた斎部氏の伝承で非正統扱いされてきたもの、祝詞は近世以来権威をもった大祓の祝詞でなく、一年の初めに五穀豊穣を神に願い年末に収穫を捧げて感謝する祝詞、つまり「土着と生産」に根差した祝詞である。罪穢れを祓う大祓の祝詞は公家や武家といった非生産知識階級に信奉され、やがて罪観念によって民の心を脅迫するようにもなったが、それは神道の「観念化」の結果であって本来の「神の道」ではない、と保田は言うのだ。(戦時下には、元左翼や元自由主義者に対して、「からごころ」を浄めるための禊祓いが強制されたりしたことを思い出すべきだろう。)

古語拾遺に明らかにされたやうに、祭祀の根本は、神敕に完全に仕へ奉る意であるが、これを換言すれば、天職を相続して生産に当る、つまり高天原の故事をそのまゝに伝へて、かくて神の事依《ことよ》さししまゝに仕へ奉つた時に、祭りは完成される。しかもわが国生産の根本中心は農であり、さらに米作りである。これは人の生活としては、祈年祭より大嘗祭に亙る期間を以て現され、これを年といふ。一定不変にくりかへされ、しかも万代無窮の神敕に仕へ奉る道である。(『鳥見のひかり』)

悠遠の過去に想定された高天原の暮しこそ、今日回復されるべき真の日本の姿だというのである。天皇は神の「事依さし」(神勅を伴う神の委任)に基づいて国を経営し、民は祖先の職たる「天職」を受け継いで暮しを営み生産に励む。日本の民の労働はユダヤ=キリスト教系の神話のごとき楽園を逐われて強いられた苦役ではなく、働くこと自体が神とともにあることの不断の確認であり、高天原生活の継承なのだ。「豊葦原瑞穂国」の「天職」の根本中心は農だから、一年は祈年祭に始まり大嘗祭(新嘗祭)に終る。その「年」のつつがないくりかえしこそが真の「祭政一致」である。

したがってまた、「購入によつて、徴発によつて、勝利品によつて、神を祭ること」は本来の祭政一致ではない、とも保田は述べる。商業による購入は詐取を含み、権力による徴発は露骨な搾取であり、戦争による勝利品は略奪である。いずれも生産生活から遊離した非倫理性をまぬがれないのだ。

保田は、神風連のような直接行動とは違う形で、反近代の思想をここまで徹底したのである。終始美的実存者だった保田與重郎の、これが倫理的かつ宗教的実存段階への自覚的な移行の表明だった、といってもよい。そして、この農本思想に基づく国家ヴィジョンは、近代帝国主義戦争としての「聖戦」の現実への批判を含み、敗戦後の保田の「絶対平和」の論へと直結していくことになる。神風連の直接行動に惹かれる蓮田善明と平和的農本主義思想に徹する保田與重郎と、二人の分岐点がちょうど、戦局悪化のさなか、蓮田が「大東亜戦争」の理想に殉じるべく応召したころのことだったのは、皮肉というべきかもしれない。

「文藝文化」終刊号には三島由紀夫も小説「夜の車」を寄稿している。（これは後に「中世に於ける一殺人常習者の遺せる哲学的日記の抜粋」と改題された。）

その一節から。

殺人といふことが私の成長なのである。殺すことが私の発見なのである。忘られてゐた生に近づく手だて。私は夢みる、大きな混沌のなかで殺人はどんなに美しいか。殺人者は造物主の裏。その偉大は共通、その歓喜と憂鬱は共通である。

まがまがしくも逆倒した美意識と強烈なイロニーの毒が人を刺す。十九歳になった三島は、とうとう「文藝文化」という胎を破ってその全身を外光に曝したのである。それが彼を宿し育てた「文藝文化」の終刊号だったということは、これも皮肉というべきだろうか。

終　章　最期の蓮田善明――非転向者の銃口

連隊長射殺まで――小高根二郎の叙法の危うさ

まず、小高根二郎『蓮田善明とその死』によって、自決に至るまでの概略を記しておく。

蓮田善明中尉が所属した連隊は熊本県人で構成されており、第三中隊長・鳥越春時大尉は中国戦線でも善明の上官だった。鳥越大尉が「たっての要請をして、他隊に配属が予定されていた善明を、自隊の第一小隊長に貰いうけたのだった」という。「教育者である善明の人情と該博な国学の知識は、兵隊の精神教育になみなみならぬ威力を発揮した実績を知っていたからである。今度も教育関係は挙げて善明に一任しようとの腹づもりだった。」

彼らが本拠を置いたのはオーストラリアの北西、インドネシアの小スンダ列島中部のスンバ島だった。「この島の地形は最高七百米の森林丘陵地で海岸には椰子を主とする熱帯樹が茂っている。住民はマレー族又はマレーパプア族でその数十八万、牧畜や紡績を営みチーク材を輸出する平和な島である。それにマッカーサーの蛙跳び作戦の裏街道に当るので、ニューギニア北岸の死闘を思うと申訳ないような安全な警備であった。」一年三カ月の駐屯期間中、攻撃されたのはたった二回、それもほんの小規模な空襲を受けただけだったという。

敵に無視されて戦略上の意味を失っていた彼らは、二十年三月にシンガポールに転進し、さらにマレー半島に移って、連隊本部はジョホールバルの王宮に定められた。連隊長は上海戦線から移動してきた対馬出身の中条豊馬《なかじょうとよま》大佐（ルビは松本健一『蓮田善明 日本伝説』に従った）に交替し、鳥越大尉は連隊副官になった。

八月十五日、敗戦。「終戦の詔書は、天皇の御命令であるから、これを受けずばなるまい。ただし、万が一、武装解除が直接連合軍の手で行われたり、天皇が戦争責任を負わされるような暁には、軍の独自な行動として、板垣大将をいただいて最後の一兵まで抗戦すべし。そう……青年将校らの意気は燃えていた。計画は極秘裡に建てられた。善明の上司であった鳥越大尉は連隊副官となっていたが、彼の手によって抵抗部隊の編成が作られつつあったのである。善明はその部隊の大隊長に擬せられていた。」

以下は小高根が作成した『蓮田善明全集』の年譜から引く。

十七日、新王宮で軍旗訣別式が行われ、連隊長は訓話をする。その中に、敗戦の責任を天皇に帰し、皇軍の前途を誹謗し、日本精神の壊滅を説き、青年将校の軽挙をいましめる文言があった。十八日、身辺の整理をする。十九日、飛来された閑院宮春仁王殿下より、連隊長以上に終戦の聖旨を伝達し、昭南神社において軍旗の焼却をする手筈だった。連隊本部に出向いた善明は、河村大尉・田中大尉・高木大尉・旗手塚本少尉等と副官室において中食を共にし、高木大尉と日本の将来を論じて激論。その直後、軍旗焼却式に向わんとする中条大佐を玄関にて拳銃で射殺、自らもコメカミを射抜いて自決。

「をらびうた」以後の蓮田善明の文章は、家族宛のわずかな短い書簡以外は、なにも遺っていない。中支戦線で戦闘の合間にも大量のノートを書きつづけた蓮田が、閑暇はたっぷりあったこの南方戦線で何も書かなかったとは思えない。スマトラ島で佐藤春夫に「をらびうた」を記した懐中冊子を託した際にも、新年に当って別の冊子をすでに用意してある旨語っていたのである。おそらくノート類は事件後にすべて処分されたのだろう。出征時の緊張を宙づりされたまま引き延ばされた虚しいような平穏の日々に、華やかな南島の自然は蓮田の心にどんな色彩を映写し、「平和な島」の現地人との接触はどんな感懐を明滅させたか。接収した王宮の庭にたたずむ彼に、南国の夕風がアジア五百年の悲歌の声と聞こえたことはなかったか。そうした時間の細部はすべて消去されて、まるで応召時の悲憤慷慨きわまったまま敗戦を迎えたかのごとき印象だ。「蓮田は軒昂と郷党神風連の歌を高吟し、はては醜夷を憤つて熱涙を流してゐた。」（栗山理一「文藝文化」昭和十八年十二月号後記）

自決した蓮田の左手は「日本のため、やむにやまれず、奸賊を斬り皇国日本の捨石となる」といった意味の辞世の歌が書かれた葉書を握っていたというが、その葉書も憲兵隊に没収された。

敗戦時に自決した陸海軍の関係者は五二七名にのぼるというし、ジョホールバルの部隊でもすでに自殺者が続出していた。（小高根は、全集の解説では、蓮田の部隊でも「流言飛語が流布して、放心虚脱状態におちいる者、スマトラ軍へ逃亡する者、手榴弾・小銃で自殺する者が続出する非常な不安状態だった」と述べている。）各自には各自の理由と死の意味づけがあったろう。だが、蓮田善明はなにゆえ一人で死なず、連隊長を射殺せねばならなかったのか。その動機も心事も直接うかがう手立てはない。我々に残されているのは、ただその事件をめぐるいくつかの証言と、それらの証言をまとめて小高根二郎が書いた「その死」をめぐる物語だけである。

その物語は、いま一般読者の目に最も触れやすいと思われる文章には次のように簡潔に要約されている。三島由紀夫の中公文庫『古典文学読本』に収録されているエッセイ「『花ざかりの森』のころ」（「うえの」昭和四十三年一月）の一節である。昭和十九年初冬に上野池之端で開かれた『花ざかりの森』出版記念会を回想したものだ。

集まった客はみな、当夜そこにいるべき重要な客のいないことを残念がった。それは「文芸文化」の指導者ともいうべき蓮田善明氏である。この本の上梓をどんなにか喜んでくれたにちがいない蓮田氏は、すでに出征しており、九ヶ月後、ジョホールバルで、通敵行為を働いた上官を射殺して、ただちに自決するという運命にあった。（傍点井口）

雑誌連載中から小高根の評伝を読んでいた三島には、蓮田の最期はこのように印象されていたのだろう。「通敵行為」を働くような「奸賊」ゆえに蓮田は連隊長を射殺していさぎよく自決したのだ、と。だが、中条大佐が「通敵行為を働いた」というのは、あくまで証言者たちの憶測であって事実とはいえない。それを事実として断定した三島のこの記述は、事件の要約としては杜撰であり、意図せざる歪曲であり、結果として中条大佐に対する悪質なデマゴギーを流布させるものだ。

だが、そのように要約させる因は小高根の記述そのものに胚胎していた。三島が踏まえているのは、『蓮田善明とその死』の以下の部分だろう。

中条大佐の日頃の言動には不審な点が多かった。大佐が上海から着任するや、「自分宛の郵便物に金某という宛名でくるのがある。これには少し訳があるのだから諒承してくれ」と、鳥越副官に言った。後になって考えると、中条大佐は対馬の出身であったから、或いは少年時代に朝鮮から渡来し、中条家の養子になったのではあるまいか？　つまり金某こそ真実の姓名ではなかったのかと〔鳥越副官は〕推理している。そういえば大佐は分屯地の軍状を視察に行っても、日本の軍隊は相手にせずもっぱら現地人の出迎者の応対にいんぎんで、「いまにあいつらの世話になる時がくる」と、鳥越副官に漏らしたことがあったという。即ち、スパイ容疑を受ける言動が大佐の日常にあったのである。

あくまで「スパイ容疑を受ける言動」であり、容疑をかけたのは鳥越副官である。しかし、小高根は証言を吟味することのないまま、証言者の語りに自分の語りを重ねて進む。しかもこの後、記述は小説式になり、決行時の蓮田の心内までも描写して語り出すのだ。

それにしても中条大佐は何で討ったものか？　伝統の日本刀で真二つにせずばなるまい。善明は軍刀のサヤを払った。

記述者（小高根）の主観と対象（蓮田）の事実を分離せずに野合させてしまうこの叙法は、評伝の随所でくりかえされてきたのだが、それが大規模に、集中的に展開されるのだ。こうして小高根の記述は、副官の証言における「容疑」を蓮田にとっての「事実」として確定させてしまうのである。

鳥越の証言は見聞した表面的事実による憶測、それもかなり乱暴で飛躍した憶測を重ねたものだ。朝鮮名みたいな宛名の郵便が届くから朝鮮人に違いない。現地人の応対に「いんぎん」だったからスパイだったに違いない。二つの乱暴な憶測は、朝鮮人なら日本を裏切るに違いない、という隠れたもう一つの憶測によって結ばれている。ここには、「内鮮一体」の美名を掲げつつ朝鮮を差別し朝鮮人に恨みを買っているという現実の暗黙の認知と、それゆえいつ報復されるかもしれないという心奥の脅えさえ透けて見える。いってみれば、関東大震災の混乱の中で流言におどって多数の朝鮮人を虐殺した民衆の心事と同じものだ。この心事を払拭できないかぎり、蓮田がその理念に殉じたはずの「大東亜共栄圏」の理想など偽りの画餅にすぎまい。私は、蓮田善明が知己として信頼し、「抵抗部隊」のリーダーとして仰いだ鳥越副官がこうした通俗差別者であったことに暗澹とする。

「いまにあいつらの世話になる時がくる」は敗戦後を見越した言葉である。そもそも現地人宣撫は占領部隊の重要任務だったし、ことに敗戦必至の情勢下で将兵を無事日本に帰還させるべく現地との関係の良好化につとめるのは連隊長として当然の行為である。それを「通敵行為」と見なすまなざしの方が歪んでいるのだ。

中条大佐の名誉回復――松本健一『蓮田善明 日本伝説』

世に流布している「物語」に対しては「物語批判」がなされなければならない。私は本書の冒頭で、文学者・蓮田善明をタブーから解き放たなければならない、と書いたが、いまは事実無根の汚名を着せられた中条大佐の名誉を回復しなければならないときだ。だが、その仕事はすでに松本健一『蓮田善明 日本伝説』が「物語＝伝説」批判として成し遂げてくれている。松本も指摘するように、主要証言者たる鳥越副官には、そして記述者たる小高根二郎には、蓮田の行為を擁護しようとするあまり、ことさら中条大佐を悪玉に仕立てようとしているふしがあるのだ。

松本の調査によれば、上海戦線から移動してきた中条大佐が蓮田たちの連隊長になったのは二十年の七月、蓮田の上官だった期間はわずか一カ月強にすぎなかった。つまり、対馬出身の大佐は、最終局面にあった熊本部隊に招かれずしてやって来たよそ者（かつ邪魔者）だったのである。経歴も考え方も行動原理も異なる大佐に対して、秘密裏に「抵抗部隊」を編成するほどの強固な結束を誇っていた熊本部隊が警戒心や猜疑心を抱いたであろうことは容易に推測される。しかも連隊長の腹心であるべき副官がその抵抗部隊のリーダーなのだ。

松本は対馬に赴いて中条大佐の遺族にも会った。中条豊馬は明治二十八（一八九五）年生れで蓮田善明より七歳上、敗戦時満五十歳。彼は「錐もみ」のごとき中央突破作戦を得意とし、陣地構築にも長けており、北支では両眼を包帯で巻かれたまま野戦病院のベッド上で的確に迎撃指示を行ったという逸話もあるほどの勇猛優秀な指揮官だったが、その一方、兵を無用に死なせる指揮官は無能な指揮官である、という信念を貫き、上官からも部下からも信頼が篤かったという。また、彼が大分県の宇佐郡出身で中条家に聟入りする前の姓が「陳」だったこと、しかし宇佐郡の陳家は「三百年とか四百年とかさかのぼれば、朝鮮か中国かわかりませんが、もともと大分の百姓です」という証言も得ている。蓮田の部隊へ転属したことが不運だったといわざるを得ない。（中条の遺族には「死亡広報」が届いただけで、副官だったにもかかわらず鳥越大尉からは一片の報せもなかったという。）

鳥越副官はまた、中条大佐に天皇への不敬の言があって、それがとりわけ蓮田を憤慨させたのだとも述べている。本章の最初に引いた全集年譜の「十七日、新王宮で軍旗訣別式が行われ、連隊長は訓話をする。その中に、敗戦の責任を天皇に帰し、皇軍の前途を誹謗し、日本精神の壊滅を説き、青年将校の軽挙をいましめる文言があった」に当る。しかし、訓話の趣旨が「青年将校の軽挙をいましめる」ことにあったのは明白だろう。小高根は『蓮田善明とその死』でも、この訓話に触れる際、「この不穏な空気を新任の連隊長・中条大佐は察知したのであろう」と前置きして書き出していたのである。「この不穏な空気」とは、直前に記された「抵抗部隊」編成を指している。小高根自身、そういう文脈をちゃんと承知していたはずなのだ。

「敗戦の責任を天皇に帰し、皇軍の前途を誹謗し、日本精神の壊滅を説き」というが、実際の文言も口調も不明である。麾下の将校たちの「不穏な空気」を察知していたために口調が強くなったとしても、この訓話は連隊長にとって喫緊の重要事だったのであり、鳥越副官のようにこの訓話が「時期尚早」だった（蓮田の兇行の直接の原因は中条大佐が訓話の機をあやまったせいだ、という意を含む）などとはいえないのだ。

実のところ、鳥越副官の証言には、ただ蓮田を擁護するというだけでなく、蓮田の直属上司であり「抵抗部隊」の組織者であった彼の自己弁明のバイアスも掛かっているのではないか、と私は疑っている。たとえば、その「抵抗部隊」編成に際しての「万が一、武装解除が直接連合軍の手で行われたり、天皇が戦争責任を負わされるような暁には」といった規定には奇妙に条件闘争的な臭いがある。「天皇が戦争責任を負わされるような」が中条大佐の訓示（と鳥越副官が伝えるもの）と照応しているのも気になるが、結局のところこの条件は、蓮田の死にもかかわらず誰一人「抵抗」せず生き延びたことの事後的な弁明になっているのではないか、と思われるのだ。むろん、自己弁明の背後には疚しさの感情があるだろう。

小高根の著書には（鳥越副官の証言には）、蓮田の事件後抵抗部隊がどうなったかへの言及がまるでないのもいぶかしい。そもそも、ほんとうに蓮田の行動は鳥越副官も関知しなかった予想外な単独行動だったのかどうか、疑う余地はなお残る。たとえば、蓮田の行動は抵抗部隊の「先駆け」だったのではないか、すぐに抵抗部隊の蹶起が続くはずだったのではないか、という可能性も考えられる。あるいは、抵抗部隊幹部の最後の秘密会議で多くが尻込みし、憤った蓮田が自分一人で決行する意思を表明して実行した、という可能性もある。そうした屈曲した意思決定過程を内包していたはずの抵抗部隊との組織的関係を伏せた結果、個人としての蓮田の行動を正当化するために、個人としての中条大佐を悪玉に仕立てるしかなくなったのではないか、とも私は疑う。関係の複雑性を消去すれば物語は単線化する。単純な善玉悪玉説は最も俗耳に入りやすい通俗な、それゆえ強力な、物語である。（「聖戦」思想も国際関係の複雑性を消去した善玉悪玉説の変種にほかならない。）

そして、序章で予告的に触れておいたように、蓮田の死から二十五年後（一九七〇年）に刊行した『蓮田善明とその死』でも、さらに十九年後（一九八九年）の『蓮田善明全集』の長文の解説でも、鳥越副官の証言に忠実に蓮田の自決に至る経緯を記した小高根の筆は、その全集解説の末尾に至って唐突に反転し、鳥越副官の事件当日の行動についての不審点を列記し、蓮田の行動が鳥越副官の煽動と幇助（すくなくとも黙認）のもとに行われたのではないか、という推測を記すことになる。加えて小高根は、鳥越がその「残忍」さゆえに部下たちから憎まれており、復員船上で幾度か兵隊たちから呼び出しを受けて船室に閉じこもらざるを得なかった、という鳥越副官の人格を疑わせる逸話まで記しているのである。おそらくは、戦後二十五年、軍隊の階級をかろうじて維持していた戦友会の統制もゆるみ始めていた時期の小高根の評伝出版を機に、そうした統制外の様々な情報が小高根の耳に入ってくるようになったのだろうと思われる。ともあれ、戦後四十四年目にして小高根が、自分の書いてきた蓮田善明伝の中核の真実性を揺るがしかねないこの疑念を書き留めなければならなかったことは看過できないのだ。

——しかし、これも私の推測である。文芸批評の方法ではこれ以上事実関係に踏み込むことはできない。

天皇と「政治」、蓮田善明と三島由紀夫

松本健一は、蓮田が憎んだのは証言者や伝記作者によって悪玉に仕立て上げられた中条大佐という人間ではなく、中条大佐が体現している「政治」を憎んだのだ、と結論づけている。

蓮田は第二次出征前、雑誌の企画で「興国百首」を選ぶ際に、清水文雄らの強い勧めに逆らって、水戸天狗党の首領・武田耕雲斎の辞世「かたしきて寝ぬる鎧の袖の上におもひぞつもる越のしら雪」を採ることを頑として拒んだことがあったという。耕雲斎は、尊皇攘夷の挙兵敗れて、天皇に直訴すべく常陸から遠路の行軍をした果てに、雪中の越前でついに進退窮まり、千余の将兵の助命のために降伏の道を選んだのだった。（結果的には彼らに対する処断は苛酷だったが。）蓮田は降伏した耕雲斎の苦悩にまったく同情しなかったのである。この逸話を紹介した小高根は、「この頑愚なかかずらわりかた、シンパシイの欠如という善明の致命的な資質」と書いている。蓮田に肩入れしつづけてきた小高根がその大部な評伝に唯一記した批判的言辞である。

この逸話について松本は、このときも蓮田は耕雲斎の人間を嫌ったのではなく、その「政治」的判断を嫌っ

たのだろうと述べて、「わたしはこの耕雲斎と蓮田との関係が、敗戦時の連隊長中条豊馬と蓮田との関係に相似的であることに気づかざるをえない。蓮田は、おそらく敗戦にさいして出来るだけ混乱を少くし、出来るだけ将兵の生命を救おうとした中条大佐の『政治』を悪《にく》んだのだ」と記している。

なるほど、善玉悪玉式の通俗物語を排して、蓮田善明という文学者の信念を救い出す唯一の結論だろう。私も松本の見解をうべないたい。

だが、それなら松本はさらに踏み込んで書くべきことがあったはずだ。

松本自身が八月十六日夜のシンガポールでの第七方面軍司令官・板垣征四郎の訓話を引いているとおり、敗戦の悲報に接してすでに自決者も続々発生している折、「死に急ぎ」をさせず、敗戦処理を円滑に行い、将兵を無事帰国させることは、師団方針なのだった。そして、軽挙妄動する勿れとは、当然ながら、天皇の意志でもあった。「若《も》し夫《そ》れ情の激する所濫《みだり》に事端を滋くし或は同胞排擠《はいせい》互に時局を乱り為に大道を誤り信義を世界に失ふが如きは朕最も之を戒む」（終戦の詔書）

「上官の命を承ること実は直《ただち》に朕が命を承る義なりと心得よ」という軍人勅諭の一節は実にしばしば上級者の恣意横暴を正当化するために使われたが、中条大佐はまぎれもなく、戦争終結という国家の命運にかかわる一大事において、忠実に「朕が命」を実行せんとしていたのである。

しかも、蓮田が中条大佐を射殺したのは、八月十九日、「飛来された閑院宮春仁王殿下より、連隊長以上に終戦の聖旨を伝達し、昭南神社において軍旗の焼却をする」ために出発すべく中条大佐が車に乗り込もうとしていた時だった。閑院宮は、敗戦後に憲政史上初の皇族内閣を組閣した東久邇宮首相が現地師団説得のために急遽各地に派遣した「勅使」の一人である。つまり天皇の代理である。

それなら、主観的には天皇を誹謗した「奸賊」に向けられた蓮田善明の銃口は、客観的には、その具体の標的たる中条大佐のはるか彼方に、実はまぼろしの天皇、終戦を決断した天皇の姿をもとらえていたのではなかったか。

私の推測はあまりに大胆に過ぎるだろうか。だが、上官への反抗はまぎれもなく天皇への反抗である。そして、武田耕雲斎のように、また中条大佐のように、「うちてし止まむ」の決死の初一念を放棄して将兵の未来のために生を選ぶことが「政治」なら、終戦の詔勅こそまぎれもない「政治」である。戦争終結は「億兆の赤子を」、その生命を、保全するための已むを得ざる決断であって「総力を将来の建設に傾け（中略）世界の進運に後れざらむことを期すべし」とは、ほかならぬ終戦の詔書の文言だ。

その意味で、上官を殺害した蓮田の行為に相似的なのは、降伏阻止のために玉音盤を奪取すべく森近衛師団長を射殺して自決した畑中健二少佐かもしれない。だが、畑中少佐の行動は組織的であり、成功していれば一定の実効性をもつ計画だった。対して蓮田中尉の行動は（鳥越副官の証言を信じるなら）単独の行動であって、上官殺害以上の実効的な目的をもたなかったかのごとくである。

だとすれば、蓮田の行為は、自分自身の初一念を貫くためだけの行為である。蓮田の過去の言動に照らすなら、その目的は、肉体を滅ぼしてでも行為が表現する精神の永生を期すことである。蓮田は蓮田らしい激烈なやり方で、ついに、「死＝詩」へと跳躍したのだ。おそらく、蓮田が期待していた観客はただ一人、「千載の後のかしこき人」（第七、八章参照）だけだったろう。その意味でそれは、観念的には自己に発し自己に終る徹頭徹尾利己的な行為なのだといってもよい。それなら、ひとりで死ねばよかったのに、という伊東静雄の思い（第九章参照）は誰の胸にも残るだろう。だが、蓮田の主観においては中条大佐は「奸賊」だったのであり、「奸賊」を討つことこそが彼の遺さんとした精神の姿なのである。

そして、彼方にまぼろしの天皇を見すえつつ政治的実効性を企図しない行為、という点で、また、肉体の死と引き換えに自己の精神を永遠化するための、つまりは「死＝詩」へと跳躍するための利己的な行為という点で、蓮田の行為は後の三島由紀夫の行動と相似形を描くのである。市ヶ谷駐屯地に乗り込んだとき、三島もおそらく、政治的実効性など信じてはいなかったろう。彼が直接訴えかけたのは自衛隊員たちだったが、最終的には、戦後天皇制を否定してあるべき真の天皇をよみがえらせたいという究極の、不可能な、ヴィジョンがあった。三島は自決を共にした森田必勝以外の誰をも死なせなかったが、彼の自刃の刃は、はるか宮城にいる現実の天皇にまぼろしの切先を向けていたはずである。

たとえば三島の『英霊の声』において、英霊たちは「などてすめろぎは人間《ひと》となりたまいし」と繰り返す。それは直接には昭和二十一年年頭の天皇のいわゆる「人間宣言」を指している。たしかに「人間宣言」は「現人神」たる天皇の明白な「転向」宣言である。

だが、天皇の「転向」は実質的には終戦の詔書から始まっている。戦前のマルクス主義者たちは、特高の拷問などによる死の恐怖におびえて自己の信念を放棄した。それを「転向」と呼ぶなら、「禍根を芟除《さんじょ》して東亜永遠の平和を確立し以て帝国の光栄を保全せむ」（開戦の詔書）がために「死ね」と命じていた天皇が、無量無数の国民の死におびえ、「わが民族の滅亡」におびえて、敵を撃たずして止め、「生きよ」と命じたこともまた決定的な信念放棄、「転向」にほかなるまい。「水漬《みづ》くかばね」「草むすかばね」となる運命にあった国民はこのとき、死から生へといっせいに「転向」することを許されたのである。こうして国民は、転向者として、戦後へと生き延びたのだ。「文藝文化」同人たちも「日本浪曼派」同人たちも伊東静雄も小高根二郎も、そうやって生き延びたことに変わりはない。

「死」が「詩」であるためには「死」を聖化してくれる絶対者が必要であり、それは「神」としての神聖天皇以外にない。神聖天皇だけが国民に「死ね」と命じ、その死を聖化できる。国民はそう信じてこそ「大君の辺にこそ死なめ」と勇躍して死地に赴く。「生きよ」としか言い得ない天皇は、神聖性を失って堕ちた天皇にすぎない。蓮田善明の銃口が遠く照準にとらえていたのは、また三島由紀夫の自刃の刃がまぼろしの切先を向けていたのは、その堕ちた「人間」としての天皇である。神聖天皇をよみがえらせるためには堕ちた天皇を（象徴的に）殺すしかない。だから蓮田善明は堕ちた天皇の象徴（代理者）としての連隊長を殺し、三島由紀夫は大掛かりな儀式を演出して自分の生首を神聖天皇蘇生の儀式のための祭壇に贄として供えた。まさしく二人は「師弟」だった。

蓮田善明は「転向」を肯んぜず、戦後的生へと生き延びることを拒否した。彼は「大東亜戦争」の理念を信じ、徹底した非転向者として死んだのである。

最後に、第四章で書いたことを思い起しておきたい。

昭和十三年、入営直前の蓮田は大津皇子に自己を託して「今日死ぬことが自分の文化である」（「青春の詩宗」）と書いたのだった。しかし、大津皇子論は蓮田の古代文学史構想の結論ではなかった。彼はすぐにつづけて「新風の位置――志貴皇子に捧ぐ」を書いた。「死ね」と命じる持統天皇の「政治」に慫慂と従った大津皇子の「墓標の上に」新時代が築かれ、志貴皇子の「新風」は出現したのである。そして蓮田は、志貴皇子の「鼯鼠《むささび》は木末《こぬれ》もとむとあしひきの山の猟夫《さつを》にあひにけるかも」を通説どおり「大津皇子等の野望と失墜とを諷示する」歌として読んだうえで、こう書いていたのだった。

この悲しみは同情するよりもきびしく之を罰し嗤ふことが文化の道である。

昭和十四年四月四日、自らを大津皇子に擬して大陸へと進発した（第五章末尾参照）蓮田善明は、おそらく、昭和二十年八月十九日、その最期においても大津皇子を忘れてはいなかったろう。彼は大津皇子とちがって天皇の「政治」を拒んだが、その自決において、最終的に抗命の罪を詫び、昭和天皇の「政治」に服したことになるのかもしれない。それなら蓮田は、志貴皇子のことも忘れてはいなかったろう。持統天皇の「政治」が大津の死後に新時代を築いたように、昭和天皇の「政治」も蓮田の死後に新時代を開いたのであり、その新時代において、蓮田善明はたしかに、厳しく罰せられ（むしろ無視され）、長きにわたって嗤われ（むしろ忌避され）つづけたのだった。

しかし蓮田が、文学の「新生」は一人の英雄の旧時代への殉死によって可能になるのでもなく、新時代の表現者のすぐれた才能によって可能になるのでもないと述べて、こうつづけていたことは、他の誰でもなく、蓮田について考えつづけてきたこの私が、いま思い出しておくべきだろう。私には、蓮田のいう「死とひとしい仮死的な危ない難しい経験」は、蓮田の観測とちがって、敗戦直後にではなく、戦後七十年余を経た今日ただいまの我々に、蓮田の意味づけとは異なるかたちで、しかしある意味ではいっそう深刻なかたちで、ようやく、訪れているのではないかと思われるのだ。志貴皇子論の冒頭近い一節である。

> 文学が新生するのは（中略）、あくまで悠久な文学の古道自らが魂振《たまふり》をする事なのであつて、その日本の古道はそれ自身衰萎《ねび》る時は死に瀕する事をさへ経験しなければならないが、日本の歴史の道に於ては、決して断絶的に絶えることはない。唯死に絶えはしないが、死とひとしい仮死的な危い難しい経験があるのである。

あとがき

本書は隔月刊の雑誌「表現者」の第六〇号（二〇一五年五月号）から第七六号（二〇一八年一月号）まで十七回にわたって連載した「蓮田善明の戦争と文学」に大幅に手を加えたものである。

第七章で書いたとおり、私が蓮田善明という悪名高い「文人」について書いてみたいと思ったのは小高根二郎の評伝『蓮田善明とその死』で「山上記」の抜粋を読んだ時だったから、もう二十年以上も昔のことになる。思うだけでろくな準備もせずにいた私に連載の機会を与えてくれ、単行本化への仲立ちもしてくれた同誌編集長の富岡幸一郎氏にまず謝意を表しておきたい。

すぐにも加筆するつもりだったが、目先の仕事にかまけていてやっと始めたのは夏も終わりに近づいた頃からだった。その間、今年一月には、同誌顧問の西部邁氏の自裁があった。西部氏は蓮田善明の自裁にも関心がおありだったようで、連載中に何回か電話で心強い感想などをいただいたことを思い出す。

文芸批評家としては「文学」だけを論じたい。だが、蓮田善明に対してそうできないことはわかっていた。タイトルも「戦争と文学」とし、「その死」についてはまでは知られていても「その生と文学」については知られることの少ない蓮田のために、私の批評文として初めて評伝的性格も持たせ、一般の目に触れにくい蓮田の文章の紹介にもつとめた結果、私が一人の文学者について書いた文章としては異例に長いものになった。

むろん評伝部分は小高根二郎の仕事に大半を依存した。蓮田の全集を編纂したのも小高根である。その意味では、私の最大の謝意は小高根二郎に対して表されねばならないだろう。だが、小高根の評伝記述にはいくつか重大な疑念もあり、その作品解釈には多くの異論もある。そのことは率直に書いておいた。

うかつにも、加筆を終える頃になって、奥山文幸編『蓮田善明論――戦時下の国文学者と〈知〉の行方』（翰林書房）という論集が出ていることを知った。十一人の研究者が論考を寄せている。二〇一七年九月の刊行だから私の連載が終りに近づいていたころのことだ。本書の加筆には反映できなかったが、蓮田善明が単独に論じられるようになったのは慶賀すべきことだ。

しかし、蓮田善明を文芸批評の対象として解放するのは今後も難しいかもしれない、とも思う。文芸批評の醍醐味は、作品を読み変えること――時には書き手の意図に逆らっても読み変えること――にあるのだが、蓮田の文学と思想は戦時下という時代に過剰かつ過激に密着しているうえに、知行合一を貫いた彼の文章はその激越な行動と切り離しがたく、さらに、後期になればなるほど、公表された文章は「公定思想」に即して意志的に統制されすぎていて、ほとんどが読み変え困難なのだ。本書が晏家大山で書かれた「山上記」というノートや未発表に終った小説『有心』に多くの紙幅を割く一方で、「大東亜戦争」開戦以後の文章の大半を無視したのはそのためだ。

単行本化に際しては論創社の志賀信夫氏の手を煩わせた。論創社は私の最初の著書『物語論／破局論』を出してくれた出版社である。これも何かの「縁」というものだろう。

（二〇一八年十二月記）

蓮田善明年譜

明治三十七（一九〇四）年
七月二十八日、熊本県鹿本郡植木町の金蓮寺《こんれん》（浄土真宗大谷派本願寺末寺）に、住職、慈善の三男として生れる。母はフジ。上に二兄・二姉があった。

大正六（一九一七）年　十三歳
三月、植木尋常小学校を卒業。四月、熊本県立中学済々黌に入学。

大正七（一九一八）年　十四歳
九月から翌年三月まで、肋膜炎のため休学。

大正十二（一九二三）年　十九歳
三月、済々黌を卒業。四月、広島高等師範学校文科第一部（国語漢文専攻）に入学、斎藤清衛教授から強い感化を受ける。在学中、文芸部理事として校友会誌を編集、自らも小説・詩・評論を発表して文名を高めた。

昭和二（一九二七）年　二十三歳
三月、広島高師を卒業。四月一日、鹿児島歩兵第四十五連隊に幹部候補生として入隊。

昭和三（一九二八）年　二十四歳
一月三十一日、少尉に任官して除隊。四月、岐阜県立岐阜第二中学校へ赴任。六月、郷里植木町の医家の長女・師井敏子と結婚。

昭和四（一九二九）年　二十五歳
四月、長野県立諏訪中学校へ転任。

昭和五（一九三〇）年　二十六歳
二月二十日、長男晶一生れる。

昭和六（一九三一）年　二十七歳
＊九月、満州事変勃発。

昭和七（一九三二）年　二十八歳
三月、諏訪中学校を退職。四月、広島文理科大学国語国文学科に入学。
＊三月、満州国建国宣言。

昭和八（一九三三）年　二十九歳
九月、清水文雄、栗山理一、池田勉と共に研究紀要「国文学試論」第一輯を刊行。
＊三月、日本、国際連盟を脱退。

昭和九（一九三四）年　三十歳
三月、山頭火と出会う。十一月、『現代語訳 古事記』（机上社）を刊行。

昭和十（一九三五）年　三十一歳
三月、広島文理科大を卒業。四月、台湾の台中商業学校へ赴任。

昭和十一（一九三六）年　三十二歳
一月二十三日、二男太二生れる。八月、伊東静雄に出会い、互いに共感した。
＊二月、二・二六事件。

昭和十二（一九三七）年　三十三歳
＊五月、文部省『国体の本義』発行。七月七日、日中戦争勃発。

昭和十三（一九三八）年　三十四歳
二月一日、父慈善死去、八十八歳。四月、成城高等学校へ転任。居を東京都世田谷区に移す。まもなく清水、栗山、池田と「日本文学の会」を結成し、以後同人の紀要・雑誌・叢書の発行はすべてここを本拠とする。六月、「本居宣長に於ける『おほやけ』の精神」を「国文学試論」第五輯に発表。七月、国文学月刊誌「文藝文化」を創刊、「伊勢物語の『まどひ』」を発表。九月、「万葉末季の人」を「文藝文化」に発表。十月十七日、応召。二十日、熊本歩兵第十三連隊に陸軍歩兵少尉として入隊。十一月、「青春の詩宗—大津皇子論」を「文藝文化」に発表。十二月十二日、母フジ死去、六十八歳。

昭和十四（一九三九）年　三十五歳

二月、「新風の位置—志貴皇子に捧ぐ」を「文藝文化」に発表。三月、家族、植木町に帰住。四月五日、門司出港、中支戦線へ赴く。六月、湖南省洞庭湖東部の晏家大山の守備につく。「詩のための雑感」を「文藝文化」に発表。九月、陸軍中尉に昇進。二十八日、右腕に貫通銃創を負い、後送されて野戦病院に入院。十月十三日、三男新夫生れる。月末、退院して原隊に復帰。十一月、文藝文化叢書として『鷗外の方法』（子文書房）刊。十一月、十二月、「詩と批評—古今和歌集に就いて」（上・中）を「文藝文化」に発表。

昭和十五（一九四〇）年　三十六歳

一月、「詩と批評—古今和歌集に就いて」（下）を「文藝文化」に発表。十二月一日、召集解除となり、帰還を命ぜらる。十二月二十五日、植木町に帰還。

昭和十六（一九四一）年　三十七歳

一月、文藝文化叢書として『預言と回想』（子文書房）刊。阿蘇垂玉温泉の旅館に滞在して小説『有心』執筆。二月、単身上京、成城高等学校へ帰任。四月、「鴨長明」を「文藝文化」に連載開始（十二月まで）。六月、家族を世田谷区の住居に迎える。

＊七月、文部省『臣民の道』発行。十二月八日、太平洋戦争（大東亜戦争）開戦。

昭和十七（一九四二）年　三十八歳

六月十八日、日比谷公会堂で開かれた日本文学報国会発会式、記念講演会で「古典の精神による皇国文学理念の確立」を講演。九月、三島由紀夫「花ざかりの森」を「文藝文化」に連載開始（十二月まで）。

昭和十八（一九四三）年　三十九歳

四月、『本居宣長』（新潮社）刊。九月、『鴨長明』（八雲書林）刊。十月、『神韻の文学』（一條書房）刊。十月二十五日、再度応召。二十九日、西部第十六部隊に入隊、出征部隊に編入された。濠北派遣第四十六師団歩兵第一二三連隊第三中隊（中隊長・鳥越春時大尉）の第一小隊長を命ぜられた。十一月一日、門司出港、南方戦線に赴く。十二月、『古事記学抄』（子文書房）刊。

昭和十九（一九四四）年　四十歳

一月二日、小スンダ列島のスンバ島上陸。荒地を耕して自活の道を講じつつ守備。六月、『忠誠心とみやび』（日本放送出版協会）刊。八月、「文藝文化」第七十号で終刊。十月、『花のひもとき』（河出書房）刊。

昭和二十（一九四五）年　四十一歳

三月二十一日、退却のためスンバ島を出帆。四月二十五日、シンガポールに上陸。八月十五日、天皇「終戦」の詔書放送。八月十九日、ジョホールバルの連隊本部玄関前で連隊長・中条豊馬大佐を拳銃で射殺し、自決。

井口時男（いぐち・ときお）

文芸評論家。1953（昭和28）年新潟県生まれ。東北大学文学部卒業。1983年、中上健次論「物語の身体」で群像新人文学賞評論部門受賞。東京工業大学助教授、のち教授。1994年『悪文の初志』平林たい子文学賞受賞、1997年『柳田國男と近代文学』伊藤整文学賞受賞。著書『物語論／破局論』（論創社）『悪文の初志』（講談社）『柳田国男と近代文学』（講談社）『批評の誕生／批評の死』（講談社）『危機と闘争 大江健三郎と中上健次』（作品社）『暴力的な現在』（作品社）『少年殺人者考』（講談社）『永山則夫の罪と罰』（コールサック社）『天來の獨樂』（句集、深夜叢書社）『をどり字』（句集、深夜叢書社）など。

蓮田善明　戦争と文学

2019年1月20日　初版第1刷印刷
2019年1月30日　初版第1刷発行

著　者　井口時男
発行人　森下紀夫
発行所　論 創 社

〒101-0051 東京都千代田区神田神保町 2-23　北井ビル 2F
TEL : 03-3264-5254　FAX : 03-3264-5232　振替口座　00160-1-155266

装幀／宗利淳一
印刷・製本／中央精版印刷
組版／フレックスアート

ISBN978-4-8460-1746-0